U0934901

荒原狼

Der Steppenwolf

〔德〕赫尔曼·黑塞◎著
陈虹嫣等◎译

江苏凤凰文艺出版社
JIANGSU PHOENIX LITERATURE AND ART PUBLISHING

图书在版编目（C I P）数据

荒原狼 /（德）赫尔曼·黑塞著；陈虹嫣等译．—
南京：江苏凤凰文艺出版社，2024.4
ISBN 978-7-5594-7785-9

Ⅰ．①荒… Ⅱ．①赫… ②陈… Ⅲ．①长篇小说－德
国－现代 Ⅳ．① I516.45

中国国家版本馆 CIP 数据核字（2023）第 098223 号

荒原狼

［德］赫尔曼·黑塞 著　陈虹嫣等 译

责任编辑	项雷达
策划编辑	林秋萍　薛　静
出版发行	江苏凤凰文艺出版社
	南京市中央路 165 号，邮编：210009
网　　址	http://www.jswenyi.com
印　　刷	北京文昌阁彩色印刷有限责任公司
开　　本	880 毫米 ×1230 毫米　1/32
印　　张	9
字　　数	160 千字
版　　次	2024 年 4 月第 1 版
印　　次	2024 年 4 月第 1 次印刷
书　　号	ISBN 978-7-5594-7785-9
定　　价	68.00 元

编者前言

本书内含某个男人——我们称其为“荒原狼”，而他也曾多次用此名号自称——留给我们的笔记。至于他的手稿是否需要一个导论性的前言，这个问题可以先放一放；就我而言，我反正想要给他的文稿再加几页，好记下他在我记忆中的模样。我对他知之甚少，特别是对他的过往和身世，我始终不得而知。但他这个人给我留下了深刻且——我不得不说——可亲的印象。

荒原狼是一个年近五十的男人，几年前的某一天，他出现在我姨妈家，说自己正在找一间带家具的房子。他租下了屋顶的阁楼和旁边的一间小卧室，又过了几天，他带着两个行李箱和一个大书箱回来了，在我们这儿住了差不多九到十个月。他一天到晚很安静，就他一个人，要不是因为他睡在我的隔壁，让我们有那么几次在楼梯或走廊里偶遇，我们根本不可能彼此相识。他不喜和人打交道，像他这般极度不合群的人，我前所未见；他偶尔称自己为荒原狼，这倒真是一语中的：他就是一头荒原狼，一种来自与我的世界相异天地的生物，一种陌生、野性而又怕生——极其怕生——的生物。而他基于个性与遭遇曾将自己置于何种孤独之中，并且又是如何自觉地视之为命中注定，这些都是我看了他留下的笔记后才知道的。不过，通过之前短暂的接触与对话，我已对他有了一定的了解；尽管在我们的私人交往中，我对他的印象较为模糊、零散，但是我觉得，从他的笔记中我所了解到的那个人与我之前的印象还是基本吻合的。

荒原狼第一次踏进我们家，向姨妈打听是否有房子出租时，我恰好在场。时值正午，餐盘尚未收拾好，而我还有半小时的午休时间，然后才要去办公室上班。我至今忘不了这次见面他留给我的印象——很奇特、很矛盾。他先是拉了拉门铃，然后穿过玻璃门走进来，在半明半昧的楼道里，姨妈问他想要什么。但是他——荒原狼——并未作答，也没有自报家门，而是像闻到了什么东西似的，把梳着一头短发的尖脑袋抬得老高，用灵敏异常的鼻子四处嗅了嗅，说道："哦，这儿闻着不错。"他边说边笑，我那好心的姨妈也笑了，而我觉得这样的问候语只能说是滑稽，心里不免对他有些抵触。

"哦，是这样，"他说，"我来看看房间，您要出租的那间。"

我们三人一起沿着楼梯往顶楼走，我这才仔细地打量起这个男人来。他不是很高，但走起路来昂首挺胸，就像一个身板笔直的高个子。他身上是一件入时且舒适的冬季大衣，穿着还算得体，但并未细致打理过。胡子刮得很干净，头发很短，有些地方冒出一丝灰白色。最初我一点儿也不喜欢他走路的样子——有些倦怠，略显迟疑，这和他硬朗、挺拔的身形以及说话时的语音语调完全不相符。后来我才发现并听说，他有病在身，走路不太方便。他笑呵呵地查看了楼梯，墙壁和窗户，还有楼梯间里高大的旧衣柜，他那特有的笑容在当时也让我感觉很不舒服。他看上去颇为满意，同时又好像觉得所有这一切挺好笑的。反正，他这个人给人感觉就好像他是来自一个陌生的世界，比如来自海那边的那些国家，他虽然觉得我们这儿的东西都挺漂亮，但就是有些奇怪。他是一个——我只能这样说——礼貌而友善的人。他对屋子、房间、租金、早餐以及其他的一切事宜都一口答应了，没有任何异议。即便这样，他整个人身上还是弥漫着一种陌生且在我看来是不善或是带有敌意的氛围。他租下了那个房间，还额外租用了一间卧室，又了解了有关暖气、水、食宿服务和住户守则等一应事情，他的态度很和气，听得也很仔细，不仅同意了全部条件，而且立刻提出预付租金。尽管如此，他处理这些事务时又显得颇为漫不经心，像是他觉得自己的行为有些滑稽，并不想把自己太当回事，就仿佛租一间房，和别人用德语交谈，对他来说是件稀奇而新鲜的事一样，而实际上他的内心正在思考毫不相干的事情。这约莫就是我对他的印象了，算不上好，但好在后来有各种小细节改变了他在我心中的第一印象。在他身上，我最先喜欢上的是他的那张脸。它给人一种陌生感，但我就是喜欢：这是一张与众不同、略显悲伤的脸，但是它清醒、睿智、干练、脱俗。除此之外——我也想让自己显得不那么咄咄逼人——他的那种礼貌与友善完全不含一丝傲慢，虽然看得出这么做让他颇感费力；正相反，他的礼貌与友善有种感动人心、近乎恳求的意味，这让我很快对他产生了一点好感，而其中的缘由直到后来我才明白。

两个房间还没看完，该谈的也还没谈完，午休时间就结束了，我得去上班了。我先行告辞，把招待他的任务交给了姨妈。等我晚上回家后，姨妈跟我说，这个陌生人租下了房间，过几天就会搬进来。他唯一的要求是我们不要去警局登记他将搬来同住，因为警局办公室繁琐的手续和漫长的等待以及诸如此类的事情让他这个病人无法承受。我依然清晰地记得，这一番话当时可是令我大吃一惊，并随即警告姨妈不要接受他的条件。对警察的胆怯在我看来恰好印证了这个男人身上的生疏与异样感，很难不令人怀疑。我向姨妈解释说，她无论如何都不应该接受一个素不相识的人提出的如此稀奇的要求，否则后果可能不堪设想。然而情况表明，姨妈已经答应满足他的请求，她已完全被这个陌生人套牢、迷惑住了；因为她要是不能和她的租客发展出一种友善的、亲切的、殷勤的甚或是母子般的关系，她是绝不会收留这个房客的，她的这份好意此前可是被不少租客好生利用过一番。开始的几周就是在这种氛围中度过的：每当我对这个新租客说三道四时，我的姨妈总是温柔地护着他。

我对不去警局登记这件事颇为不快，所以我至少要从姨妈那里打听到，她对这个陌生人，对他的身份与来意究竟了解多少。她还真说得出一二，尽管我中午走后他只多待了一小会儿。他告诉姨妈，他打算在我们这座城市住上几个月，跑跑图书馆，顺带参观一下城里的古迹。他只租住这么短的时间对姨妈来说其实并不方便，然而他显然已经赢得了她的喜爱，尽管他的出现有些非同寻常。简言之，房间已经租出去了，我的反对为时已晚。

“那他为什么说这里很好闻？”我问道。

我那个有时自以为感觉很准的姨妈说：“这我清楚。我们这儿闻起来让人觉得干净整洁、井然有序，有一股友善且得体的生活的味道，这是他喜欢的。他看上去像是已经很久没过过这样的日子了，但心里又有点留恋。”

就算是吧，我心想，我又无所谓。“但是，”我说，“如果他不习惯过有序、得体的生活，那该怎么办？要是他不爱干净，把东西都弄得脏兮兮的，或者每天夜里回来都醉醺醺的，你想怎么办？”

“那我们等着瞧吧。”她笑着说。我也就此打住，不再争辩。

事实上，我的担忧毫无道理可言。这个租客的生活虽然说不上井井有条、合乎常理，但也没有给我们带来负担或者伤害，我们到今天都很乐意回忆起他。然而在内心，在灵魂深处，这个男人还是把我和我姨妈二人搞得心烦意乱。坦白来讲，这么长时间以来我的心里一直挂念着他。我夜里时常梦到他，虽然我觉得他是个再好不过的人了，但还是感到因为有了他，有了他这样一个生命的存在而心绪难平。

两天后，一个车夫把这个名叫哈里·哈勒的陌生人的行李送了过来。其中有一只皮箱子做工精致，给我留下的印象很好；另有一件扁平的壁柜式行李箱上面贴满了泛黄的、来自不同国家——也有来自海那边的国家的——旅馆和货运公司的标签，似乎暗示着它的主人曾四处远行。

随后他本人出现了。我开始逐渐认识这个特别的男人，直到他离开。开始的时候我并没有主动去接近哈勒，尽管从见到他的第一眼开始，我就对他产生了兴趣，但在最初的几周里，我没有采取任何动作，没有试图撞见他或者跟他交谈。不过，我也必须承认，我从一开始就在暗中观察他了，还有几次趁他不在时进了他的房间，在好奇心的驱使下做了一点儿刺探工作。

关于荒原狼的外表，我已经略微描述过了。他给人的第一印象是：他绝非等闲之辈，不仅才识过人，而且卓尔不群。他的脸上写满了智慧，他的神情机敏而多变，折射出他活泼有趣、跌宕起伏、极度敏感且细腻的内心生活。当别人和他说话时，如果他能跨越常规的束缚，从那种拒人于千里之外的冷漠中走出来——尽管这种情况并不多见——说出自己的真知灼见，那像我这样的人就全得听他的；他比一般人想得多，对涉及精神层面的问题持沉着冷静的客观态度，对此不仅进行了深入浅出的思考，而且拥有扎实可靠的知识，正如那些真正活在精神世界里的人，他们从没有野心，既不想光芒四射，也不想劝服他人，或说总爱强词夺理。

我还记得他在我们这儿的最后一段时间里发表过这么一种高见，其实想想也算不上是什么高见，无非是眼神中流露出的一种信息。当时，一位在欧洲大陆颇负盛名的历史哲学家兼文化评论家准备在大礼堂做一次演讲，起初荒原狼对此毫无兴趣，但我成功说服了他和我一同前往。我们到了报告大厅，找了两个相邻的位子坐下。演讲者登台了，他衣冠楚楚、涂脂抹粉，却让一些听众感到了失望，因为他们原本期待看到的是一位先知式的人物。

他开口演讲了，一张嘴就对着听众谄媚奉承，感谢他们前来捧场。这时，荒原狼快速地瞥了我一眼，眼神中流露出对这些话语、对演讲者本人的批判。啊，这一瞥多么令人难忘、多么可怕，关于它的含义都能写整整一本书了！那是一种批判的眼神，他要用他那不容置疑、略带嘲讽的目光置台上的这位大咖于死地，而这还只不过是其中最微不足道的一部分。他的目光与其说是嘲讽，不如说是悲哀，是一种深不见底、无可救药的悲哀；悲哀之中渗透着无声的，有几分确凿无疑，也有几分习以为常和已成定式的绝望。这绝望的电光不仅照亮了演讲者个人的虚妄，也奚落并且终结了这一刻的事态、听众的期待与心态，还有多少有些狂傲的演讲题目；不仅如此，荒原狼的目光直击我们的时代，它将尘世间所有的纷乱忙碌、追名逐利、贪慕虚荣以及那些自以为聪明的平庸之辈制造的肤浅把戏看得一清二楚。唉，不幸的是他看得还要深，还要远，它不单指出我们的时代、精神性与文化的匮乏与无望，它还直指所有人性的内核。顷刻间，它意味深长地传达了一个思想家——或许是一名智者——对尊严，更是对人生意义的一切怀疑。他的眼神在说：“看啊，这些猴子就是我们啊！看，这就是人！”于是，所有的立身扬名、聪明才智和精神成就，所有朝着崇高、伟大和恒久人性的努力瞬间土崩瓦解，成了猴子的戏耍！

讲到这儿，我已经说太多了，完全有悖于我的计划和意愿，但哈勒是什么样的人，我大体还是说了出来，尽管我的本意是逐步揭示他的为人，向读者详细陈述我是如何一步步认识他的。

既然都说到这个份上了，再让我继续讲述哈勒身上难以捉摸的“陌生感”，详述我是如何逐步发觉、认识到这种陌生感以及这非同寻常的可怕孤独感的缘由与含义，就显得多余了。能不讲就不讲，因为我其实只想做背景板里的一个人物，不想进行自我告白，不想天马行空地讲故事，也不想进行心理分析；我只想作为一个见证者，略尽绵薄之力，以再现留下荒原狼手稿的这位奇特男人的形象。

就在我们初次相遇时，即他踏进姨妈家的玻璃门，像小鸟一样探出头，称赞家中的气味好时，我就隐约觉得这个男人不一般。可我讨厌他，这就是我当时不免幼稚的第一反应。我感觉（还有我姨妈，她跟我不一样，根本算不上是读书人，却也和我有几乎一致的感受）——感觉这个男人有病，可能是精神病、心理疾病或者性格缺陷，作为健康人士，我的直觉告诉我要保护好自己。随着时间的流逝，我的防备之心逐渐消退，取而代之的是对他的关切，因为我见证了这位常年遭受沉重痛苦之人内心的孤独和沉沦，对他产生了深切的同情。在这段时间里，我越发意识到，这个受难者的病根不是天生的某种缺陷，恰恰相反，他生病是因为他天赋异禀，才华卓越，而他无法令自己的天赋和才华和谐共处。我意识到，哈勒是个受难的天才，他就像尼采的某些经典语录里说的那样，他的内心培养出了一种完美的、无限而又可怕的受难能力。同时我也意识到，他的悲观厌世从根本上来说不是藐视世界，而是藐视自身。因为当他谈论制度或者个人时是如此不留情面，把他们说得一无是处，但他从未把自己排除在外。他的矛头总是最先指向他自己，他最先憎恨和否定的总是他自己……

讲到这里我必须添几笔心理学上的说明。虽然我对荒原狼的生活知之甚少，但我完全有理由猜测，他是由慈爱但严厉，同时又十分虔诚的父母与教师培养成人的，按他们的意思，“摧毁意志”是教育之基。但他们未能泯灭这个学生的个性，摧毁其意志，他实在是太坚毅强硬、孤高傲世。他们没能抹杀其个性，却教会了他憎恨自己。他毕其一生，耗尽他所有幻想的天赋和思辨的强力来对抗自身，对抗这个无辜而高贵的客体。不管怎样，他还是一个完完全全的信徒，一个彻头彻尾的殉道者，他所能说出的每一句刻薄话和批判，他所能发泄的每一份恶意和仇恨都毫无例外地首先指向他自己。至于其他人和他周围的世界，他则一直做着最英勇无畏、最诚心诚意的努力，尝试去爱他们，公正地对待他们，不去伤害他们。因为他时刻谨记要“憎恶自己”，就像基督的“爱人”教诲言犹在耳。所以，他的一生就是一个明示：不爱自己，也就不可能爱人；同理，憎恶自己就像精致的利己主义一样，到了最后，众叛亲离，悲观绝望。

但现在，我应该先把我的想法搁置一旁，讲讲现实情况了。我最先了解到的——部分通过我的情报刺探工作，部分来自姨妈发表的看法——是哈勒先生的生活方式。显而易见，他是一个有思想、爱看书的人，但没有一份实实在在的工作。他大部分时间躺在床上，常常快到中午才起床，穿着睡衣走上几步，就从卧室到了他的起居室。他的起居室就是那间有两扇窗户的宽敞温馨的阁楼，没过几天它就和其他租客租住在这里时大不相同了：房间里增添了新物件，而且随着时间的流逝，东西越来越多。他在墙上挂上了照片，钉上了图画和一些从杂志上剪下来的图片，他还会经常更换这些杂志图片。有一组照片拍摄的是德国南方某乡村小镇的自然风光，显然那是哈勒的故乡；中间挂的是色彩明亮、绚丽的水彩画——后来我们才知道这些都是哈勒自己画的；然后还有一位年轻漂亮的女人或者说是年轻女孩的照片。有段时间墙上还挂着暹罗佛陀的画像，后来换成了米开朗基罗《夜》的复制品，之后又换成了圣雄甘地的肖像。偌大的书柜里全是他的书，即便这样，桌上、漂亮的旧写字柜上、长沙发上、椅子上和地上都堆满了书。书里插满了便笺纸，且一直在更新。书也一直在增加，因为他不仅从图书馆打包带回一捆捆的书，还经常从邮局那儿收到包裹。蜗居在此的这位男士只可能是名学者。印证这一猜测的还有满屋子缭绕的烟雾、扔得到处都是的烟头和烟灰缸。然而大部分书里的内容并不高深，绝大部分的书是不同时期不同民族的作家作品。有一段时间，在他经常一躺就是一整天的那个长沙发上，堆放着一套厚厚的十八世纪末出版的《苏菲从梅梅尔到萨克森的旅行》[①]，整整有六卷。一套歌德全集和一套让·保尔全集看上去已经被他反复翻阅过多次了，还有诺瓦利斯，甚至莱辛、雅可比和利希腾贝格的作品也同样如此。陀思妥耶夫斯基的几卷书中插满了写有笔记的纸条。在那张稍大一点儿的桌子上，文山书海之间，常常摆放着一束花，还有一个水彩颜料盒被经常挪来挪去，但不变的是它上面总蒙着一层灰，它的旁边堆放着烟灰缸，还有——我就直说了——各种各样的酒水瓶。有一个用稻草缠绕的酒瓶，里面大多装的是他从附近一家小店里打来的意大利红酒；有时能看到屋里还有勃艮第葡萄酒或者马拉加葡萄酒；还有一次，我看到一个矮胖的瓶子，里面装的是樱桃烧酒，没两下子它就差不多被喝光了，然后被丢进了房间的角落里积灰，再也没人去碰。

---

① 该书为18世纪的德国畅销书，作者为约翰·蒂莫托伊斯·赫尔梅斯（Johann Timotheus Hermes，1738—1821）。下文提到的几位作家，除了陀思妥耶夫斯基为19世纪的俄国作家外，其余均为18至19世纪的德国作家。

我没想过要为我的情报收集工作进行辩护，我要坦白承认，这种种迹象虽然暗示了此人精神生活充实，但如此吊儿郎当、不加节制的生活方式最初仍然令我心生厌恶与疑虑。我不仅是个安分守己、生活作息有规律的人，习惯朝九晚五的工作，知道在什么时间干什么事，而且我也生活节制，从不抽烟，因此哈勒房间里的那些酒瓶，比起他身上那种不修边幅的艺术家气质更令我讨厌。

这位异乡人睡觉、工作皆无规律，就连吃饭喝酒也是混乱无度，随心所欲。有些天他足不出户，除了早上喝杯咖啡外，一整天都不吃东西，偶尔姨妈会发现一块香蕉皮，那是他餐后唯一的残余物；不过另有些日子，他会去饭馆吃饭，时而去高档的上流饭店，时而上城郊的小酒馆。他的健康状况看起来不太好：腿脚不利索，上下楼梯颇为费力，而且他似乎还深受其他病痛的折磨。有一次他随口说，他消化不良已经好多年了，而且一直睡不好觉。我认为这主要归咎于他爱喝酒。后来，我偶尔陪他去他常去的一家酒馆，看见他又快又急地往自己肚子里灌酒。但无论是我还是其他人，从未有人见他真正喝醉过。

我永远忘不了我俩的第一次私交。此前，我们对彼此的认识程度无异于同一租赁公寓里的邻居。那天晚上我下班回家，惊讶地发现哈勒先生坐在二楼和三楼之间的楼梯拐弯处。他坐在最上面的一级台阶上，见我来了就朝旁边挪了挪，好给我让道。我问他是不是哪里不舒服了，并表示愿意扶他走上去。

哈勒盯着我看，我意识到，是我把他从某种梦幻状态中唤醒了。笑容慢慢浮上他的脸庞，是那种常常让我变得心情沉重的儒雅却悲悯的笑容。接着，他请我在他身旁坐下。我谢过他，说我不习惯坐在别人家房门前的楼梯上。

“是啊，”他一边说一边笑得更厉害了，“您说得没错。但请您再稍等片刻，我一定得让您看看，为什么我要在这儿坐上一会儿。”

说着，他指了指二楼房门前的过道，该房间由一位寡妇租住。在这块位于楼梯、窗户和玻璃门中间的空地上铺着拼花地板，一个高大的红木柜子靠墙而立，柜体上镶着旧锡皮。柜子前面的地板上有两个矮小的花架，花架上放着两个大花盆，其中一盆是杜鹃花，一盆是南洋杉。它们长得很漂亮，又有人悉心照料它们，把它们打理得干净、完美；这些我早就看在眼里，并且觉得很舒心。

“您看，”哈勒继续说，“这个摆着南洋杉的过道闻上去真是妙不可言，每次经过这个地方，我必得待上一会儿。您姨妈的房间也很好闻，而且也收拾得井然有序、洁净无尘。可摆放着南洋杉的这块地方，它散发出如此清新的味道，如此一尘不染、清爽干净、亮洁如新，干净得无可指摘，简直光芒四射。每次到这儿，我总要深吸一口气，让它充盈我的鼻腔——您也闻到了吗？这木蜡油的气味、松节油的淡淡余香，混合着红木的味道和擦拭得干干净净的植物叶片的清香，所有这一切合成了一种香气，淋漓尽致地表现出规矩人家的单纯、细致、精确、恪尽职守和一丝不苟的性格。我不知道那屋里住的是谁，但玻璃门后肯定是小资的天堂——干净纯洁、一尘不染，秩序井然，事无巨细皆勤勉尽责，真是令人感动。”

见我沉默不语，他又继续说道：“您可千万别以为我说这话是在嘲讽人！亲爱的先生，我压根不想嘲笑普通人家的规矩与秩序。没错，我活在另一个世界里，我不属于这个种着南洋杉的世界，在这里我或许一天都待不下去。然而就算我是一匹上了岁数、有些粗野的荒原狼，我终究也是一位母亲的儿子，我的母亲也是一个规矩人家的妻子，她也种花，打理房间、楼梯、家具和窗帘，努力让自己的住所和生活变得整洁、明净和有序，而不是撒手不管，一走了之。松节油的气味和南洋杉都让我想起了这些，于是我就挑了个地方坐下，看着这宁静、有序的小花园，心里面为这一切都还在而感到高兴。”

他想站起来，但就是使不上劲；我在旁边搀扶了他一把，他也没有把我的手推开。我一直没说话，却被这个奇特男人身上自带的某种魔力吸引住了，就像我的姨妈上次被他迷住了一般。我俩沿着楼梯慢慢往上走，在他的房门口，他都已经把钥匙掏出来攥在了手心里，却又停了下来，睁大了双眼，一脸和气地盯着我看，说道：“您刚下班回来？说真的，我对这码子事一窍不通，我和这种生活完全不沾边，最多处在它的边上，这您是知道的。但我相信您也有兴趣读读书之类的，您姨妈有一次和我说过，您从文理中学毕业，还很擅长希腊语。我想说的是，我今天早上读诺瓦利斯[①]，看到他写了这么一句话，我能拿给您看一看吗？您对此也会感到高兴的。”

他把我带进他的房间，里面一股浓浓的香烟味。书堆得到处都是，他从一堆书里抽出一本，翻阅着，寻觅着。

“这句也很好，非常好，”他说，“您听听这句：‘人类应以痛苦为傲——每一种痛苦皆在提醒我们，我们的等级更高。’太精辟了！比尼采早了八十年！但我刚才说的格言不是指这句话——稍等——我找到了。您听：‘大多数人在学会游泳之前不想去游泳。’是不是很好笑？他们当然不想去游泳啦！他们生来是要活在陆地上的，而不是活在水里。所以说嘛，不想动脑子也是理所当然的：造人是为了生活，而不是思考！那些动脑子的人，那些把思考当作头等大事的人固然能想得很远，但他分不清哪儿

① 诺瓦利斯（Novalis，1772—1801），德国早期浪漫派代表人物，抒情诗代表作有《夜颂》《圣歌》等。

是陆地哪儿是水，总有一天他会溺水而亡。”

他的这一番话吸引了我，勾起了我的兴趣，我就又待了一小会儿；之后，但凡撞见，我们就会聊上几句——不管是在楼梯间还是在街上。一开始的时候，我总觉得他是在嘲笑我，就像上次我们在南洋杉边上聊天一样。然而事实并非如此。他对我千真万确怀有一种敬意，就像他看待南洋杉一样。他当真认定了他此生必定孑然一身，他就是那个在水里游泳的人，漂泊无定，所以当他偶尔看到普通人最普通不过的举动时，比如说我每天按时去办公室，再比如说帮佣或电车售票员奉为圭臬的守则，他就真切地感到一阵激动，毫无揶揄之意。起初我感觉这实在是太好笑、太矫情了——一会儿是君临天下的豪情，一会儿又是浪荡子的懒散，如此多愁善感，喜怒无常。但后来，我渐渐看清楚了，他身处的是一个真空之地、奇异之所，他像荒原狼一样地活着，当他打量我们这个普通规矩的小世界时，他打心眼里欣赏、热爱它，因为它稳定而安全，是他无法企及的遥远之地，是故土和心安之所，他却找不到路在哪里。我们有个清洁女工，是个很不错的女人，每次见到她，他都会发自内心地向她脱帽致敬。要是我姨妈和他聊上几句，或者提醒他大衣上的纽扣快掉了，衣服该补一补了，他也听得格外专注，一副郑重其事的模样，好像他正竭尽全力寻找一个罅隙，好钻进我们这个平和的小世界，成为其中的一分子，哪怕只有短短一个小时，然而他的努力只是徒劳。还在我们第一次交谈时——就是在南洋杉旁的那一次——他就称自己为荒原狼。多么奇怪、陌生的名字！他到底说的是什么话呀？！但习惯成自然，我不仅学着接受了，而且不久之后，每当我想起这个男人，我就在心里默默地用荒原狼来称呼他，一直到今天，我都没有为他这一类人找到更合适的字眼。没有什么比迷途的荒原狼这个譬喻更能生动形象地说明他的个性了。他误闯入我们这里，进了城，一头扎进了人堆里，却惊恐地发现自己根本没有朋友，他身上的野性未泯，他深感不安，他想家，却无家可归。

有一次，我有一整个晚上来好好观察他。那是在一场交响音乐会上，我惊讶地发现他就坐在我的近旁，而他并没有看见我。开场演奏了一首亨德尔[①]的曲子，华丽而优美，但荒原狼却呆坐在那里，无动于衷，仿佛音乐和周围环境都与他无关。他独自坐在那儿，两眼低垂，表情冷峻而忧虑，完全是一副格格不入的样子。接着响起了另一首由子——由弗里德曼·巴赫[②]创作的小交响曲，我惊异地发现，几个节拍过后，我的陌生人开始有了笑容，他把

---

① 亨德尔（George Friedrich Händel，1685—1759），巴洛克时期德国作曲家，一生创作颇丰，且风格独特鲜明，其作品的影响延续至今。

② 弗里德曼·巴赫（Friedemann Bach，1710—1784），德国作曲家，是著名作曲家约翰·塞巴斯蒂安·巴赫的长子。

自己交给了音乐，完全沉醉于自己的世界，差不多有十分钟，他看起来是那样幸福地浸润其中，仿佛沉溺于美妙的梦境中一般。我完全被他吸引住了，几乎没有好好听音乐。一曲终了，他醒了，挺直了身子，看上去像是要起身离开的样子。但他并未离席，而是坐着听完了最后一首曲子。那是一首雷格尔[①]的变奏曲，很多人都认为它有些冗长乏味，荒原狼也不例外。他虽然一开始还听得专注，好像在向乐团表示他的善意，但后来就分心了，把双手插进口袋里，再次沉浸在自己的世界里。但这次不是那种幸福、迷梦般的感觉，而是透着悲伤，最后还带着点懊恼的表情。他的脸再次变得遥不可及、苍白而呆滞，他整个人也显得年迈体衰，还心绪不佳。

音乐会后我在大街上又看见了他，就跟在他后面走了一小段路。他蜷缩在大衣里，拖着郁闷而疲惫的身心朝我们那个街区走去。在一家老旧的小酒馆前，他停下脚步，看了看表，略微迟疑了一下，还是走了进去。我一时心血来潮，便跟在他后面进了酒馆。他在一张普普通通的酒桌旁落座，老板娘与女招待和他这位常客打了声招呼。我向他问了声好，坐在他对面。我们在那儿坐了有一个小时，我喝了两杯矿泉水，而他先是给自己要了半升红酒，然后

---

① 雷格尔（Max Reger，1873—1916），德国作曲家。

又加了一份四分之一升的红酒。我说我也去听了音乐会，但他没有接我的话。他看了看我要的矿泉水的商标，问我要不要喝葡萄酒，他可以请我。当他得知我从不喝酒时，他又露出了那副一脸无助的表情，说道："是啊，您说得没错。我也过了多年有节制的生活，有很长一段时间吃得很少，但眼下我又为水瓶座所支配，这是一个阴暗潮湿的星座。"

我以开玩笑的口吻回应了他的这番隐语，言外之意是我完全不敢想象他竟然相信占星术。这时，他又用那种经常使我受伤、礼貌过头的语气说："完全正确，很遗憾，我连这门学问都不能相信。"

我先行告辞离开了。他很晚才到家，但是脚步声一如往常，而且和平时一样，他没有立刻上床（作为他的隔壁邻居，我听得很清楚），而是开了灯，在他的起居室里又待了约莫一个钟头。

还有一个夜晚也令我难以忘怀。那天姨妈出门了，家里只有我一个人在。门铃响了，我去开门，看见门外站着一位年轻貌美的女士。她说她来找哈勒先生，我一眼认出了她：她就是那张被挂在哈勒房间里的照片上的女人。我给她指了指哈勒的房门，就随他们去了。她在楼上逗留了片刻，没多会儿，我听见他们一起下楼出去了，有说有笑，兴致很高，也很快活。我惊讶极了，这个隐居者居然也有爱人，而且还如此年轻、漂亮、优雅。我开始再次怀疑自己对他及其生活所做的种种猜测是否正确。但才过了短短一个小时，他就回来了，独自一人，迈着沉重而悲伤的步伐，艰难地爬上楼梯，进了房间，在他的起居室里轻手轻脚地走过来走过去，走了几个小时，就好比一只困在笼中的狼。整整一个晚上，他的房间一直亮着灯，直到天亮才熄灯。

我对他们的关系一无所知，只想再补充一句：后来我在城里又见过一次他和那个女人，俩人走在街上，手挽着手，他看起来很幸福。我再次诧异于他那张布满愁容的苦瓜脸竟然还能如此神采奕奕，甚至带有些孩子气的天真。那一刻，我理解了这个女人，也理解了我姨妈对他的怜惜。但就在那天晚上，我在大门口遇上他，他依然是一副伤心难过的样子，在大衣下面揣着那个意大利酒瓶，就像他平时偶尔揣着这酒瓶去打酒一样。随后，他在自己楼上的“洞穴”里喝了半宿。我为他感到难过——他过着多么凄凉、迷茫和无助的生活啊！

好啦，已经扯得够远的了。不需要再进一步详述他的生活就可以得知，荒原狼想要自杀并以此方式度日。突然有一天，他离开了我们的城市，没有辞行，但支付了所有的欠款，然后就消失不见了；但我并不相信他就此结束了自己的生命。我们再也没有听到有关他的任何消息，但还留着一些别人寄给他的信。他什么都没留下，除了一份他在此地暂住期间写的手稿，那上面有几行字，表明这是给我的，还说我可以随意处置它。

我无法验证哈勒手稿中所述经历的真实性。我并不怀疑，它们在很大程度上属于文学创作，但那绝不是纯粹的虚构，而是一种努力表达的尝试，是作者试图借助可见的外在事件来表达其直抵人心的精神历程。哈勒作品中那些匪夷所思的情节可能来源于他暂住此地的最后一段时间的经历，我相信它们也是基于某种真实的外在体验，对此我毫不怀疑。在那段时间里，我们这位客人的容貌举止的确发生了变化：他常常不在家，有时甚至夜不归宿，甚至连书也不碰了。我偶尔碰到过他几次，他看上去明显变年轻了，很有活力，有时候简直是乐不可支。然而紧接着，他再度陷入新一轮的人生低谷期，整日卧床不起，也毫无食欲。偏偏在这种时候，他的爱人出现了，他和她大吵一架，吵得天翻地覆，几乎要把整幢房子掀翻了；结果第二天，哈勒还为此事向姨妈道了歉。

不，我坚信他并没有自杀。他还活着，就在某个我们不知道的地方，他拖着疲惫的双腿在陌生人家的房子里爬上爬下，出神地凝视擦洗得发亮的木地板和精心打理的南洋杉，白天去图书馆，晚上去泡酒馆或者躺在租来的长沙发上，听着窗外世间纷扰，人来人往；他知道自己不属于这里，但不会自杀，因为残存的信仰告诉他，他将毕其一生在心中品鉴这份苦难，这不幸的苦难，最后，他将因受难而死。我经常想起他，他并没有让我活得更轻松一点儿，他也没有那种天赋来帮助我培养内心的强大与喜悦。唉，恰恰相反！但我不是他，不会像他那样生活，我要过属于我的生活——平凡普通、中规中矩的生活，但是有安全感和责任感。所以我们，我和我的姨妈尽可以心平气和地想起他。其实，我的姨妈比我更了解他，也能讲更多关于他的故事，但她心地善良，宁愿将这些深藏起来。

至于哈勒的充满奇思妙想的笔记——其中有些描述不无病态，有些则优美而睿智，我必须说，如果它们是偶然落到了我手里，而我不知道作者是谁，那我肯定会气得把它们当成垃圾扔掉。但结识哈勒后，我变得可以理解，甚至可以认同其中的部分内容了。如果我在他的笔记中看到的只是一个个体，一个可怜的抑郁症患者的病态幻想，那么我会在把它们拿给别人看之前好好考虑一下。但我在其中看到的不止这些。它是一份时代档案，因为哈勒的精神疾病——我现在知道了——不是个人的怪癖，而是时代自身的疾病，是哈勒那一代人的神经症，而且患病的绝不仅仅是弱小和劣等的个体，而恰恰是那些强壮的、最有智慧和天赋的人。

这些笔记——不管它们有多少是基于真实体验——是一次克服时代痼疾的尝试，其作者不规避掩饰，而是直面疾病，把它作为自己的描述对象。这是一场名副其实的地狱之旅，行走其中，不免有时胆怯，有时英勇，但无论如何，都要带着一种洞穿地狱、不惧混乱、将恶承受到底的意志，在那混沌、阴森的精神世界里一直走下去。

哈勒说过的一段话是我形成上述认识的关键。有一次，我们讨论所谓的中世纪的严苛，末了他对我说："这些实际不是严苛。一个活在中世纪的人，他会嫌弃我们如今的生活方式，觉得它可能还不只是严酷、恐怖和野蛮！每一个时代、每一种文化、每一种习俗与传统都有它自己的风格，其刚柔并济，美丑共存，有一些受苦受难会被视为理所当然，又有一些不良恶习会被宽容地接受。只有当两个时代交替，两种文化与宗教交错的时候，人生才会变成炼狱，变成真正的受难。一个原本生活在古代的人，你非要他活在中世纪，那他肯定会痛苦得喘不过气来，就像把一个野蛮人放在我们的文明社会里，他一定会窒息一样。现在不乏这样的情况，整整一代人陷入了两个时代、两种生活方式的叠加地带，所有的习以为常、风俗、安全感与无辜感不复存在了。当然，并非每个人都会有同样强烈的感受。像尼采这样的人，在他那个时候就充分体验了我们现在遭受的苦难——早了不止一代人啊！那时候，他踽踽独行，独自受难，今天，成千上万的人正在经历同样的苦难。"

当我阅读他的笔记时，我时常忍不住想起这段话。哈勒就是陷入了两个时代叠加地带的一分子，他们从安全和无辜的生活中跌落；人生奥妙几多，而他们命中注定要以个人受苦受难的方式来承受这一切。

在我看来，这就是他的笔记对我们的意义所在，所以我决定将其公之于世。再说一句，我既不想为它辩护，也不想对它进行批判，就请诸位读者自行裁断吧！

哈里·哈勒的笔记

这一天就和许多平常日子一样过去了，是我把它打发过去了，用我那原始而怯懦的生活艺术温柔地杀死了它。我工作了几个小时，翻阅了旧书，浑身上下疼了两个小时，就像上了岁数的人一样难受，我吃了药，很高兴这药略胜一筹，我泡了个热水澡，把融融的热气都吸入了身体里，我去取了三次邮件，把所有可有可无的信件和印刷品都翻了一遍，我做了呼吸练习，但却偷懒没做今天的思维训练，散了一个小时步，发现天边的钩卷云已在空中画出了漂亮、精致、难得一见的图画。过得挺美，就像沉浸在旧书中、躺在温暖的浴缸中一样，但是——总的来说——这不算是一个令人心怡的日子，也不是一个光芒四射、幸福快乐的日子，它是我长久以来习以为常的日子中的一天：一个上了岁数、对生活挑三拣四的老先生过的日子，舒适有度、尚能忍受、差强人意、不好不坏，没有特别的病痛、特殊的烦恼、实在的悲伤和绝望。

在这样的日子里，甚至能客观冷静、丝毫不带兴奋或恐惧地认真思考是否该效仿阿达尔贝特·施蒂弗特[①]，用剃须刀制造一起意外事件。

一个人若品尝过另外一种日子的滋味，知道不幸的生活是什么，知道痛风发作和那种挥之不去、每转动一次眼珠子、每抽搐一次耳朵都疼得要命的剧烈头痛意味着什么；一个人若经历过了内心的挣扎死亡，经历过了内心的空虚和绝望，知道我们的星球已经被大集团公司吸干榨净了，满目疮痍，知道人类和其所谓的文化在虚假、低俗、五光十色的喧闹欢腾中像催吐剂一样冲我们龇牙咧嘴，紧追不舍，在已病恹恹的自我中聚集，让人再也受不了；一个人若体验过这种炼狱般的日子，他就会对像今天这样正常、半好不坏的日子感到心满意足。他心怀感恩地坐在暖和的壁炉旁，读早报时不无感激地发现，今天也没有爆发战争，没有建立新的独裁政权，政经界没有爆出什么败类和丑闻，于是他感激涕零地拿出那把生锈的古琴，拨动琴弦吟唱出一首不瘟不火、相当欢快、近乎愉悦的赞美诗来感谢他那心态平和、心性温柔、吸食了镇静剂而变得麻木不仁、心安理得、仅有四分之一神族血统的神灵，

---

① 阿达尔贝特·施蒂弗特（Adalbert Stifter，1805—1868），奥地利作家，因不堪忍受病痛折磨用剃须刀自杀。

而他的那个神却只是感到麻木不仁。在这充盈着志得意满、百无聊赖的温厚空气中，在这种让人感激不尽的无痛感中，那个乏味地不停点头的仅有四分之一神族血统的神和那个低声吟唱、鬓角斑白的仅有四分之一人类血统的人，简直就是一对孪生子。

知足、没有痛苦，日子过得谦卑平淡，不管是痛还是喜都不肆意声张，不管做什么都低声细语、轻手轻脚，这自是好事，只可惜我现在完全不能忍受这种知足常乐的日子，不消片刻就会觉得它们变得面目可憎，让我恶心，令我绝望、头脑发热，有可能一路追随快感而去，迫不得已时也可以一路朝向痛苦而行。如果我有一段时间既不快乐也不痛苦，过着所谓的不温不火、索然无味、相安无事的好日子，我那孩子气的灵魂反而痛苦不堪，仿佛受了狂风的摧残一般，于是我拿起生锈的感激之琴，朝那个昏昏欲睡、志满意得的神的脸上砸去，我宁愿让那可怕的痛苦在我体内燃烧，也不愿享受这宜人的室温。我的体内继而燃烧起一种对澎湃激情、对沸腾热血的狂热渴望以及对被压抑了的、平淡如水、程式化的和经过无害化处理的生活的愤怒。一个疯狂的欲望攫住了我，我要去砸东西，随便什么都行——商场、教堂或者干脆就把我自己打倒；我想胆大妄为一把，把一些受人膜拜的偶像头上的假发扯掉，给几个叛逆的逃学小顽童送上他们渴望已久的去汉堡的车票，勾引一个小女孩儿，或者干脆把好些个这庸俗世界秩序的拥趸者的脑袋都掉个个儿。一切的一切中，庸人的知足、健康、舒适、细心呵护的乐观以及孕育了大量中庸者、正常人和愚夫俗子的温床是我打心眼里最为憎恨、厌恶和诅咒的。

受着这种情绪的支配，我在夜幕降临时终结了这不好不坏的如常日子。我没有用深受病痛折磨的人常用的恰当方式来结束这一天，也就是说我没有让自己受到已经铺好的、有热水袋做诱饵的床的诱惑，而是闷闷不乐地穿上鞋，套上大衣，对自己这一天的所作所为极其不满，深感厌恶。夜色低垂，薄雾轻笼，我出发进城了，准备在“钢盔酒馆”里喝上嗜酒男人口中常说的“一小杯”。

我离开了自己的阁楼，沿着楼梯往下走，这异乡人家的楼梯真难走，但它无非就是用刷子清洗得干干净净的规矩人家的一段楼梯，位于一栋极其体面的大房子里，房子里租住了三户人家，而属于我的清静之地就在这房子的屋顶下面。我不知道为什么会这样，但是我——无家可归的荒原狼，孤独的庸常世界的痛恨者——却总是住在正经中产人家的房子里，这源于我由来已久的感伤情绪。我既没有把自己安顿在奢华的大房子里，也没有搬进无产者住的房子里，而偏偏总是选择住在这种极其体面、极其无聊、维护得近乎完美的具有小资情调的安乐窝里，这种地方有松节油和肥皂的味道，如果有人关门时没留意，房门砰的一声合上了或者又有人穿着一双脏兮兮的鞋子进了屋，住在这种地方的人准会吓一跳。毫无疑问，我还是小孩子的时候就爱上了这种环境，我暗藏在心里的对故乡这一类东西的向往使我无望地一次又一次走上这条愚蠢的老路。既来之则安之，我还蛮喜欢这天差地别的对照：我孑然一身，对什么都漠不关心，但又疲于奔命，生活变得一团糟，但是在这里，有家的温馨，有规矩人家的体面。我喜欢坐在楼梯上呼吸安静、有序、洁净、得体、温顺的味道，尽管我讨厌庸人，但是这股味道里总有某种令我动容的东西。我还喜欢在这之后跨过门槛进入我的一方天地，把此前的一切全挡在门外。在我这里，书堆得到处都是，书堆之间不是烟头就是酒瓶，乱七八糟的，根本不像一个家，也没人打扫，书、手稿和想法，一切的一切都充斥着、浸透着踽踽独行者的困苦、何以为人的困境以及为无意义的人生赋予新意义的渴望。

我打南洋杉旁经过。因为楼梯要经过二楼住户门前的一个小过道，毫无疑问，这房门之后的房间肯定比其他房间擦洗得更干净，更整洁，更一尘不染，因为这个小小的过道简直光彩照人，非常人所能企及，俨然一座熠熠生辉、充满秩序的迷你殿堂，让人不忍心把脚落在木地板上。只见地板上摆放着两个精巧的脚凳，每只脚凳上各放一个大花盆，其中一个花盆里长着杜鹃花，另外一个花盆里种的是长势喜人的南洋杉。南洋杉的幼苗健康、挺拔，完美至极，每一根枝条、每一片针叶都被擦得干干净净、焕然一新。有时候，我知道没人盯着我看，我就把这个地方视作神殿，坐在南洋杉上方的台阶上，停留片刻，双手合十，虔诚地注视着这座秩序井然的迷你小花园，它如此亲切感人，同时又如此寂寥好笑，让我的心不由自主地为之一动。我猜，在这个小过道的后面，大约也是在南洋杉的神圣荫庇下的住房里，摆满了擦拭得发亮的红木家具，里面的生活无比体面和健康——早睡早起、恪尽职守，家庭节日欢乐而有节制，周日全家一起去教堂做礼拜等等。

我故作欢快地疾步走在巷子里，柏油路面湿滑，空气阴冷湿润，笼罩在薄雾中的街灯流泻出泪眼模糊的光线，又将投射在地面上的慵懒光晕一一收回。我想起了早已被我忘却的青葱岁月：那时，我有多爱这深秋和严冬时分昏暗阴沉的夜晚。夜深沉，我裹着大衣，顶着风、冒着雨，半宿半宿地独自踯躅于这万木凋零、冷酷无情的大自然，我饱吸孤独和忧郁，沉醉其中，乐此不疲。是，那时我也是独自一人，可我是多么享受这一切啊，我一路浅吟低唱，诗意飞扬，之后就在房间里借着烛光，坐在床沿上把这些诗句全写下来。现在，好时光不再，杯中酒已尽，无人再给我斟上一杯。这是不是令人惋惜？非也。旧事皆过往，没什么好可惜的。我扼腕叹息的是今时今日，是我浑浑噩噩度过的不计其数的时光，是我受苦受难的日子，既收不到老天的馈赠，也感受不到心灵的震撼。不过，谢天谢地，还是有些例外情况存在的。偶尔——极少数情况下——也有一些别样的时刻让我为之一振，它们给我带来了老天的馈赠，把禁锢我的四壁砸破，把迷踪失路的我重新带回生机勃勃的世界中心。我努力回想自己最近经历这种情形是在什么时候，内心既激动不已，又不免有些伤心难过。那是在一场音乐会上，演奏的是一曲美妙的古风音乐，演奏木管乐器的艺术家轻声吹奏起来，就在两个小节之间，通向彼岸世界的大门突然再度为我开启，我飞过天堂，看到上帝正在工作，我感受到了极乐世界的大悲心。我不再抗拒这世上的任何东西，也不再惧怕这世上的任何东西，我肯定一切并将我的心奉献给一切。这一幕持续的时间不长，大概一刻钟的光景，但那天晚上它们在我的梦里重现了，从此在我贫瘠的生命中，它会不时地在暗中闪现。偶尔有那么几分钟的时间，我能清楚地看见它，它就像一条闪着金光的神迹穿过我的生活。起初它总是被烂泥污垢掩埋得很深，但不经意间，炫目的金光四射，好像再也不会消失不见，却依然还是在尽头深处隐匿得无影无踪。有一次，这样的情景发生在晚上。我躺在床上还没睡着，突然就吟起了诗，诗句太美太妙了，我当时都没想到要把它们记下来。等早上醒来时我全然不记得自己说了什么，但它们其实还深藏在我的心底，就像饱满的果仁藏在开裂的老壳里一样。另一次，我阅读某位诗人的大作时，我思考笛卡尔[①]、帕斯卡[②]的思想时，它也现身了；还有一次我的思绪飞到了爱人那里，它也再一次放射出光芒，闪闪的金光一直延伸至天堂。唉，在我们现世的生活中，在这个心满意足、庸俗规矩、毫无智性的时代中，面对种种建筑、商业、政治和凡人，要找到这条神迹实在是难！在这样一个世界中，没有一个生活目的是我认同的，没有一种欢愉是我喜欢的，那么，除了做荒原狼和粗俗的隐士，我还能做什么！无论是剧院还是电影院我都待不长，我几乎无法读报，很少阅读现代书籍，我不能理解人们在拥挤不堪的火车和旅馆里，在撩人的音乐无孔不入、人头攒动的咖啡馆里，在时髦奢靡的大都市的酒吧和歌舞剧院里，在国际博览会和盛装游行队伍里，在大型竞技场和为渴望提升自我的听众举办的讲座上，都能获得什么样的欢愉与快乐——反正成千上万的人争着抢着，费尽心机地想要分得一杯羹。尽管我能得到它们，但我还是无法理解，不能苟同。相反，在我难得的快乐时光中，对我来说属于欢愉、体验、令我心醉神迷和心跳加快的东西，世人觉得它们在现实中太过疯狂，所以最多只能在文学作品中发现、认识并爱上它们。

---

① 笛卡尔（René Descartes，1596—1650），法国哲学家，理性主义哲学的奠基人。

② 帕斯卡（Blaise Pascal，1623—1662），法国数学家和哲学家。

确实，如果这个世界是对的，如果咖啡馆里的音乐、大众娱乐、容易知足的美国人是对的，那么我就是错的，就是个疯子，是自己口中的荒原狼，误打误撞地闯入了一个它不认识也不能理解的世界，再也找不到自己的家、空气和食物了。

我过去这么想，现在还这么想，我一边想一边沿着湿漉漉的街道继续朝前走，穿过城中一个最安静、最古老的街区。在巷子的对面，我知道在黑暗中矗立着一段灰色砖石砌成的古墙。我喜欢盯着它看，它就在那儿——位于一座小教堂和一家旧医院之间，历经沧桑，但又无所忧虑。太阳底下，可以看到墙面粗糙，但于眼有益，因为在城中少有这样静好、沉寂的围墙了，大部分墙上，只要还有半平方米的空间，就准保写满了商行、律师、发明家、医生、理发师或治鸡眼的江湖医生的大名。眼下，它就立在那儿，岿然不动，悄然无声，但是墙面上又有所变化：我看到墙的正中间有一个带尖拱的漂亮小门，我觉得自己有点记忆错乱了，因为我真的记不清这扇门是新装上去的还是它一直就在那儿。毫无疑问，这门有些年头了，简直就是一件老古董。可能在好几百年前，这扇紧闭的黑色小木门通向一座沉睡的修道院，即使修道院如今不在了，它还依然在那儿把守着；可能我已经见过这门不下百次了，却从未在意过它的存在；也许因为它刚刚粉刷一新，所以我才发现了它。不管怎样，我停住了脚步，仔细往对面瞅，我没有走过去，因为中间的路面实在湿软得吓人。我不过是站在人行道上朝那边张望。夜色深沉，我依稀看到小门的四周缠绕着一个花环或者其他什么花哨的东西。我竭尽全力看得更加仔细，终于看到门口上方有一块苍白的牌子，上面好像写着什么字。我睁大双眼想看个究竟，最后还不顾地面泥泞，踩着积水走了过去。在小门的上方，灰绿色的古墙上，我看到有一小块地方闪烁着微光，在它的上方有五颜六色的字母在随机滚动，忽隐又忽现。好吧，我想，现在就连这么漂亮的一面老墙都给他们拿来做灯光广告牌了！墙上的字母跳动得很快，字母与字母之间的间隔不均匀，笔画又细又淡，稍不留意就隐没了，因此看起来很费力，只能半蒙半猜，但我还是破解了其中几个词的意思。只能说，想用这种方式招揽顾客的那个人太怂了，他就是一个可怜虫，一头荒原狼。可他为什么要在老城最昏暗的巷子里，在这古墙上打出这些字母？而且偏偏还选在这个时候，天上下着雨，路上一个人都没有？为什么它们跳动得又快又急，如此任性又如此难认？等等！我终于成功连续捕捉到了好几个词，它们是：

魔剧院

——普通人慎入

我试着去开门，按了又按，沉重的老式把手就是纹丝不动。头顶上的字母不再跳动了，它突然停了下来，好像伤心地意识到它的徒劳无益。我后退了几步，一脚踩进了泥地里，墙上不再出现字母了，它来得突然，也消失得突然。我在泥地里站了很久，等着，无果。

当我放弃等待，退回到人行道上时，几个发光的彩色字母在我眼前滴落下来，掉在像镜子一般的柏油路面上。

我读道：

仅——对——狂——人——开——放！

我的双脚都湿透了，浑身发冷，但我还是站在那儿又等了好一会儿。什么都没有。我站在那儿想，这细巧的彩色字母在被雨打湿的墙上和在黑得发亮的柏油路上神出鬼没，就像鬼火一样飘忽不定，真是迷人。这时，我脑子中又冒出了之前想到的一幕——神迹闪着金光，可突然之间又变得遥不可及、无处可寻。

我冻得不行，就又向前走去，一心想着那道神迹，还无比渴望通过那扇门进入魔法剧院——一个仅对狂人开放的剧院。我已经到了集市区，这地方一到晚上，各色娱乐活动一应俱全，每隔几步就能看到张贴的海报或者摆放的招揽生意的牌子：妇女乐队——歌舞剧院——电影院——舞会之夜——但这些都不是为我而设的，它们是给“普通人”的，是给正常人的，只见他们三五成群、你推我搡地挤进那些场所的大门。尽管如此，我的忧伤似乎变淡了一些，毕竟来自另一个世界的问候让我的心里有了一丝感动，那些跳动的彩色字母也在我的心中跳动，拨动了我隐藏在内心深处的琴弦，而且那金色神迹又泛着微光显现了。

我去了那家由祖上传下来的老店，我第一次到这城里来约莫是在二十五年前，打那时候起它就一直没变过，老板娘还是当年的老板娘，现如今那些常来光顾的老主顾里有不少人当年就坐在这儿喝酒了，他们总是坐在同一个位置上，用着同样的酒杯。走进这家不起眼的小酒馆，我就逃离了那些凡尘俗事。就像我坐在台阶上，看着南洋杉一样，尽管这儿并不是我的家，我也找不到同类，但我能安静地坐在观众席里，看着面前的舞台上各色陌路人轮番上演。不过，单是能找到这块安静的地方也已经是物有所值了：没有乌泱泱的人群，没有人声鼎沸，没有音乐，只有几个安静的市民坐在光溜溜的木头桌子旁（不是大理石桌子，没有珐琅镶面、长毛绒桌布和黄铜装饰！），每个人都想在这夜里买醉，每个人面前都摆着一杯廉价的好酒。这几位常客我都面熟，他们或许是真正的庸俗市侩，在他们充满市侩气息的屋子里可能都摆着寂寥的家用祭坛，后面则供奉着痴愚的志得意满的神像；他们也可能像我一样是个孤独、脱轨的家伙，理想破灭而借酒浇愁；他们或许也是可怜鬼、荒原狼。我不知道。他们每个人都有来这儿的理由——思乡、心情沮丧或是寻求某种慰藉，结了婚的想在这儿寻觅当年单身时的情调，上了岁数的公务员想在这儿寻找他学生时代的余音。所有坐在这儿的人都不爱说话，大家全是酒鬼，和我一样，宁可面对半升阿尔萨斯酒，也不愿意去看妇女乐队表演。像船抛锚靠岸一样，我要在这里停泊片刻，待上一个小时，或者干脆两小时吧。一口酒下肚，我才发现自己今天除了早餐之外，还没吃过其他东西。

人可真是能吃尽吃啊！有十分钟的时间，我在读报，让一个不负责任的人的胡言乱语通过眼睛进入我的身体，那人把别人的话吃进嘴里，掺和了自己的唾液又大肆咀嚼，但还没完全消化就又吐了出来。这就是我吃下去的东西——整个专栏呢。接着我吃了一块上好的小牛肝，它是从被宰杀的小牛肚子里切出来的。真是太奇妙了！最妙的还是阿尔萨斯酒。我不喜欢过于浓郁厚重的葡萄酒，至少平日里不常喝，它们口感特别，常常让人欲罢不能。我最喜欢纯正、清爽、质朴的乡村葡萄酒，它们不怎么出名，喝再多都没关系，而且口感很好、很亲切，有一股乡村、大地、天空和树林的味道。一杯阿尔萨斯酒和一块上等的面包，这就是绝配了。但现在我肚子里已经装下了一份小牛肝，这对很少吃肉的我来说真是额外的享受，再者，我面前还放上了第二杯葡萄酒。这可真奇妙啊！想想看，在绿意盎然的某个山谷中的某块地方，健康正直的好人种下了葡萄，酿出了好酒，好让世界各地的——即使离他们十万八千里——沮丧失落的市民和茫然无助的荒原狼能静静地喝上一大杯，从中汲取一点勇气和好心情。管它有多奇妙，无所谓啦！酒好喝，起作用了，情绪也上来了。想起那篇登在报纸上的像糨糊一样的文章，我不禁释然开怀，笑出了声，恍然间，我又想起了被我抛诸脑后的那位木管乐器艺术家轻声演奏的旋律，它像一个闪闪发光的小肥皂泡，在我心里升起，闪着光，透过它望出去，世界变得很小，很绚烂，然后它就破灭了，无声无息。如果这一小段天籁般的旋律能在我的灵魂中悄然生根发芽，让它有一天在我的心中开出一朵娇嫩妩媚、五彩缤纷的鲜花，那我还会完全迷失自我吗？就算我来自动物世界，在这儿迷了路，理解不了周围发生的一切，但我拙笨的生活仍有某种意义，我内心有某种声音在回应，我接收来自遥远的高高在上的境界的召唤，无数画面在我的脑海中堆叠：

出自乔托之手的一群天使[①]，他们来自帕多瓦的一座小教堂

① 意大利画家乔托（Giotto di Bondone，1266—1337）在意大利帕多瓦的阿雷纳小礼拜堂（又称斯克罗维尼礼拜堂）中完成的湿壁画《哀悼基督》。

的蓝幕天顶，经过他们身边的是哈姆雷特和身缠花环的奥菲利娅[①]——世上所有误解与悲伤的美丽化身，飞行员贾内佐[②]站在热气球上，吹响了他的号角，阿提拉·施梅尔茨勒[③]手里拿着他的新帽子，婆罗浮屠[④]将满山的佛像呈现在世人面前。即使所有这些美好的形象也可能活在无数其他人的心里，但仍有数以百倍计的其他未知的形象和声音，它们把家安在了我的心灵深处，它们敏锐的眼、灵敏的耳唯独属于我。医院的古老院墙，它历经岁月剥蚀而呈现出斑驳的灰绿色，无数的壁画似乎就藏在那道道裂缝和风蚀的痕迹中——又有谁来理会它们，给它们在自己的心中留一方天地？又有谁来爱它们，感受那日渐销蚀的色彩之魔力？僧侣的古老书籍以及书中色彩柔和的插图，早已被他们的同胞遗忘的百年前德意志诗人出版的作品，所有这些破旧发霉的书卷，还有老一辈乐师的手稿和油印稿，一张张厚实、泛黄的乐谱承载着他们坚定不移的音乐之梦——又有谁听到了他们睿智、戏谑而渴求的

---

① 莎士比亚的名剧《哈姆雷特》中的男女主人公。奥菲利娅因为无望的爱情和父亲过世而陷入精神错乱，最终自溺在一条铺满鲜花的溪流里。

② 指前文提及的德国作家让·保尔（Jean Paul，1763—1825）的短篇小说《飞船驾驶员贾内佐的航行日志》。

③ 让·保尔的短篇小说《军队牧师施梅尔茨勒的弗莱茨之旅》中的主人公。

④ 位于印度尼西亚中爪哇省的一座佛塔遗迹，大约建造于公元9世纪。

声音，让自己的心充盈着他们的智慧与魅力而行走在这对他们而言完全陌生的时代？又有谁还记得那株生命力顽强的低矮柏树？它长在可远眺古比奥[①]的高山上，被一块滚下来的大石头砸弯了，劈成了两半，但却保住了性命，努力生长，终于长出了新的稀疏的树冠。又有谁能恰如其分地评价二楼勤劳的女主人和她那熠熠生辉的南洋杉？又有谁在深夜品读飘浮的云雾在莱茵河上空书写的文字？只有荒原狼。又是谁在他生命的废墟上寻找支离破碎的意义，忍受着看似荒诞不经的事物，过着看似疯癫的生活，并暗暗希望在最后的迷乱中还能接近上帝，领受天启？

我把酒杯牢牢地握在手中，老板娘想要给我再斟上一杯，但我已经站了起来。我不需要酒了。金色的神迹已经闪现，令我想起了永恒、莫扎特和星座。我又能呼吸一个小时了，可以活下去了，得以存在，不需要忍受痛苦，也不必再害怕和自惭形秽了。

我走出了酒馆，路上已经看不见人影了，寒风撕扯着细雨，惹得街灯哐啷哐啷响，灯光晦暗，若明若灭。现在去哪儿？假如我此刻拥有魔法，可以将愿望变成现实，那我会给自己变出一间规模不大但很漂亮的大厅，它将是路易十六风格的，几位出色的音乐家将在这大厅里联袂为我演奏两三首亨德尔和莫扎特的乐曲。

① 位于意大利中部的一座小城。

我现在的心情很适合干这个，我将像众神啜饮琼浆玉液一般啜饮这沉静、高贵的音乐。啊，我现在可真希望有一个住在阁楼上的朋友啊！烛光里是他沉思的身影，他的身边躺着一把小提琴，他被夜的寂静所包围，而我则将蹑手蹑脚地靠近他，楼梯七弯八拐，我悄无声息地爬上去，给他一个惊喜，接着我们将用音乐和神聊，在这夜深人静的时刻，高高兴兴地过上超凡脱俗的几个时辰！岁月荏苒，这样幸福的时刻曾经一度是我的家常便饭，但时光不再，幸福渐行渐远，离我而去。岁月横流，此一时，彼一时。

我心里虽有几分犹豫，但还是朝家的方向走去。翻起大衣领子，我拄着手杖走在湿漉漉的人行道上。就算我这么慢腾腾地踱回去，但只消一转眼的工夫，我就能到家，坐在我的阁楼——我名义上的家里，我不爱那地方，但又不能没有它，因为我知道自己已经过了可以整天在户外游荡、打发冬日雨夜的年纪。苍天在上，我可不想让一晚上的好心情被下雨天、痛风和南洋杉破坏了。即使没有室内乐队，也没有拉小提琴的孤独友人，但那柔美的旋律已然在我心里奏响，我可以随着有节奏的呼吸轻声哼唱，就算是给自己演奏了。我一边思考一边继续向前走。对，没有室内乐、没有朋友也没关系，渴望温暖而不得，受此折磨岂不是可笑。孤独是不受制于人。我本就希望如此，这么多年过去了，我也算是得偿所愿。孤独冰冷无情，千真万确，孤独沉默无语，就像群星环绕的外太空一样冷寂。

我路过一家舞厅，一阵节奏感强烈的爵士乐迎面而来，就像一块放在蒸锅里的生肉，冒出了既热烈又粗野的蒸汽。我在外面站了一小会儿，尽管我讨厌这种类型的音乐，但它们似乎总有一种隐秘的魅力吸引着我。爵士乐令我恶心，但我还是觉得它比当下所有的学院式音乐好上十倍。它有一种快乐的原始野性，能深深地触动我的本能，它释放的气息纯真、不加掩饰，非常感性。

我站在那儿，嗅了又嗅。我闻到了音乐的血腥气，令人目眩；我恶狠狠地吸进舞厅里散发的气味，越发垂涎不已。这音乐中，抒情的那一半肉麻、甜腻，流淌着感伤，另一半充满野性，喜怒无常、粗犷有力，但这两部分又能够单纯、和平地共处，融为一体。这是靡靡之音，罗马帝国的末代帝王们听的肯定就是这种音乐。当然，与巴赫、莫扎特，以及真正的音乐相比，它是连猪狗都不如的东西——但我们所有的艺术、思想和伪文化，只要和真正的文化一比较，有哪一样莫不如此？这种音乐的优点是非常实诚，有一种可爱率真的黑人气质，并且像孩子一般快乐。它有某种黑人和美国白人才有的东西，这是他们所擅长的，而我们欧洲人就会觉得这种东西带着某种男孩子气，清新而单纯。欧洲是否也会变成这样？还是已经在发生变化了？我们这群了解和崇拜昔日欧洲、昔日真正的音乐和文学的老朽们难道只是一小撮想得太多、冒着傻气的神经衰弱症患者，明天就将受人嘲笑，遭人唾弃？我们称之为“文化”、精神、元气、美和神圣的东西难道早已成了幽灵，销声匿迹，只有我们几个傻瓜还觉得它们真实存在，苟存于世？抑或它们根本就不是真的，也未曾真正存在过？又或者我们这些傻瓜费力所追求的不过就是一个幻影？

老城区对我敞开了它的怀抱，灰色的夜幕下，小教堂影影绰绰，似真似假。恍惚之间，这天晚上的经历又浮现在我的脑海中——神秘的尖拱门、门上神秘兮兮的牌子、戏弄人似的跳个不停的发光字母。它上面显示的到底是什么来着？“普通人慎入。”还有一句：“仅对狂人开放。”我审慎地朝那面老墙望去，暗地里希望魔法会重新开始，希望上面的文字会邀请我这个疯子，让我进入那扇小门。那儿或许有我渴求的东西，那儿会不会演奏着属于我的音乐？

黑黝黝的石墙冷冷地看着我。四周一片漆黑，它大门紧闭，沉浸在睡梦中。没有门，没有尖拱，连个洞都没有，只有静悄悄、黑乎乎的墙在。我笑了，继续向前走，朝那堵墙和气地点了点头。“墙，你睡吧，我不会叫醒你。总有一天，他们会拆了你，或者在你身上贴满唯利是图的公司招牌，但这会儿你还在，你是那么美，那么安静，你真可爱。”

一条幽深的巷子，一口痰冷不防地吐在我面前，着实吓了我一跳。从巷口走出来一个人，一个孤独的晚归者，他拖着疲惫的脚步，头戴小帽，身穿蓝衬衣，肩上扛着一个杆子，上面挂着一张海报，肚皮前的皮带上还挂着一个没有翻盖的木盒子，很像年市上的商贩随身挂着的玩意。他带着倦意，打我面前走过去，连头都没回一下，不然我会向他问声好并给他一支雪茄抽。就着前面街灯的光线，我想看看他扛的大旗上，就是那挂在杆子上的红色海报上面究竟是什么玩意，但它晃来晃去，我一点儿都看不清。于是我叫住了他，请他让我看看那海报。他站住了，把杆子摆直了一些，我这才读出了上面跳来晃去的字，它们写的是：

无政府主义的晚间娱乐！

魔剧院！

普通人慎……

“我正找您呢，”我高兴地叫道，“您上面说的这个晚间娱乐是什么玩意？它在哪儿？什么时候开始？”

他又迈开腿朝前走了。

“普通人不行，”他冷漠地回答道，声音里带着睡意。他还在走。他已经受够了，他想回家。

“等等，”我一边喊一边追他，“您箱子里装的是什么？我想买您的东西。”他没有停下脚步，只是机械地从箱子里掏出一本小册子递给了我。我马上把它接过来，装进了口袋。我正想解开大衣拿钱，他却往旁边一拐，进了一道门，大门在他身后关上，他从我的视线中消失了。从院子里传来他沉重的脚步声，先是走在石子路上，然后走到了木楼梯上，最后我什么也听不到了。一阵倦意突然袭来，我的感觉告诉我，时间很晚了，该回家了。我加快脚步，穿过沉睡的郊区街巷，很快就到了我住的街区。它在城墙之内，在常春藤和草地之后是拾掇得干干净净的小出租公寓，里面住着公务员和收入微薄的退休人员。我走过常春藤，走过草坪，走过不高的冷杉旁，到了家门口，摸到了钥匙孔，摸到了电灯开关，蹑手蹑脚地走过玻璃门，走过擦得锃亮的柜子和盆栽，打开了我的房门——我那狭小的名义上的家。扶手椅、壁炉、墨水瓶、颜料盒、诺瓦利斯和陀思妥耶夫斯基都在等我回家，就像在别人家，即那些正常人家里，总有母亲或妻子、孩子、女佣、狗和猫在等他们回家。

我脱下被打湿的大衣，手无意中又碰到了那本小册子。我把它拿出来，它很薄，用的纸很差，印得也很差，和在市场上兜售的廉价读物，比如《一月生人必读手册》或者《如何在一周之内年轻二十岁》没什么两样。

我窝进了扶手椅，戴上老花镜，看到这本廉价读物的封面上写着——《论荒原狼——普通人慎读》，心中莫名诧异，一种命不由己的感觉油然而生。

这本小书抓住了我，我一读到底，真是欲罢不能。下面将这份文稿抄录如下。

论荒原狼

从前有个人叫哈里，又称荒原狼。他用两条腿走路，衣着穿戴人模人样，但他其实是一头荒原狼。他是个相当聪明的人，学了很多有悟性的人才学得会的东西，但有一点他没有学会，那就是安分知足。这点他做不到，他不是一个知足的人。这可能是因为他在内心深处时刻自知（或者自作聪明地自以为知道），他根本不是人，而是一匹来自荒原的狼。聪明人兴许会围绕他是不是狼这个问题而高谈阔论、争论不休：有没有可能在很久很久以前——在他出生之前——他就被施了魔法，由狼变成了人？或者他出生时是人，但荒原狼的灵魂附着在了他的体内，让他有了狼的天性？还有一种可能性是尽管他相信自己是一头狼，但这其实只是他的幻想，是一种病。比如说有可能这个人小时候是个野孩子，不服管教，不守纪律，负责管束他的人不惜一切把他身上的兽性扼杀掉了，他由此产生了一种错觉，断定自己终究是一头野兽，只是外面套上了薄薄一层教化与人性。讨论可以无休止地进行下去，还蛮解闷的，甚至可以考虑出上几本书；但这些对荒原狼并无裨益，因为对他来说，无论是有人对他施了魔法还是用拳脚把狼装进了他体内，又或者这只是他自己的一种错觉，结果都是一样的。别人的、他自己的想法都不重要，它们并不能让待在他体内的狼出来。

这么一来，荒原狼就有了两种本性——人性和狼性，这就是他的命。命由天定，要说这也没什么特别和稀奇的。这世上本就有过不少这样的人，他们身上有狗、狐狸、鱼或者蛇的特性，但他们并没有因此觉得日子难熬。在这些人身上，人与狐狸、人与鱼相处和睦，彼此互不伤害，甚至还会相互帮助。有些人功成名就，受人羡慕，幸福的推手其实是他身上的狐狸或猴子，而不是人。对此大家心知肚明。哈里则不一样，他身上的人与狼没法齐头并进，更不要说友爱互助了，他们根本就是死对头，一方活着就是为了让另一方遭罪。他俩共有一个灵魂，身体里又流着同样的血，却要至死为敌，那么生活肯定不好过了。哎，人各有命，又有谁的命是轻松的。

我们这位荒原狼的情况是这样的：他虽然和所有半人半兽一样，一会儿感觉自己是狼，一会儿又觉得自己是人，但当他是狼时，他身体里的那个人便伺机静候，观察他，评判他，时刻准备着，同样，当他为人时，狼也做着一模一样的事情。比如，当身为人的哈里有了某个好的想法，产生了某种正派且崇高的情感，或者做了某件所谓的好事时，他身体里的那头狼就会突然露出尖牙狞笑，用嗤之以鼻的态度告诉他，这出高尚的好戏对他这种出没荒野的动物来说真是可笑之至。他是一匹狼，他心里很清楚什么能让他获得满足感：在荒野上孤行，能时不时地大口饮血，或者去追逐母狼；总之在狼看来，人的一举一动都异常滑稽又尴尬、愚蠢又虚荣。同样，当哈里感觉自己是狼，表现出狼的样子，在人前龇牙咧嘴，对人以及人的种种虚假、堕落的举止和习俗恨得咬牙切齿时，他身体里的另一半——人便也伺机候着，观察狼，称其为畜生、野兽，败坏他的兴致，不让他尽情享受他那简单、健康且狂野的狼性之乐。

荒原狼生来就是如此，可以想象，哈里的日子不太好过，活得也不轻松。但这并不是说，他的不幸到了令人发指的地步（尽管他自己确有此感，因为人总是把落在自己头上的一粒灰当作是天底下最大的灾难）。没有哪个人的情况是完全一样的。一个人犯不着庆幸自己身上没有狼性，而最不幸的人生也会遇到阳光灿烂的时候，小小的幸福之花在砂石岩缝中绽放。荒原狼的人生便是如此。他大多数时候很不幸，这是无可否认的；更甚者他还能把人变得不幸，就在他爱人、人也爱他时。因为所有爱上他的人往往只看到他的一个侧面。有些人爱他是一个儒雅、聪明、独特的人，当他们突然不得不面对他身上的狼性时，他们会感到惊慌失措。他们无从逃避，因为哈里和所有生灵一样，都希望被当作一个整体来爱，他看重他们的这份爱，所以他不能在他们面前隐藏、掩饰自己的狼性。但也有一些人恰恰爱他身上的狼性，爱他的自由、野性、桀骜不驯、冒险精神和强者风范，这些人也会异常失望，心里流泪，因为他们会突然发现这只狂野、凶残的恶狼同时也是一个人，也渴望善和温柔，也想听莫扎特和读诗，也追求理想的人性。恰恰这些人往往更加失望、恼怒。就这样，荒原狼用自己一分为二的双重人格影响了他接触过的所有人的命运。

但如果有人认为他这就理解了荒原狼，能够想象出其活得有多凄惨，日子过得有多撕裂，那他仍旧未得其解，还远未搞清楚所有的状况。他不知道（就像凡事皆有例外一样，一百个人中有一个罪人，而上帝偏偏更爱那有罪的人），在哈里身上也存在例外与幸事，他偶尔也能简单纯粹、心无杂念地呼吸、思考和感受他身上的狼和人的气息。没错，他俩在某些时候——那种时刻寥寥无几——也能达成和解，友善共处，那就不单单是你沉睡我清醒那么简单了，而是你中有我我中有你，让彼此变得更强大，力量倍增。在这个男人的生活中也短暂出现过惯有的、寻常的、公认的和合规的东西，就像在世界其他地方一样，它们稍纵即逝的存在只是为了让人稍事休息，随后它们将被打破，让位于非凡、奇迹与恩典。那么问题来了：这些短暂、寥寥可数的幸福时光是否抵消、减轻了荒原狼的厄运，让幸福与痛苦最终达到平衡？抑或这份短暂而强烈的幸福把所有的苦难都吸走了，竟然还有所盈余？就把这个问题留给有闲之人，随他们去瞎琢磨吧。但为此而大伤脑筋的还有狼，他没日没夜地想，日子耗尽还是一无所获。

既然讲到这儿了，那就有必要再说明一点。有类似情况的人不在少数，哈里只是其中之一，如果要指名道姓，那么艺术家就属于这一类人。这些人身上全都有两个灵魂、两种特质——神性与魔性，父母双亲的血气，享福与受难的能力，它们谁都容不下谁，但又互相纠缠在一起，就像哈里身上的狼与人。他们的人生格外跌宕起伏，幸福瞬间寥寥可数，但就在这刹那之间，他们偶尔能体会到无比强烈、难以言表的美，那幸福的泡沫在空中迸裂飞溅，发出了炫目的光亮，超越了苦海，朝四面八方散射开来，让另一些人也为那转瞬即逝、闪闪发亮的幸福着迷而感动。于是，所有那些艺术作品就诞生了，它们是悬浮于苦海之上的珍贵而易逝的幸福泡沫，那受苦受难者在这一刻飞升上天，凌驾于自己的命运之上，他的幸福像星星般闪耀，所有看到它的人都认为那是永恒，是他们自己的幸福之梦。所有这些人——无论他们如何称呼自己的行为与杰作——终究其实是没有生命的，也就是说，他们的生命是不在，是无形。他们不是众所周知的那种英雄、艺术家或思想家，也不是像有些人做了法官、医生、鞋匠或者教师。只有当他们做好了准备，超越生命的混沌，在那些极为罕见的闪耀着光芒的经历、行为、思想与作品中发现意义，他们的生命才不会是一场痛苦不堪的无休止的运动，不会是惊涛拍岸，被撕扯得体无完肤，骇人而无意义。就在他们之中，一个可怕而骇人的想法形成了：人的出现是个天大的错误，是原母[①]忍受剧痛小产后的结果，是大自然我行我素、大错特错的尝试。不过他们当中也有人产生了另一种想法：人类或许不只是苟且偷安的理性动物，他还是众神之子，注定获得不朽。

每种人都有每种人的特点和标志，每种人都有美德和恶习以及不可饶恕的罪孽。荒原狼的特性之一是，他是一个夜游神。对他而言，早上的时光可不好过，他害怕早上，因为早上绝对不会发生好事。他这一生中还从未在某个早上真正高兴过，从未在午前干过什么好事，有过什么好想法，也未能给自己与他人带来过快乐。到了下午他才渐渐暖和起来，有了生气。临近傍晚时分——还得是他的好日子的晚上，他才变得卓有成效、活蹦乱跳，偶尔简直是容光焕发、兴高采烈。这种状况和他需要孤独、需要独立

---

① 原文为 Urmutter，黑塞在此借用了荣格的“伟大母亲”的原型，指“包罗万象的生活中各种矛盾的象征”，也可考虑译为“太初之母”“万物之母”。和“原母”相对应的是下文中即将出现的“原父”（Urvater）。

不无关系。还从未有人比他更为迫切和狂热地要求独立。年轻的时候，他很穷，还要费力养活自己，那时他就宁可饿肚子，穿破烂衣服，也要拯救自己少得可怜的独立。他从来没有为了钱和舒适生活出卖自己，也不讨好女色，谄媚权贵；为了维护他的自由，他还曾无数次抛弃和拒绝了那些在众目睽睽下落在他头上的幸运和好处。尽职履责，遵守日复一日、年复一年的作息时间表，对人唯唯诺诺，这些他最受不了，连想一想都觉得头皮发麻。他嫌恶办公室、办公厅和办事处，因为坐办公室就和死了一样；而最最可怕的是他梦见自己被关在了兵营里。他懂得如何逃脱上述种种情形，很多时候也懂得要有所牺牲。这恰恰是他的长处与美德所在，在这点上他毫不退让，不受蛊惑，他的意志坚定而耿直。他的命运和痛苦又恰恰和这一美德紧密相连。和其他所有人一样，受内心深处本能的驱使，他坚持不懈地苦苦寻觅、追求，他得偿所愿了，但所得过多反而坏了事。开始那是他的梦想与幸福，后来就变成了他苦涩的命运。掌权者因权力而亡，贪钱者因钱而亡，下人因服从而亡，寻欢者因欲而亡。荒原狼则因他的独立而亡。他达到了目的，变得越来越独立，没有人能够命令他，他也不必看别人的脸色，他完全一个人、不受约束地决定自己该做什么，不该做什么。不容置疑，现实的本能总能驱使强大的人各得其所；但是当哈里得到自由时，他突然发现，他的自由是死亡。他孤零零一个人，大家全对他不闻不问，没有人对他嘘寒问暖，连他自己都不想搭理他自己，他杜绝人事，独来独往，他觉得自己周围的空气都快因此被抽干了，越来越稀薄，弄得他简直喘不上气来。而现实情况则是，孤独与独立不再是他的愿望与目标了，这是他的天数，是对他定的罪；许下的愿一旦奇迹般地实现了，就再也回不去了；当他心怀热望、乐此不疲地伸出双臂，想要寻求依恋和亲密无间的关系时，一切已成定局：他成了孤家寡人，可其实没人讨厌他，也没人恨他。相反，他朋友无数。很多人喜欢他，但他觉得那只是同情与好意？人们邀请他，送他东西，写给他的信里满是亲切和善的话语，但没有人亲近他，他到哪里都无法产生依恋感，没有人愿意，也没有人有能力与他分享生活。所以现在，他呼吸的是孤独终老者的空气，他身处寂静之地，周围的一切渐行渐远，他没有能力建立对人对事的关系，对此任何意志和渴望都无能为力。这就是他的人生的一大特点。

他的另一大特性是，他属于自杀者群体。在此必须要说明的是，仅仅把那些真正自我了断的人称为自杀者，是错误的。这当中不乏有人是因为事出偶然才寻了短见，他们的个性中可不见得有自杀的基因。这些人大都没有个性，没有明显的特征，他们的命不够硬，他们就是芸芸众生中的无名小卒，他们确实因自杀而丧了命，但他们没有哪一条哪一点符合自杀者的气质；而那些本质上属于自杀者群体的人当中，相当一部分人——有可能是大多数人——是不会对自己下手的。“自杀者”——哈里就是其中之一——并非一定要离死亡特别近，特别强烈地感受死亡，要做到这点，不是非得成为自杀者才行。但自杀者的特殊之处在于：不管在不在理，他觉得他的自我就像一个受到威胁的自然之胚芽，危险而成问题；在他看来，他已暴露无遗，生命岌岌可危，仿佛站在狭窄而险峻的崖顶，只要外力轻轻一推，或者心里头起一阵小慌乱，就足以使他坠入虚空。此类人的命运线表明，自杀——至少在他们自己的想象中——是他们最有可能采取的死亡方式。这种情绪差不多在他们刚刚进入青春期时就显现出来，并将陪伴他们一生，但这并非因为他们气虚，相反，在“自杀者”身上可以发现坚韧不拔、孜孜以求和果敢勇毅的天性。但是，就像有些人不管得了什么小毛病都会发烧一样，这些被我们称为“自杀者”的人，他们天生易受外界影响，对各种刺激非常敏感，稍有风吹草动就一心想自杀。如果有一门学科不只是局限于研究各种生命现象的运行机制，而是具备研究人的胆量和担责能力，如果我们有类似于人类学和心理学的学科门类，那么这一类人的真实状况，我们早就搞清楚了。

我们在本书中所言当然仅涉及自杀者的表象，这是心理学，即物理学的一部分。从形而上学的角度来看，情况会有所不同，也更容易让人看清楚真相，因为通过形而上的分析可得知，“自杀者”群体是一些因为个体化而深感有罪的人，充盈和完善自我似乎不再是他们的人生目标，他们活着的目的就是要自我消解、回归母体、回归上帝、回归万物。很多具有这种血气的人完全不具备在现实中轻生的能力，因为他们已然深刻认识到了自杀的罪孽。但我们依然认为他们是自杀者，因为他们把死亡，而非生命看作是他们的救赎，他们时刻准备着抛弃自我，献出生命，杀死自己，返本还原。

强力终有变弱的时候（在某些情况下必然如此），反之，典型的自杀者常常能把他表面的弱点转化为力量与支柱，并经常如此行事。荒原狼哈里的情况即属此列。和成千上万的同类一样，在他的想象中，死亡之路随时向他敞开，由此一来，他不仅满脑子都是年轻人的忧郁幻想，而且还从中得到了些许安慰与支撑。诚然，他和他的同类一样，凡是生活中的一点儿风吹草动、一点儿痛苦、一点儿不如意都能唤醒他求死的欲望以求一了百了，但是久而久之，他恰恰从这一喜好中创造出了助益的哲学。他知道有那么一个紧急出口随时为他打开，这种熟稔的想法给了他力量，让他不无好奇地去品味痛苦和不如意，在他生活悲惨的时候，他甚至打心眼儿里有种幸灾乐祸的感觉：“我倒要看看，一个人到底能承受多少！一旦到了我能承受的极限，我只需打开那扇门就能逃脱了。”上述想法成了很多自杀者汲取非常之力的力量源泉。

另一方面，所有自杀者都熟知他们必须战斗，必须和勾引他们自杀的诱惑作斗争。他们心里有块地方清楚地知道，自杀虽然是一条出路，但毕竟只是一个并不合法合规、有点下流低贱的紧急出口，说到底，让自己被生活打败，然后躺平等死，比起亲自动手自我了断更加高贵美丽。这种认知，这种愧疚感和那些所谓的自慰者的内疚感有着同样的渊源，并促使大多数“自杀者”与这种诱惑进行长期斗争。他们与之战斗，就像盗窃成瘾者与他的恶习战斗一样。荒原狼也很熟悉这种斗争，并曾用各种不同的武器与之战斗。最后，估摸是在四十七岁那年，一个幸福而不失幽默的念头突然跳进他的脑子里，让他很是开心。他决定，在五十岁生日那天，他将允许自己了断一生。等到这一天，他与自己约定好，他将根据当天的心情来决定是否使用这个紧急出口。不管在他身上还会发生什么事情，生病也好，贫困也罢，还是他必须经历苦难和辛酸，所有这些都有了期限，最多只消再持续个几年、几个月、几天，而且过一天少一天！事实上，他现在变得比较容易承受一些苦难了，要是换作以前，这些苦难会更长久、更深刻地折磨他，甚至会从根本上动摇他。倘若他的处境由于某种原因变得特别糟糕，如果在日渐荒废、荒凉和荒芜的人生之外，他还生了特别的苦痛，抑或失去了更多，那他就能对那苦痛说：“你们等着吧，再过两年，我就是你们的主人了！”之后，他满心欢喜地沉浸于想象之中：在他五十岁生日那天，贺信和祝福一早就来了，而他握紧了剃须刀，向所有的痛苦告别，大门在他身后徐徐合上。然后他骨头里的痛风，他的忧郁、头痛和胃痛就有得好看了，看它们还能在哪里安家。

还需要解释荒原狼的一种现象，即他与有钱的庸人阶级的特殊关系，在解释的过程中，我们将会把种种现象还原为它的基本原则。既然话都说到这儿了，那我们就把他与“庸常性”这一关系作为我们的出发点吧！

荒原狼自觉游离于庸人世界之外，他既不熟悉家庭生活，也不知社会抱负为何物。他完全把自己视作一个单独的个体：他有时是个怪人，是个病态的隐居者，有时又超乎常人，是个有着天才气质，不屑于寻常生活、琐碎规范的个体。他有意识地鄙视有钱的庸人，为自己不是其中一员而感到骄傲。然而从某些方面来看，他也过着有钱而庸常的生活。他在银行里有存款并资助他的穷亲戚；他穿着看似随意，实则体面低调；他力争与警局、税务局以及诸如此类的机构好好相处。除此之外，一种强烈而隐秘的渴望总是把他拽进这庸人的小世界，让他走进那些安静体面的民宅，这些人家不仅有整洁的小花园和擦得锃亮的楼梯，而且他们的房子里总有一种朴素的秩序和得体感。他喜欢保有自己的小恶习和小奢侈，喜欢把自己看成个怪人或天才，但他不属于庸人之列。话又说回来，没有庸常气息的地方，他可从来没住过，也没有生活过。他从未在充斥着暴徒与异类、罪犯或被剥夺了权利的人的地方安过家，他只在庸人生活的地方生活，并不断地和他们的习惯、规矩、环境发生关系，即使他站在他们的对立面，不断地与之抗争。此外，他接受的是普通正经人家的教育，从中接受了大量道理和成规。从理论上来讲，他一点儿也不讨厌妓女，但却没法对一个妓女动真情，也不会当真把她看成是和自己一样的人。对那些遭到国家和社会唾弃的政治犯、革命者或精神诱导者，他能够如兄弟般去爱他们，但他不知道该如何对待小偷、盗贼或强奸犯，只能以一种相当庸常的方式为他们感到惋惜而已。

就这样，他的本性和行为一分为二，其中一半否认、反抗的总是另一半承认、肯定的。他在一个有教养的普通家庭中长大成人，接受固定的礼仪与习俗，所以他的一部分灵魂始终和这个世界的种种秩序捆绑在一起，即使他早已超出了常规，完成了个体化过程，不再受庸常的理想与信仰的约束。

“庸常性”作为人类的一种既有状态，无非是努力达到平衡，在无数个极端和对立的人类行为之中试图找出一条趋于均衡的中间道路。让我们从这些对立关系中任取一对——比如圣人与浪子——为例，并稍加解释，这个譬喻就一清二楚了。一个人有可能完全献身于精神生活，努力尝试接近神性，即圣人的理想；与此相反，他也有可能完全听从于自己的本能，沉溺于感官的欲望，并竭尽全力获取一时的快感。一条路通向圣人，通向精神的殉道者，通向对上帝的顺服；另一条路则通向浪子，通向本能的殉道者，通向自我沉沦。在这两条路之间，在不温不火的中间地带，是庸人苟活的空间。他永远不会自暴自弃，既不会纵欲过度，也不会禁欲苦行，他永远不会成为殉道者，也永远不会允许自我毁灭；相反，他的理想不是奉献，而是保全自我，他既不追求圣洁，也不追求圣洁的对立面。他不能忍受绝对性，他想侍奉上帝，但也想酒醉心迷；他想做个品德高尚的人，但也想在人世间过得舒服安逸。简而言之，他试图让自己在两个极端之间，在一个没有疾风骤雨的温和而舒适的地带安顿下来。他成功了，但却无法体验那种绝对的、极端的生活所赋予的生命与情感强度，这就是他的代价。只有牺牲自我才能活出生命的强度。而庸人最看重的莫过于自我（尽管只是一个尚未充分发展的自我）。于是，以强度为代价，他保全了自我，生活安稳。虽没有对神的狂热崇拜，没有快感、自由和致命的火焰，但是他收获了良心的安宁、满足、舒适和宜人的温度。因此，庸人本质上是一个生命驱动力孱弱的造物，他担惊受怕，害怕交出自己，容易被掌控。因此，他以多数代替强力，以法律代替暴力，以投票代替责任。

很明显，即使数量众多，但如此柔弱和胆小的物种是无法生存下来的，鉴于其特性，他们在这个世界上至多是一群身处自由奔跑的狼群中的羔羊。然而我们发现，在铁腕人物当权的时候，庸人尽管立时三刻被逼得无路可走，但他们并未沉沦，有时貌似还能主宰世界。这又何以可能？无论是他这一群体的数量、美德和常识，还是其组织纪律性，都没有强大到足以拯救他，使之免于毁灭。如果一个人的生命强度从一开始就非常衰弱无力，那么他在这世界上是无可救药的。然而，庸人阶级依旧还在，强大又繁荣。这是为何？

答案是：因为有荒原狼。事实上，庸人阶级旺盛的生命力绝非基于其常规成员，而是基于数量异常之大的外来者的特质，因为庸人对于理想的界定模糊，可伸可缩，足可以将那些外来者一并收罗进来，故在庸人阶级中一直生活着许多强悍、野性十足的人。我们的荒原狼哈里就是一个典型的例子。他已经超越了庸人阶级可能接受的范围而成了一个独立的人；他既懂得冥想的欣悦，也了解厌恶和自我厌恶带来的阴郁的快乐；他蔑视法律、美德和常识，尽管如此，他没有选择，只能做庸人阶级的囚徒，无法从中挣脱。于是，真正的庸人居于中间，其他人则围成一圈又一圈，在庸人的外围安营扎寨。其中不乏数以万计的有活力、有智慧的人，尽管他们中的每一个人已经超越了庸人阶级的生活范畴，尽管他们原本可以生活在绝对性中，但由于其身上附带的庸常性而存有一种孩童般的天真，而且由于他们感染了庸人衰弱无力的生命强度，所以他们还是以某种方式继续留在庸人阶级中，顺从于它，受它约束并对它尽责。因为对庸人阶级而言，伟人的原则反其意而用之很是合适：凡不敌我的，就是与我相合的！

让我们就此来审视荒原狼的内心：他对外表现为人，但由于高度地个体化，他只能成为非庸人，这是因为个体化走得太快，就会转而反对自我，并巴不得摧毁自我。我们看到，他身上既有成为圣人，也有沦为浪子的强大动力，但不知是因为软弱无力还是懒散无为，他并未能奋起一跃，进入自由而蛮荒的宇宙空间，他被放逐到了生产养育庸人的沉重的母性天体旁，从此便像着了魔似的居留在此。这就是他在尘世间的位置，这就是他的羁绊。绝大多数知识分子和大部分艺术家都属于这同一类人。他们当中只有至大至刚者穿透了包围庸人世界的大气层，抵达了宇宙空间；其他人则要么断了念想，要么折中妥协。他们鄙视庸人阶级，但又是其中一分子，而且他们还壮大了它，美化了它，因为他们最终还是要承认它，好让自己活下去。对不计其数的生命而言，这还构不成悲剧，但足以构成巨大的不幸与厄运，在此困境中，他们的才华喷涌而出，结下累累硕果。也有少数人成功挣脱，进入了绝对性之中，然后以令人惊叹的方式坠落。他们是悲剧式人物，其数量很少。还有另外一种人，即那些受到羁绊的人，他们的才华往往令庸人阶级对他们肃然起敬，他们可以进入第三王国[①]——幽默，一个虚构却独立的世界。内心不得安宁的荒原狼们一直承受着可怕的煎熬，他们缺乏成为悲剧或者冲出重围进入星空所需的蛮力，他们感到自己理应走向绝对，但又无法在其中生活；如果他们经受了苦难，令自己的精神变得强大而灵活，那么他们面前就会出现通向幽默的和解之路。幽默在一定程度上是庸常的，尽管真正的庸人并不具备理解它的能力。荒原狼们追求的理想芜杂且零乱，但在幽默的想象空间中便可以实现：在这里不仅可以同时肯定圣人与浪子，使对立的两极靠拢，而且还可以同时肯定庸人的存在。对神狂热崇拜的人的确极有可能接受罪犯，反之亦然，但是这两者以及所有其他的绝对者却无法同时接受中立的、不偏不倚的中庸，即庸人阶级所特有的庸常。唯有幽默能完成不可能完成之事，它是受阻的韬略雄才、近似悲剧的人物和天赋异禀的不幸者的奇妙发明；唯有幽默（它也许是最具人性特色、最聪明

---

① 借用了中世纪神学家对圣经经文的解释，“第三王国”（drittes Reich）指“圣父之国”（Reich des Vaters）、“圣子之国”（Reich des Sohnes）之后的“圣灵之国”（Reich des heiligen Geistes），即上帝拯救世界后完美的、没有痛苦的第三阶段神国。

绝顶的人类发明了）能用其棱镜折射的光线覆盖人类的所有领域并将它们合为一体。活在人世间，有若这人世不在；尊重法而又凌驾于法之上；有得，有若无得；舍弃，有若无弃——有一种崇高的人生智慧一直在倡导、表述这些要求，而要做到这些，唯有幽默。

如果荒原狼——他身上并不缺乏这方面的天赋和本事——在他那燥热且令人抓狂的地狱中仍成功熬煮、分解出了这种魔法药水，那么他兴许就得救了。不过就目前来看，他还缺太多东西。但并非没有可能，希望也还在。凡是爱他的人和同情他的人，都希望他能成功自救。尽管如此一来，他将永远滞留在庸常性之中，但他的苦难将变得易于承受，而且会结出硕果。他与庸人世界的关系——无论爱与恨——将丢掉感伤的成分，他受制于这个世界的事实将不再折磨他，他也不必再自惭形秽。

为了达成这一目标，抑或为了有朝一日能够奋不顾身地纵身一跳跃入宇宙，荒原狼必须有那么一次站在自己的对立面，深入洞察内心的混沌，完全认清自己。这之后，他的存在的可疑性及其不可更改性将一清二楚地呈现在他的面前，而且他将意识到他今后再也无法一次又一次地从冲动的地狱中逃进感性哲学的安慰中，再从这些安慰中逃回到狼性的盲目陶醉中。人和狼不得不摘下虚伪的情感面具，认识对方，赤裸裸地直视对方。接着他们要么气炸了，彻底掰了，荒原狼也就不复存在了；要么他们会在幽默的曙光下缔结理性的婚姻。

或许有那么一天，哈里将受到指引来到后一种可能性面前；或许有那么一天，他将学会认识自己，这可能是因为他手里拿到了我们的一面小镜子，也有可能是因为他遇到了不朽者，还有可能是因为他在我们的一座魔剧院里找到了解救荒芜的内心所必需的东西。成千上万种可能性正等着他，他的命运正牢牢地吸住它们，所有和他一样活在庸人阶级外围的人，他们呼吸的空气中混合着各种魔幻可能性。无为即可，祸福天降。

荒原狼心里大抵是清楚这些的，即使他从未见过这本有关他心灵传记的小册子。他猜得到自己在世界大厦中的位置，他料到而且知道有不朽者，他预见且担心自己将会面对自己。他知道有那么一面镜子，他迫不及待地想要去照镜子，但又怕得要死。

我们的报告几近尾声，只剩了最后一个假设——一个最基本的假象需要解释清楚。所有的“解释”、心理学、尝试理解的努力都需要辅助手段，需要理论、神话和谎言；而一个正直的作者只要有可能就理应在文章的最后尽可能地拆穿这些谎言。当我说“上”或“下”时，它是一个论断，而论断是需要解释的，因为“上”和“下”只存在于思想中，即抽象性中，而世界本身并无上下之分。

因此，长话短说，“荒原狼”也是一个假设。如果说哈里觉得自己是狼人，自认为他是由两个互相敌视、对立的生灵组合而成，那么，他的说法最多是一个简化了的神话。哈里根本不是狼人，如果我们表现得好像未加考察就接受了他自己臆想出来并且坚信不疑的谎言，当真把他视作是一个有双重人格的荒原狼并试图以此来解释他的种种行为，那么我们就是为了图方便而利用了假象，现在就让我们尝试来纠正它。

为了更好地理解自己的劫难，哈里把自己分成了狼和人、本能和精神，这样的二分法其实太过简单，简直就是对现实的强奸，而这么做的好处无非是让这个男人为他身上显现出来的、在他看来是他深重苦难之源的种种矛盾找到貌似合理、实则荒谬的解释。哈里在自己身上发现了“人”——一个充满了思想、感情和文化，人格净化、人性温良谦和的世界；除此之外，他还在自己身上发现了“狼”——一个充满了本能、野性和暴行，人格尚未净化、人性粗鄙的黑暗世界。由此，他被分成了两半，尽管双方地界清晰，不共戴天，但他仍时不时地体验到，有那么一转眼的工夫——那是幸福的瞬间——狼和人也能和睦相处。如若哈里想要精确得知人和狼在他生活中的每个时刻、每种行为和每类感受中分别占比多少，他将立即陷入困境，他那完美的狼理论也将彻底告败。因为没有一个人——即使是尚未开化的人，即使是白痴——会简单到说只要把两三个关键要素相加，就能得知他是什么样的人；而简单地用狼和人的二分法来解释一个像哈里这样个性复杂、天性细腻的人，实在是太幼稚太天真了。哈里可不是只由两种生灵组成那么简单，成百上千种生灵造就了他。他的生活（和每个人的生活一样）不单在两极——如本能和精神，或者圣人和浪子——之间摆动，而是在成千上万个、难以计数的极点之间摇摆不定。

像哈里这样受过教育的聪明人会把自己视为“荒原狼”，而且还自认为能用如此简陋、粗暴、原始的公式来总结归纳其人生如此丰盈而复杂的形态，对此我们不应感到惊讶。人的思考能力并非特别强，即使是最睿智、最博学的人也常常戴上由天真、简单化和欺骗性话语混合而成的眼镜来观察世界和自己——观察自己时尤其如此！因为人总是把自我想象成一个统一体，而这似乎是所有人与生俱来、必不可少的需要。无论这种妄想受到了多少次冲击，伤得有多严重，但它总能愈合如初。一名法官坐在杀人凶手的对面，看着他的眼睛，有一瞬间他听到凶手用他（法官）的声音说话，发现在他的内心深处也有那种种的冲动、本事和机会，但是在下一个瞬间，他又合为一体了，他还是法官，倏地就回到了他假想的自我的外壳中，履行他的职责并判处凶手死刑。当那些天资超凡、生性敏感的人心中隐约意识到他们的人格支离破碎时；当他们像所有天才一样，冲破了人格统一的妄想的阻滞，觉得自己是由许多部分组成时；当他们感受到自己是由多个自我整合在一起的个体时，只要他们一说出口，多数派就会立即把他们囚禁起来，找来科学相助，断言他们精神分裂，保护人类不必从这些不幸之人的嘴里听到真理的呼唤。现在，何必在这里耗费口舌，说些每个有思想的人自会知道、说出来却不合礼仪的东西？如果一个人已经进步到把假想的自我统一性扩大到自我二分性，那么他简直就是一个天才了，或者至少是一个罕见且有趣的例外。然而在现实中，没有一个自我——即使是最天真的自我——是个统一体，每个自我都是一个森罗万象的世界，是一小片星空，是一个由各类形式、各个阶段、各种状态以及遗传特征和可能性构成的混沌。每个人都力争将这混沌视为统一体，把自我说成是一个单一、形态固定、轮廓清晰的现象：这种常见的假象对每个人（即便是处于最高级别的人）来说似乎都是必要的，就像呼吸吃饭一样，是生活必需品。

人们常简单地套用道理，这构成了上述假象的基础。作为肉身，每个人皆是统一的，但作为灵魂，却从未统一过。在文学创作中，即使是那些构思精巧的作品通常也总是围绕看似完整统一的人物展开。在古往今来的文学中，行家和鉴赏家们最看好戏剧，没错，因为它（似乎）为表现自我的多元性提供了最大的可能性，而前提则是短见薄识者也觉得它们看得顺眼，因为剧中人物无一例外地有副独特且统一、自成一体的皮囊，所以不免给人一种错觉，觉得他们是个统一体。就连素朴的美学观也尤其看好所谓的性格剧[①]，因为剧中每个人物都是一个整体，他们很特别，很好认。但相隔久远之后，似乎有那么些人，他们慢慢地隐约意识到，这极有可能是一种廉价的表面美学，它从可见的身体出发，自以为是地编造出了自我和人物的虚构形象；而我们将那些并非通过遗传，而是从别处兜售得来的堂皇的古典美学概念应用到我们伟大的戏剧家身上，实在是大错特错。古印度的文学作品中从未有过这个概念，在印度史诗中，英雄不是个人，而是一群人，是一系列的化身。在我们的现代世界中，有一些文学作品——尽管作者并非完全有意——试图透过人物与性格游戏的面纱来展现人物内心的丰富多样性。要想意识到这一点，就得下定决心，不再把此类作品中的人物看作是单个生命体，而是将其视为属于某个更高境界的统一体（比如说诗人）的局部、侧面和不同的方面。如果以这种方式读《浮士德》，浮士德、梅菲斯特、瓦格纳和所有其他人物就构成了一个统一体，一个“超人物”。只有在这个更高境界的统一体中，而非在个别人物中，人心的某些真实内在才得

① 此类戏剧的核心在于刻画和表现剧中人物的性格及其性格发展，宏大的政治、历史、宗教和文化等不再是此类戏剧的首要任务。

以浮现。浮士德曾说过一句中学教师广为熟悉且令庸俗市侩振聋发聩的名言："在我的胸中，唉，住着两个灵魂！"他说这句话时，却忘记了梅菲斯特和其他众多灵魂同样也在他的胸中。我们的荒原狼也当真以为，他的胸中住着两个灵魂（狼和人），由此而觉得自己的胸腔堵得慌。胸腔、身体只有一个，但住在里面的灵魂却不止两个，也不止五个，而是无数个；人就像层层包裹的洋葱，又像由许多丝线编织而成的布匹。古代亚洲人认识到了这一点并且看得很清楚，他们在佛教中发明了一种步骤明确的瑜伽术，用来揭示人的妄念。人类的游戏就是如此有趣而多样：印度千百年来辛辛苦苦要揭穿的妄想，恰是西方社会不辞辛苦支持和鼓吹的。

从这个角度看荒原狼，我们就会明白他那可笑的二元对立为什么令他如此痛苦不堪了。和浮士德一样，他相信两个灵魂对于只有一个胸腔的人来说实在是太多了，因此，它们必定会将其撕裂。但究其实，两个灵魂不是说多了，而是说少了，而哈里却试图用如此简单低级的直观形象来理解他这个可怜人，这简直就是一次精神强暴。哈里虽然是一个受过高等教育的人，但他的行为处事却像一个不会数数的野蛮人。他把自己身上的一部分称为人，另一部分称为狼，然后就觉得完事了，自己也累趴下了。他把在自己身上发现的一切精神性的、高尚的或者有教养的东西都归为"人"，而把一切本能、野蛮和混乱的东西都归为"狼"。但是，生命并不像我们想的那样简单，也不像我们可怜的白痴语言那样粗俗，用这种颇为原始的狼性方法，哈里其实对自己犯下了双重欺骗。我们担心，哈里已经把他灵魂中远非人类的领域全算作了“人”，而把他生命中早已超越狼的部分算作了“狼”。

像所有人一样，哈里认为自己很清楚人是什么，但其实他一无所知，尽管他在梦中或是在其他难以操控的意识状态下不止一次地有所猜度。但愿他不会忘记这些感觉，但愿他能尽力把它们变成自己的想法！人不是一个固定、恒久的造物（这是古代人的理想，尽管那时候的先贤已提出了反对意见），他更像是一种尝试和过渡，是一座狭窄而危险的桥，连通自然与精神。内心最深处的使命驱使他接近精神，走向上帝，而内心最深切的渴望又吸引他接近自然，回归母亲：他的生命在这两种力量之间惊惧地战栗、摇摆不停。每个人对“人”这个概念的理解，无非是一种“你方唱罢我登场”的墨守成规。这种常规拒绝、唾弃某些最原始的本能，要求人们有点觉悟，讲点文明，去掉点兽性，不仅允许，而且鼓励大家有点思想。这种约定俗成的“人”和庸人的每一种理想一样，是一种妥协，是一种怯懦的、看似天真实则精明的尝试，试图诓骗邪恶的原母和烦人的原父，即自然和精神，放下严苛的要求，如此他们便可栖居在那温和的中间地带。故此，庸人允许并容忍所谓的“个性”，但同时又把有个性的人交给凶神恶煞般的“国家”，让他们斗来斗去，没完没了；故此，庸人会在当下把一个人作为异端烧死，作为罪犯吊死，可到了后天，却又为他立碑纪念。

“人”是尚未完成的造物，是精神要求的产物，因为遥不可及，人不免有所期，又有所惧。通向“人”之路那么远，每走一小段，都不免身心俱疲，但又欣喜若狂；而走过这路的寥寥可数的那些人，他们今天被送上了断头台，明天又有一座丰碑为他们竖起，对此，荒原狼也是心有戚戚焉。但是，与他的“狼”相比，他自称为“人”的东西在很大程度上与庸人相沿成习的所谓的平庸之“人”并无差别。哈里对那条通往真正的人、通往不朽者的道路应该是有所觉察的，偶尔他也会在这路上走上一走，走得很迟疑，而且并未走远，却为此深受其苦，还要忍受痛彻心扉的孤独。然而他的内心深处不敢肯定那最高境界和精神至上对人提出的要求，他不敢去实现它们，也不敢走上通往不朽的仅有的狭窄之路。他心里明白：这条路通向更大的苦难，通向社会排斥，通向一无所有，或许还通向断头台；即使有不朽在这条道路的尽头诱引他，他还是不愿承受这一切苦难，一次次地去赴死。尽管他比庸人更清楚地意识到要成为人是人生的目标，但他还是闭上眼睛，佯装不知道，绝望地抓着自我不放和孤注一掷地抗拒死亡将确凿无疑地通向万劫不复的死亡；而坦然地接受生死，蜕去身体的外壳，将自我献祭于化体[①]才能通向不朽。当他朝拜他最爱的不朽者时，比如说莫扎特，他最终并未能摆脱庸人的眼光，还是像中学老师那样说出：莫扎特在音乐上天赋异禀，所以他才是圆满的。他没有看到他奉献自我和随时准备受难的伟大，他对庸人理想的坦然以及他忍受极度孤独的耐力。这是客西马尼花园[②]的孤独，因为这孤独，受难者和要真正成人的那些人的周围空气被稀释，令他们仿佛置身于冰冷的外太空。

无论如何，我们的荒原狼至少发现了自己的内心具有浮士德一样的双重性，他得出了结论：灵魂的统一并不存在于肉体的统一中，他充其量不过是踏上了漫漫朝圣路，路的终点是和谐的理想。他希望自己要么克服身上的狼性，成为一个完整的人；要么放弃人，过上狼应该过的统一而完整的生活。估计他从未仔细观察过真正的狼，不然他可能会发现，即便是动物也没有统一的内心世界。它们体态美丽而健硕，但那身体里面也有无穷的欲望和心机，即便是狼也有如临深渊的时候，也有受苦受难的时候。不，

---

① 化体说是基督教神学圣事论学说之一。

② 客西马尼花园位于耶路撒冷的橄榄山附近。根据《新约·路加福音》第 22 章第 43 至 44 节的记载，耶稣在被钉上十字架的前夜，和他的门徒前往此处祷告。耶稣在客西马尼花园祷告的时候极其伤痛，而他的门徒却睡着了。

打着“回归自然！”的口号，人总是走上一条充满痛苦的无望歧途。哈里永远不可能重新成为一只完整的狼，就算他做到了，他会发现，狼也不是简单的初始之物，而是非常多元和复杂的。狼的胸膛里也有两个甚至更多的灵魂，那想当狼的人其实得了健忘症，和那引吭高唱的男人一样：“啊，幸福啊，还能做个孩子！”[①] 这位善良而感伤的男人唱着关于幸福童年的歌，他也想回到自然，回到纯真，回到开端，却全然忘记了小孩子也不是绝对幸福的，他们身上也有可能出现许多冲突和矛盾，他们也会受苦受难。

根本没有路可以返回本原，不管是变回狼还是做回孩子。万物之始并非圣洁单纯，一经造就——即便看似极简之物，它便有罪了，带着重重裂痕，被抛进了成长的浊流，再也无法——再也无法逆流而上。通往圣洁、未被造就之形态或造物主的路不是回归，而是前进；这条路不是通向狼或孩子，而是一直通往罪责意识，直至人的形成。即使终结生命，可怜的荒原狼，你也不能真正获益；你注定要走上这条更漫长、更辛苦，也更艰难的做人之路，你注定会让你的双重性再度加倍，你的复杂性更趋复杂。你不会让你的世界变得狭隘，让你的灵魂变得单一，你注定要承受痛苦扩展

① 出自德国作曲家阿尔伯特·洛尔青（Albert Lortzing，1801—1851）创作的三幕轻歌剧《沙皇与木匠》。

心灵，以接纳越来越广阔的世界，直至将其全部揽入，或许这样你就能抵达终点，归于平静。这条路佛陀走过，每个伟人也走过，或是自知，或是无意，但只要冒险成功，便得偿所愿。每一个生命的诞生都意味着与天地万物分离，形成自我边界，游离于虚空之中，获得痛苦的新生。回归万物，摒弃痛苦的个性意识，成为造物主，则意味着扩展心灵，使其能重新包容天地万物。

本书所谈之人不是指在学校读书的学子，不是国民经济学或统计学中涵盖的人，也不是在街上四处游荡的芸芸众生，他们和海边的沙砾、激浪中的水沫别无二致；他们成千累万，多几个或是少几个，根本不重要，他们是工具人，仅此而已。我们指的不是这类人，而是高等意义上的人，是成为人的漫漫长路的终点，是高贵之人，是不朽之人。天才并不似我们常以为的那样罕见，当然，也不像文学史、世界史或者报纸上所称的那样常见。荒原狼哈里，在我们看来，已是一位天才，他大可勇敢一搏，尝试成为人，而不是一遇到困难就唉声叹气，用“他不过是头愚蠢的荒原狼”这种借口来为自己开脱。

拥有如此可能性的人用荒原狼的说辞和“啊，两个灵魂！”的论调以求自救，真是令人诧异又悲哀，就像得知他们对庸常性往往怀有一种怯懦的眷恋一般。一个有能力领悟佛陀的人，一个对人性中的天国与深渊有所感知的人，不该生活在一个由常识、民主和庸人教养统治的世界。他生活于此，不过是因为他个性怯懦。每当他被自己的格局所困，每当他觉得狭小的庸人之地过于局促，他就会把这一切怪罪于“狼”，而不想知道彼时的狼是他最好的一面。他把自己身上的一切野蛮之力称为狼，认为其邪恶、危险，会吓倒普通市民——他自认为是一个艺术家，拥有敏锐的感觉，却看不见除了狼之外，在狼的背后，他的身上还有太多其他东西；他看不见，咬人的不全是狼，狐狸、龙、老虎、猴子和极乐鸟也栖息在他体内；他看不见，充盈着或优雅或骇人，或巨大或渺小，或坚强或柔弱等万千形象的完整世界和天国花园都受到了狼童话的压抑与禁锢，就像他的心中住着一个真正的人，却受到了虚假之人，受到了庸人的压抑与禁锢。

试想有一座花园，里面长着成百上千种花草树木，各种果实数不胜数。假如其园丁只会根据“可食用”和“杂草”两大标准来进行植物分类，那么他就不知道该如何处理这园中十之八九的植物。他会拔掉最神奇的花朵，砍倒最高贵的树木，抑或嫌恶它们，斜眼打量它们。而这正是荒原狼对待在他内心盛开的上千种鲜花的方式。凡是不能归为“人”或“狼”的东西，他一概看不到。而算到“人”头上的又都是些什么东西哟！凡是懦弱的、虚假的、愚蠢的和浅薄的，只要它们还算不上狼性，他就把它们都归到“人”这一边；同理，凡是强力的和高贵的，只是因为他还未成功主宰它们，他就把它们全都归为狼性。

我们就此和哈里告别，让他独自一人继续他的征途。要是他抵达了不朽者的所在，抵达了他的坎坷旅途冥冥之中指引他前往的终点，他将会带着何种诧异的神情回首这曲折路途中的摇摆不定、狂乱和踌躇，他又将怀着何种鼓励、责备、怜惜和欣喜之情对荒原狼注视、微笑！

读至末了，恍然想起我在几周前的某个深夜写下过一首有点奇怪的诗，内容恰好是关于荒原狼的。于是，我在堆得满满当当的书桌上掀起了一场纸片暴风雪，终于找到了它。我读道：

荒原狼我奔啊奔，
白雪皑皑天苍苍，
桦树枝头老鸦惊起，
兔子小鹿遍寻不见。
小鹿呦呦我最怜，
但求觅得在身边，
拥之入怀塞之入口，
绝味珍馐众生垂涎。
她若妩媚我更钟情，

我的唇齿深陷她的温柔，
她猩红的鲜血大快我心，
哪怕彻夜哀号仍须尽欢。
若得野兔心也甘，
寒夜肉鲜暖又甜。
啊，莫非一切已渐远，
哪怕须臾快活与欢欣？
长尾灰白尽染，
眼前万物莫辨，
爱妻逝去已多年。
脚步急啊念鹿经，
脚步急啊念兔经，
且听那耳畔冬夜寒风凛凛，
喉中灼烧唯将雪水痛饮，
可怜我哟，大限之时已临。

这么一来，我手中就有了两幅自画像，一幅用押韵诗行写成，悲凉且惶恐，和我本人一样；另一幅则像显得冷静、高度客观，以一个局外人从外围俯视的视角写成，他貌似比我本人知道得还多，但其实也不尽然。这两幅画像——我的阴郁的欲言又止的诗作和这份出自陌生人之手的高明研究——都伤到了我，它们不加掩饰地描绘了我无望的生存现状，清楚地表明了我的处境难以维系，忍无可忍，真是一点儿都没说错。这只荒原狼必须死，他必须亲手结束他令人厌恶的存在，或者纵身跃入自省的死亡之火中，让大火吞噬自己，改变自己，撕下面具，成就一个全新的自我。唉，这个过程对我来说并不新鲜陌生，我了解它，并已亲历多次——每次都是在极度绝望的时候。每一次，这种经历都搅得我天翻地覆，而我的那个“自我”也落得个粉身碎骨的下场；每一次，那深藏不露的力量唤醒了自我又将其摧毁；每一次，总有我最为呵护、最为珍爱的那一部分背弃了我，离我而去。有一次，我丢掉了我的好名声和财产，之前人们常常对我脱帽致敬，那之后我不得不学会放弃，不再寄希望于此。还有一次，我的家庭生活在一夜之间分崩离析：我的妻子发了疯，把我赶出了家门，将我逐出了舒适之所，爱和信任突然变成了仇恨和你死我活的争斗，惹来了邻居既同情又鄙视的目光，注视着我渐行渐远。我的孤独人生就此开启。有那么些年头，我过得很是辛苦，我恪守孤独，尽力自我约束，潜心抽象的思维训练，严格按照要求进行冥想，并重建了一种带有苦行僧精神的崭新的生活和理想，在一定程度上重获内心平静并进入了某种新高度。但多年之后，这种生活方式也变得四分五裂了，一下子失去了它崇高的意义；我再次被抛入这大千世界，疯狂行走，疲于奔命，新的痛苦越堆越高，新的罪责也越积越多。而每一次，在我扯下面具之前，在理想行将破灭之时，我都会感受到这令人惶悚的空虚和静默，感受到这致命的窒息感、孤独和无亲无故，感受到这绝情又无望的地狱之空虚与荒芜，就像我现在这样在其中踯躅独行。

每一次这种惊心动魄的体验之后，不可否认，我也是有所得的——得了点自由、精神和深刻性，但也日益孤独，不被人理解，心灰意冷。从常人的角度来看，我的人生——从一个惊心动魄走向下一个惊心动魄——是在走下坡路，远离了正常、合规和健康，而且是越走越远。这么些年来，我失去了工作、家庭和故乡，游离于所有的社会群体之外，独身一人，没有人爱，被许多人猜忌，还不断与公众舆论和道德发生严重冲突。即使我一直遵守庸人的规矩，但就我的情感和思想而言，我不属于这个世界。宗教、祖国、家庭和国家在我这儿都是不值钱的货色，我再也不搭理它们；科学、行会和艺术一副自命不凡的模样弄得我直想吐；我的观点、品味和我全部的思想曾经是我的资本，让我一度作为一个卓越不凡的人大放异彩、大受欢迎，而现在这些都荒疏了，荒废了，只会令人心疑。经历了这么多次痛彻心扉的蜕变，就算我得了一些什么看不见、摸不着的东西，我也被迫付出了高昂的代价：一次又一次，我的生活变得愈加艰难困苦、无依无靠、危机四伏。真的，我看不出自己有什么理由非得在这条路上继续走下去，它引我去的地方，空气越来越稀薄，宛若尼采笔下的一缕青烟[①]。

是啊，我了解这些经历和蜕变，这是老天专门安排给那些不听话、总爱制造麻烦的孩子的；是啊，我太了解它们了。我了解它们，就像一个夸夸其谈、华而不实的猎人了解狩猎的每一个步骤，也像一个老股民一步步洞悉了投机、赢钱、浮躁、崩溃、破产的全过程。难道我还真要再从头来一遍——经历这全部的痛苦和困惑，一次又一次地认识到自我的卑微与无用，惶恐不安地看着自己一败再败，心中害怕死亡随时降临？阻止这些苦难重演，溜之大吉，岂不是更明智、更简单？当然，这还用说！但不管荒原狼小册子上关于“自杀者”的说法是真是假，谁也别想拦住我用煤气、剃须刀或者手枪给自己来个了断，这样我就不用重蹈覆辙了，也不必再经受我所饱尝的苦楚了。就是这样，我要对着众鬼头许下诺言：这世上再没有力量可以要求我重新经历一遍带来死亡战栗的自省，要求我再度改造自我，化作新生，因为它们的终极目标不是岁月静好，安心恬淡，而是一次又一次的自我毁灭、

---

① 暗指尼采的诗歌《孤独》（*Vereinsamt*），该诗完成于1884年，除了该标题之外，该诗歌还有5个不同的标题，即《乌鸦啼》（*Die Krähen schrei'n*）、《自由精神》（*Der Freigeist*）、《辞别》（*Abschied*）、《思乡》（*Heimweh*）和《来自荒漠》（*Aus der Wüste*）。

自我塑造！即使自杀愚蠢、懦弱和卑鄙，即使它是一个不光彩、可耻的紧急出口，但是要摆脱这生活重压的磨盘，每一个出口——即使是最无耻的出口——都让人满心渴望。在这里，高尚情操和英雄主义的大戏已落幕，我面临着一个简单的抉择——瞬间的短痛还是灼热的、无尽的难以想象的长痛。我受够了在如此艰难、疯狂的生活中做高贵的堂·吉诃德，为了荣誉抛弃舒适，为了英雄气概抛弃理智。够了，该结束了！

清晨打着哈欠，在窗玻璃外露了个头，而我才刚刚上床去睡觉。这是一个冬日阴雨连绵的清晨，天空呈铅灰色，让人不由得在心里嘀咕：又是一个鬼天气。我上床时心意已决，但就在我即将沉沉睡着、意识模糊的一刹那，荒原狼小册子中讲到“不朽者”的奇妙文字在我眼前飞速闪现，如电光火石一般。我突然想起有些时候，就在不久之前我还曾感受到自己和不朽者离得非常之近，在古老音乐的节拍中品尝到了不朽者冷静、明亮、带有坚毅笑容的全部智慧。它就这么来了，走了，带着光。浓浓的困意袭来，如千斤压顶，我沉沉地睡了过去。

临近中午，我睡醒了，又感受到了对自己的处境了然于胸的坦然。那本小册子和我的诗就放在床头柜上。我最近的生活一团糟，但是我已下定决心，而此刻，睡梦过后，它变得完美而坚定，正透过我混乱的生活平心静气地看着我。急匆匆去寻死毫无必要，这又不是我一时心血来潮，而是我培育的一个成熟、结实的果子，它慢慢长大，变沉，被命运之风轻轻吹动，只要再来一阵风它就能落地了。

我的旅行小药箱里有一种上好的药可以用来止痛，这是一种药效极强的鸦片制剂，我一般不让自己去碰它，只是放在那儿——常常一放就是数月，以备不时之需。只有当身体疼得实在无法忍受时，我才会服用这种烈性麻醉药。可惜它并不适合自杀，我在几年前就试过了但没死成。那一次，绝望再度将我团团包围，我吞服了大量药物，足以杀死六个人了，却没有杀死我。我睡了过去，在完全昏迷的状态下躺了几个小时，但后来，令我非常失望的是，我被胃部的剧烈抽搐惊醒，我吐了，迷迷糊糊地把毒药全吐了出来，然后又睡着了，一直睡到第二天中午才完全清醒，是一种可怕的清醒，脑袋被烧成了空白，几乎什么都记不起来。之后有一段时间我总是失眠，胃还痛得难受，但除此之外，毒药并没留下什么影响。

所以这种方法被排除在外了。现在，我赋予我的决定如下形式：一旦我又走投无路了，不得不再次求助于这种鸦片制剂，我将不再吞服药片以求短暂的解脱，我会将那伟大的救赎——死亡——吞进肚中，我要寻找保险可靠的死亡方式，用子弹或者剃须刀结束生命。就这么说定了：根据荒原狼小册子上的滑稽配方，等到我五十岁生日的时候再做了断，这对我来说似乎太久了，还得再忍耐两年的时间。但不管是一年还是一个月，或者就是明天——大门已经敞开。

我不能说，这个“决定”让我的生活大为改观，但它的确让我对疼痛更加无所谓了一点，对食用鸦片和饮酒更加无所顾忌了一点，对自我能承受的极限也更加好奇了一点，不过，也就仅此而已。相较而言，那晚的其他经历对我的影响更大。我有时会重读关于荒原狼的文章，时而怀着感激之情全神贯注，仿佛我知道有一位看不见的魔法师正在为我的命运指点迷津，时而又对它字里行间流露出的冷静态度不屑一顾，冷嘲热讽，它显然完全无法理解我人生中特有的心绪和压力。其中有关荒原狼和自杀者的论述，也许很有见地，也许头头是道，但它只适用于一类人，只是针对这一类人的充满智慧的抽象思考。而对于我这个人而言，我真正的内心世界，我独一无二的个体命运，是无法用这样一套粗糙的说辞一概而论的。

但我最心心念念的还是教堂墙壁上跳跃的灯光字符打出的令人心驰神往的预告，我不知道那是我的幻觉还是神对我显灵了，但它同小册子里的暗示不谋而合。我觉得人生有了盼头，那来自陌生世界的声音强烈地刺激了我的好奇心，我时常沉浸其中，一连苦苦思索好几个小时。我越发觉得那行字发出的警告是在对我说话：“普通人慎入！”“仅对狂人开放！”既然那声音找到了我，既然那世界在同我交谈，那我肯定是疯了，脱离了“普通人”的行列。天啊，我不是早就远离了普通人的生活，让自己与正常人的生活和思想了无瓜葛了吗？我不是早就成了孤家寡人，成天疯疯癫癫的了吗？然而在内心深处，我真真切切地听懂了那召唤：它要我做个疯子，要我抛掉理智，抛掉顾虑，抛掉庸常性，全身心地投入那奔腾翻涌、无规无矩的幻想世界、心灵世界。

一天，我又一次穿过大街小巷，在有隐秘小门的古墙前踱来又踱去，遍寻肩扛海报杆子的男人，满心期待能听到一丝动静。我一如既往地毫无所获，却在近郊的马丁区碰到了一班出殡的队伍。送葬的人跟着灵车缓步前行，我注视着他们悲痛的面容，心想：在这城里，在这世上，还有谁的死对我来说是种损失？如果我走了，这世上可还有人会在意？艾丽卡——我的爱人——可能会吧，但是我们关系疏远已有一段日子了，我们很少见面，不争不吵，眼下我连她住在哪儿都不知道。她偶尔会来找我，有时我也会去找她。我们都是孤独的人，很难与人相处，但我们两个人在心性上又有某些地方很相似，受着某种心病的苦，所以我们无论如何还保持着联系。如若她得知我的死讯，难道就不会松一口气，觉得如释重负吗？我不知道，也不确定自己的感觉有多可靠。

只有生活中规中矩的人，才可能对这些个事情有几分了解吧。

我一时兴起，加入了送葬的队伍，紧跟着那些出殡的人朝墓地走去。这墓地采用现代化的水泥墓，配有火葬场，设施齐备。然而我们的死者并没有被火化，在一个简易的墓穴前人们把他的棺材卸了下来。我注视着牧师和其他也想从这死人身上分得一杯羹的食尸秃鹫的一举一动，他们是某个殡仪馆的工作人员，为了让整个氛围显得庄严肃穆，他们逢场作戏，虚情假意，用力过度而未免落得滑稽可笑。我看着黑色的制服在他们的脚下摆来摆去，看着他们卖力地诱导送葬的人进入情绪，跪拜在死神的威严前。然而一切均是徒劳，没有人哭，可能是觉得死者可有可无；也没有人被说动，产生虔敬之意。牧师在悼词中一再对送葬的人群高呼“亲爱的基督教友们”，可这些商人、面包师和他们的妻子个个满脸市侩，沉默不语，极力保持一脸的肃穆，弄得脸都变了形，他们死死地盯着地下，假仁假义地装模作样，其实心里只求这令人难堪的仪式快点结束。等到仪式终了，站在最前排的两位基督教友同演讲者握了手，走到最近的草坪边，蹭去了埋葬死者时鞋上粘的烂泥巴，神色唰地一下就回到了平日里的常态。我突然觉得他们其中一位似曾相识，对了，他就是那个背着海报的男人，是他塞给了我那本小册子。

我自以为认出了他，可就在那一刻，他却转过身去，弯腰摆弄起他的黑裤子，大费周章地把裤腿卷起来，露出了鞋子，然后把伞夹在胳膊下面急匆匆地跑开了。我跟着一起跑，追上了他，向他点头致意，然而他好像并没有认出我。

“今天没有晚间娱乐了吗？”我问道，还故意向他使了个眼色，就像一个人发现了别人的秘密时常做的那样。然而我有太久没做过这种面部表情训练了，况且按照我现在的生活方式，我都不太会说话了。我自己也有种感觉，觉得自己只是做了一个愚蠢的鬼脸。

“晚间娱乐？”那人嘟囔了一句，有点不明所以地看着我，“如果有需要，老兄，那就去黑鹰酒馆吧。”

说真的，我一时没了十足把握，不知道他是不是我要找的人。我失望地继续朝前走，不知要去向何处——没有目标，没有追求，没有责任。生活极其苦涩，我感觉自己由来已久、日益加剧的厌世感达到了顶峰，我感到生活已经将我彻底推开、抛弃了。我愤懑不平，继续走在这灰暗的城市里，周遭的一切闻起来都带着烂泥和坟墓的味道。不，绝不能让这些食尸秃鹫站在我的墓地旁，穿着黑袍，发表着感伤的宗教演说！啊，不管我看向何处，我的思绪飘往何处，根本没有快乐在等着我，没有声音在召唤我，也没有诱人的东西吸引我。所有的一切都散发着腐朽的不中用的味道，散发着一种懒洋洋的、得过且过的味道，一切早已时过境迁，枯了，不再鲜艳了，变得松松垮垮、有气无力了。亲爱的造物主，怎么会变成这样？我也曾是个意气风发的少年、诗人，也曾热爱艺术、漫游世界，也曾是个激情似火的理想主义者，我怎么会沦落到如此地步？我变得麻木，憎恨自己和所有人，我情感积郁，情绪低落，陷入了内心空虚和绝望的泥淖，而这一切又是如何不知不觉、悄无声息地发生在我身上的呢？

路过图书馆时，我遇到了位年轻教授。我曾同他有过几次交谈，几年前，也就是我上一次待在这座城市的时候，我甚至还多次造访他，在他府上和他畅谈东方神话——一个当时我颇有些研究的领域。这位学者迎面向我走来，身子绷得直挺挺的，眼睛有些近视，直到我快要与他擦肩而过时才认出了我。他热情洋溢地朝我扑了过来，然而我正暗自神伤，对他此举可谈不上什么感激，只想马马虎虎地把他应付过去。他很是高兴，整个人变得活络起来，说起我们过往交谈的细节也是头头是道。他一再向我保证，说他从我这里获益良多，很感谢我，也会时常想起我；说他之后很少再和同事有过那么启人心智、富有成效的讨论了。他问起我在这城里待了几天了（我撒谎说就几天工夫），又问我为什么没去拜访他。看着这循规蹈矩的男人，我的目光落在他饱读诗书而显得亲切善良的脸庞上，我觉得这一幕着实可笑，但还是像饥不择食的饿狗一样享受着这一小片温暖、一丁点友爱和这一星半点的认可。荒原狼哈里感动地笑了，龇着牙咧着嘴，干渴的喉咙里流出了口水，他的志气败下阵来，感伤的情绪引得他屈膝折腰。是这样的，我忙不迭扯起谎来，我只是在这里小住一段时间，主要是为了做个研究，要不是感觉不太舒服，我早就去看他了。他盛情邀请我今晚到他家去做客，我感激地答应了，并请他代为问候他的夫人。我们交谈甚欢，笑意盈盈，但其实我两颊生疼，它们许久没有这样高强度地活动了。这就是我，哈里·哈勒，我站在街边，对这番偶遇和恭维感到受宠若惊，极力要表现得有风度、懂礼节，满脸堆笑地看着这个善良的男人，注视着他并无远见但和善的脸庞，与此同时，另一个哈里就站在旁边，同样龇牙咧嘴地笑着，心想他怎么会有我这么个稀奇古怪、颠三倒四、鬼话连篇的兄弟。两分钟前，我还恨得牙痒痒，对着这个该死的世界亮出了我的獠牙；现在，不过是一位受人尊敬的好好先生喊了我一声，给我打了声再平常不过的招呼，我便受了感动，热情有加地应承，沉浸在这一点善意、敬意和爱意之中，快活得像只满地打滚的小猪。两个哈里，两个极不讨人喜欢的人，站在循规蹈矩的教授面前，互相讥讽，互相观察，互相朝对方吐口水，像往常遇到这类情况一样，他们又一次自问：这种显而易见的愚蠢和弱点是具有普遍意义的人之命运呢，还是说这种感伤的个人主义、优柔寡断、动机不纯、情感分裂仅仅属于个人，为荒原狼所特有？

如果这种肮脏污秽是普遍人性，那么我就更有理由蔑视这个世界，将我全部的鄙夷重重地砸过去；而如果这只是我个人的缺陷，那么我就更有十足的理由蔑视自己，不必再有所顾忌。

两个哈里一拌嘴，就差不多把那位教授给忘了；可突然之间，我又觉得他好麻烦，急切地想要摆脱他。我久久地注视着他的背影，看着他在空旷的林荫道上远去，从他走路的样子可以看出他是一个理想主义者，一个信徒，步态安详而又稍显滑稽。我的内心思想斗争激烈：我机械地反复屈伸僵硬的手指，以此对抗暗中发作的痛风，终于，我承认自己上当受骗了，我答应了七点半去教授家里吃饭，这邀请成了一个负担，它要求我承担如下义务——客套的应酬、学术八卦和欣赏别人家的幸福。我恼火地回到家中，在白兰地里加了水，就着它吞下了痛风药片，躺倒在长沙发上，读起了十八世纪的消遣读物《苏菲从梅梅尔到萨克森的旅行》，写得很是引人入胜。我好不容易读进去了一会儿，猛然又想起了晚上的邀约，而我还没有刮胡子，也还没换衣服。天知道，我干什么要让自己遭这份罪！好了，哈里，起身吧，放下书本，抹上肥皂，用力刮刮下巴，换上衣服，去人那儿找找乐子吧！我一边擦肥皂，一边想着墓地里肮脏的土坑，想着那个素昧平生的死者今天被埋进了坑里，想着那些百无聊赖的教友们一个个板着脸，但这些全然没有把我逗乐。我依稀觉得那个肮脏的土坑——包括牧师愚蠢窘迫的演说、送葬人群愚蠢窘迫的表情、用铁皮或大理石制成的冰冷无望的十字架和墓碑以及由铁丝和玻璃制成的假花——不仅是那素昧平生的死者的终点，它早晚有一天也将是我的终点，人们会将我下葬，在前来送我最后一程的哀悼者的难堪和谎言中将我草草埋入污泥。但还不止这些，一切的一切都将以这种方式终结：我们所有的追求、文化和信仰，我们全部的生活乐趣已如此病态扭曲，它们也将在不久之后被埋葬。墓地即我们的文化世界，在那里，耶稣、苏格拉底、莫扎特、海顿、但丁和歌德都只不过是生锈的铁板上模糊不清的名字，引来虚情假意的祭拜者前来凭吊，只要能让他们相信，他们一度视为神圣的东西就在这铁板上，他们一定愿意用很多东西来换，只要能让他们对这已消亡的世界说出哪怕一句得体而庄严的沉痛哀悼的话语，他们也一定愿意用很多东西来换。可是他们只是站在墓穴旁，不无尴尬地讪笑着。我心中恼火，不由得又把下巴上的老地方刮破了，我处理了伤疤，然后不得不把刚戴上的干净衣领给换下来。我根本不知道，我为什么要这么做，因为我其实一丁点儿都不想去赴约。然而另一个哈里又开始做起戏来，称这教授为可亲可爱的家伙，说自己渴望闻到一点人的气味，渴望与人打打交道，聊聊日常，还回忆起了教授的漂亮妻子，认为在友好的主人家消磨一个晚上的想法还是挺令人兴奋的。他还帮着我在下巴上贴了一块薄薄的透明创可贴，帮我穿好了衣服，系了条像样的领带，用一种颇为温情的方式帮我打消了原本留在家中的念头。同时我又想，尽管不乐意，但我穿戴齐整，出门拜访教授，同他多少有些虚伪地客套交流一番，我这么做和天底下大多数人的做法并无二致。他们日复一日、每时每刻都要被迫地违心生活，做自己不愿做的事。他们拜访亲友，相互攀谈，坐满办公时长，所有这些都是被迫而为，很机械，不情不愿，如果让机器做，也可以完成得很出色，或者干脆不做也没有关系。正是因为有了这生生不息的永动机制，他们和我一样无法批判地看待自己的生活，无法认清或感受到生活的愚蠢和浅薄、它狞笑的可疑模样以及无望的悲哀和荒凉。哦，人啊，他们是对的，他们做得太对了，他们就这么活着，玩着自己的小把戏，做着自认为重要的事情，而不是像我这种脱离了正常生活轨道的人那样抵抗这惹人心烦的机制，绝望地凝视生活的虚空。倘若我在这几页文字里偶尔表现出对人的鄙视和嘲讽，但愿没有人会因此认为，我这是在把责任推给他们，或是在控诉他们，让他们对我个人的苦难负责！不过，我现在已经走得够远了，站在人生的边缘，即将跌入无底深渊。如果此时我还在欺骗自己、欺骗别人，假装那永动机制也一样在为我运转，假装自己也属于这永恒游戏的纯真世界，那么我就是在说谎，大错特错了。

与之相应，那一晚过得还真是精彩。在我那位旧相识住的楼底下，我站立了片刻，抬头望向窗户。他就住这儿，我想，年复一年地做着他的工作，读文章，写评论，探索近东地区和印度神话之间的关联性。他乐在其中，因为他相信自己行为的价值；他相信科学，甘愿成为科学的奴仆；他相信纯知识和知识累积的价值，因为他相信进步，相信发展。他没有经历过战争，也没有亲历过爱因斯坦是如何颠覆了现存的思想基础（他以为这只跟数学家有关），他看不到在他的身边正在酝酿一场新的战争，他认为犹太人和共产主义者都是可恨的，他是个善良且无虑、快乐而自满的孩子，实在令人羡慕。我强令自己打起精神进了屋，系着白色围裙的女仆在门口招呼了我，接过了我的帽子和外套，把它们挂好，而我出于某种预感竟记住了那个位置。她领我走进了一间温暖明亮的房间，请我稍等片刻。我没有祈祷或者小憩，而是由着自己的性子随手拿起了一件近在手边的物件赏玩了起来。这是一幅画像，镶了镜框，镜框后面有一个硬纸板支架斜撑着它，这样它就能稳稳地立在圆桌上了。这是幅铜版画，画的是诗人歌德——一位个性鲜明、发型独特的白发老者，其脸部表情刻画得非常生动，既突出了他那双赫赫有名的目光如炬的眼睛，也表现出了廷臣威严下难以掩饰的些许孤独与凄楚，看得出画家为此颇费了一番功夫。画家在无损其深邃人格的前提下，成功地为这位魔性存在的老者增添了一种教授或是演员身上常有的克制和纯真，从而——这是关键——将其成功塑造成了一位气宇轩昂的老先生，家家户户都可以用它来做装饰。勤劳的艺术工匠们曾经创作了许多形象，有仁慈的救世主、耶稣使徒、英雄人物、精神伟人和政治领袖，而我手里拿的这幅画并不见得比那些画像更令人讨厌，但也有可能只是因为画家技艺精湛而刺激了我，不管怎样，我觉得自己已经受够了刺激，像个火药桶随时都可能爆炸，而这画像上自命不凡、沾沾自喜的老歌德却仿佛在用致命刺耳的声音冲我大喊大叫，告诉我说，这儿不是我该来的地方。这儿是精心打造的巨匠前辈和民族伟人的家，但不是荒原狼的家。

假如此刻是男主人走进屋里，我兴许还能找到一个合适的理由离开。可进来的是他的夫人，我预感厄运将至，但也只能认命。我们打过招呼之后，各种小摩擦便接踵而来。夫人先是祝贺我保养得好，但只有我自己清楚，自从上次见面以后，我在这些年里老了多少。她同我握手的时候，患风湿病的手指疼痛难忍，更让我意识到了自己的变化。她接着问，我亲爱的夫人近来可好，我只好告诉她，我的妻子已经离开我，我们离婚了。教授此时走了进来，我们真是高兴啊。他也很热情地同我打招呼，然而这次拜访的荒谬和滑稽很快便表现得淋漓尽致。他手里拿着张他们家订阅的报纸——一份由军国主义分子和主战派创办的报纸。同我握过手之后，他指了指报纸说，上面有篇文章提到了一个跟我同姓的人，一个名叫哈勒的撰稿人。他肯定不是什么好东西，就是个拿自己祖国不当一回事的家伙，他拿皇帝寻开心，发表公开声明，在战争爆发这件事上，他的祖国和敌国一样难辞其咎。这是个什么样的混蛋啊！不过，这小子现在可有得受了，报社编辑公开对他进行了声讨，给了这个害人精一个漂亮干脆的回击。看我对这个话题不感兴趣，教授夫妻二人便和我聊起了其他话题。他们可是万万没有想到，那个混蛋这会儿就坐在他们面前；可事实如此，那个混蛋就是我本人。算了，何必大肆声张，破坏了这些人的岁月静好！我暗自发笑，不再指望在这个晚上还会发生令人愉快的事情。有一个瞬间我记忆尤深，那是教授谈及叛国贼哈勒的时候，自经历了下葬那一幕之后在我心里不断堆积、愈演愈烈的沮丧和绝望的恶劣心绪浓缩成了一种咄咄逼人的压力，一种肉体（下身）可感的痛苦，一种可怕得让人喘不过气来的宿命感。有什么东西正在窥伺我，就在我的身后，危险正步步逼近。幸好此时仆人进来说，晚饭准备好了。我们走进餐厅，我一边吃一边努力讲一些无关痛痒的话或者提一些无伤大雅的问题，不知不觉比平时多吃了一些，越发觉得自己真是可怜。天哪，我一直在想，我们究竟为什么要如此难为自己？我可以明显地感觉到，两位主人也非常不适，他们为了表现得有兴致而费了老大劲——可能是因为我让这个家变得死气沉沉，也可能是因为家里本来就有什么不高兴的事。他们也问了我一些问题，全是些根本无法坦诚回答的问题，所以很快我就开始满嘴扯谎，每讲一句话都得拼命忍住恶心才行。最后，为了岔开话题，我聊起了自己今天旁观的葬礼，但我的语气不太合适，我的幽默反而让人扫兴。我们越来越谈不拢，荒原狼则在我心里做出一副鬼脸窃笑。到了甜点时间，我们三人都没什么话好说了。

我们回到最开始的那间屋子，在那儿喝咖啡和烧酒，大家彼此心照不宣地暗暗希望，屋里的气氛能借此缓和一些。但就在那时，我的目光再次落在大文豪歌德的画像上，尽管它被挪放到了一旁的抽屉橱柜上。我和他纠缠不休，哪怕心里响起了警告的声音，我还是把它握在了手里，和他理论起来。我当时只有一种想法——我受不了了！我只能破釜沉舟，要么提起我的东道主们的兴致，鼓动他们，说服他们同意我的论调，要么让自己彻底点燃爆发。

我说：“但愿现实中的歌德不是这个样子！看他自负高傲的姿态，有意讨好尊贵来宾的矜重，还有男性仪表下温文尔雅的感伤情愁！人们尽可以对他有诸多不满，我也常对这个年迈的自命不凡者很有意见，但把他画成这样可不行，实在是太过分了。”

女主人斟满咖啡后匆忙离开了房间，一副深受委屈的样子，她的丈夫带着半是尴尬、半是责备的语气告诉我，那幅歌德画像是他妻子的，而且她特别喜欢。“您刚才那番话，我并不赞同；而且就算客观上讲您说得有道理，您也不该这么言辞激烈。”

“您说得对，”我承认道，“可惜这是我的习惯，我的恶习，我总爱选择用过激的表达方式；歌德在他日子好过的时候也是这么干的。而这位可爱、庸俗的沙龙版歌德自然不会说一句言辞激烈、直截了当的真心话。请您和夫人原谅，请您转告夫人，我有精神分裂症，我也和您就此别过。”

这位先生自觉下不了台，但还是说了几条反对意见，并又重提过往的对话有多么美好、多么富有启发性，真的，我当时对密特拉神①和奎师那神②的猜想给他留下了深刻的印象，他原本是希望今天能再……我向他表示感谢后说，他这一席话真是动听，可惜我对奎师那神和科学对话已经了无兴趣，我今天多次向他撒了谎，比如我不是才来几天，而是来了好几个月了，但是我一直独来独往，不方便去好人家里做客，其一是因为我长期以来心绪不佳，又受痛风折磨，其二是因为我大部分时间酒醉不醒。此外，为了还自己一个清白，至少在离开他们家的时候不再做个骗子，

① 一个古老的印度－伊朗神祇，属于雅利安宗教系统的神，原为契约之神，后来发展为太阳神、光明之神以及战神。

② 又名“黑天”，印度教诸神中广受崇拜的一位神祇，被视为毗湿奴的第八个化身，是诸神之首，世界之主。

我不得不向尊敬的主人表明，他今天可是伤我不轻。他接受了一份反动报纸就哈勒的观点发表的愚蠢且固执的言论，完全一副失业军官的做派，真是斯文扫地。而这个“混蛋”哈勒、这个不拿祖国当一回事的家伙就是我本人。对我们的国家和整个世界而言，若还有几个有思考能力的人听从理智、拥护和平，而不是盲目地蓄意挑起新的战争，总是件好事。好了，就说这么多吧，上帝保佑！

我站起身，告别了歌德和教授，从衣帽钩上取下我的衣服，走了出去。在我心里面，幸灾乐祸的荒原狼嗷嗷嚎叫，两个哈里之间又是好一番较量。我恍然大悟，今晚这令人不快的时光对我来说比对恼火的教授意义更大，他只是感到失望，感到有些闹心，但对我而言，这意味着我的最终失败和溃逃，意味着我告别了庸人世界、道德世界和学究世界，意味着荒原狼的绝对胜利。这是一个逃亡者和战败者的告别，是我的破产声明，是令人心碎、毫无优越感和幽默感的告别。我告别了我曾经的世界与昔日的家乡，我告别了庸常性、道德风尚和学究气，就和患胃溃疡的人和烤猪肉说拜拜并无二致。我走在街灯下，怒气冲冲又悲伤不已。这是怎样的一天啊！绝望、羞耻、不幸，从早到晚，从墓地到教授家！目的何在？原因何在？再让自己如此负重前行，再让那些心灵鸡汤来疗愈我，真的有意义吗？毫无意义！今夜，我将给这场喜剧拉上帷幕。回家吧，哈里，割断你的喉咙，你已经等得够久了！

我踯躅于街头，愁绪百转千回。唾弃正派人家里的客厅装饰品固然是件傻事——又傻又不体面，但也实属无奈之举。这温和顺从、虚伪狡诈的生活我是一分一秒都过不下去了。照这么看的话，我也受不了孤独了，独处也只是令我作呕，让我恨得牙痒痒，就连在自己地狱的真空里，我都像快窒息了一般双手乱舞乱打。我还有路可走吗？没有，一条路都没有！啊，父母双亲啊！啊，我青春年少时的圣洁之火啊！啊，我生命中的万千快乐、工作和目标啊！这一切的一切皆离我而去，连悔恨也不驻留，只剩下了厌恶和苦痛。那一刻，我似乎终于知道，为了活着而活着，究竟有多痛苦。

我走进了城外一家生意惨淡的小酒馆，在里面稍事休息，喝了些水和白兰地，又走了出来。我不停地走，仿佛受了魔鬼驱使一般，走过老城区上上下下又陡又弯的巷子，走过林荫道，走过火车站前的广场。坐车离开！心里动了这个念想，脚就踏进了火车站，墙上贴着列车时刻表，我死命地盯着它看，再喝点酒，让自己定神思考。有个魔影让我害怕，此时此刻，我看到他离我越来越近，越来越清晰。他要我回家去，回到自己的小屋里，在绝望面前静默等待！即使再走上几个小时，我还是无法摆脱这魔影，可即使我回家去了，回到我堆满书的桌子前，回到我的长沙发上，一眼就能看到墙上挂着的爱人的照片，可这些终究不能让我回避拿出剃须刀割断喉管的那一刻。这样的画面清晰地呈现在我的眼前，而且愈来愈清晰，我的心怦怦乱跳，感到了前所未有的恐惧——对死亡的恐惧！是的，我对死亡无比恐惧。虽然看不到其他出路，虽然我已沦陷在厌恶、痛苦和绝望之中，虽然再没有什么能吸引我，给我快乐和希望，但是一想到要自绝于世，一想到人生已到最后一刻，一想到冰冷的刀片要在自己的皮肉上划开一个大口子，我的心里便笼罩着难以言说的恐惧。

我看不到摆脱这可怕情形的出路。绝望和懦弱同室操戈，即使今天懦弱赢了，但是到了明天，到了以后的每一天，绝望还会重新站在我的面前，甚至由于自我蔑视而显得更为高大。我将一而再再而三地拿起剃须刀又放下，直到最后终于对自己下了手。那还不如今天就干！我理智地劝说我自己，就像在对一个吓坏了的孩子说话，但那孩子不听劝，跑开了，他要活下去。那魔影拽着我，一步一晃地继续穿行在大街小巷之中，围着我的住所打转，我一心想要回家，但又故意拖延。我时不时地拐进一家小酒馆，喝上一杯，最多两杯，然后他又把我赶出来，让我围着目的地、剃须刀和死亡继续打转。如果累坏了，我就在长椅上、喷泉边上和道沿上坐下，听着心跳的声音，擦去额头上的汗水，然后满怀对死亡的恐惧和对生命的炽热渴望，继续走下去。

夜深了，在城郊一处僻静的、我不太熟悉的地方，他把我拽进了一家酒馆，透过窗户，可以听到里面的舞曲很是劲爆。在推门进入的时候，我看到门口上方挂着一块老旧的牌子——黑鹰酒馆。这是家通宵酒馆，里面人群嘈杂，烟雾缭绕，酒气熏天，吵吵闹闹，后面的大厅里有人在跳舞，舞曲喧嚣刺耳。我待在前面的房间里，这里尽是些小老百姓，还有的衣着颇为寒酸，而在后面的舞厅里则能看到一些高雅精致的客人。我被人群挤到了吧台旁的一张桌子前，紧靠墙的长凳上坐着一位脸色苍白的漂亮姑娘，穿着一件轻薄的贴身舞服，领口开得很低，发间还别着一朵枯萎了的干花。女孩见我过来，留心看了看我，但很友好，她微微一笑，往旁边挪了挪身子，给我腾了个位子。

“能坐下吗？”我问道，并在她身边坐了下来。

“当然，坐吧，”她说，“你是哪位啊？”

“谢谢，”我说，“我没办法回家，我不能回家，我不能，我要待在这里，如果您允许的话，我想待在您身边。对，我不能回家。”

她点了点头，似乎听明白了。她点头的时候，我打量着那一缕从她额头滑落至耳边的鬈发，认出那别在发间的干花是朵山茶花。吧台那一头，音乐震天响；吧台前，女招待忙不迭地叫喊着报出客人点的酒水。

“你尽管待在这儿，”她的声音让我觉得很舒服，“可你为什么不能回家呀？”

“我不能啊，回去了就有事情要发生了。这可不行，我不能回去，太可怕了。”

“那你就待在这儿，让那事等着。来，先擦擦你的眼镜，你什么都看不清了吧。好了，把你的手帕给我吧。咱们喝点什么？勃艮第葡萄酒？”

她擦了擦我的眼镜，我现在才看清楚她的样子：面容苍白，但干练果决，嘴唇涂得血红，灰色的眼眸很明亮，前额平滑沉静，两侧耳前各有一缕短而利落的鬈发垂下。她善意而又略带嘲讽地照料着我，点了酒，与我碰了杯，又低头看了看我脚上穿的鞋。

“天啊，你这是打哪儿过来呀？怎么看着好像是从巴黎一路走过来似的。这样子可不该来参加舞会。”

这还真不好说，我回答道，笑了笑，随她说下去。我很喜欢她，对此我自己都颇感诧异，因为对这么年轻的姑娘，我向来不太信任，避之唯恐不及。而她对我的看法可能也莫过如此，但在那一刻，这让我很受用。是的，她后来也一直这么对我。不管是呵护我还是嘲讽我，她都拿捏得很好，不多一分也不少一分，恰是我需要的。她点了份夹香肠和奶酪的面包，命令我吃下去，还给我斟了酒，让我喝一口，但不要太急。之后，她夸我很听话。

“你真乖，”她用鼓励的语气说道，“你不让人为难。咱们打个赌吧，我猜你上次这么听话是很久之前的事了，对不对？”

“是的，您赢了。您是怎么知道的？”

“这又不难。听话就像吃饭喝水一样，要是你长期缺少，你就会觉得没什么能比它更重要。你愿意听我的话，是不是？”

“很愿意，都听您的。”

“你还真不为难人。朋友，兴许我还能告诉你，是什么在家里等着你，让你怕成了这副德行。但是你自己心里是很清楚的，咱们犯不着讨论这事，对吧？说这些也太傻了！一个人要么上吊自尽，行啊，那就让他吊死自己好了，他自有他的理由；要么他还活着，那他就得想想怎么活下去。就是这么简单。”

“哦，”我大声说道，“真要有这么简单就好了！老天作证，我为了活下去已经做得够多的了，但一点儿用处也没有。把自己吊死或许是挺难的，这我说不好，但要活下去却是难上加难！天知道有多难！”

“好了，你会发现这容易得很。咱们已经开了个头，你刚才擦了眼镜，吃了饭喝了酒，现在咱们去刷刷你的鞋和裤子，它们都该刷一刷了，然后你就跟我去跳西迷舞[①]。”

---

① 20世纪20年代在美国流行的舞种，音乐节奏很快，舞者跟随音乐节奏快速地摆动上半身，如摆臀、震胸等。

“您看，”我急着大喊道，“我说对了吧！无法执行您的命令，还有什么比这个更让我难过！但这个我确实不行。我不会跳西迷舞，也不会跳华尔兹、波尔卡，随便它们叫什么，我都不会跳。我从来没有学过跳舞。您看到没有，不是所有事情都像您想的那么简单。”

漂亮女孩笑了，鲜红的唇瓣微微上扬，梳着干练、男孩子气的短发脑袋左右摇摆。我仔细看着她，依稀觉得她很像我小时候喜欢过的第一个女孩——罗莎·克莱斯勒，但罗莎的皮肤呈古铜色，头发颜色很深。不，我不知道这位陌生姑娘让我想起了谁，但就是有种感觉，她让我想起了很久之前的一些事情，我还是个小男孩时的一些事情。

“别急，”她叫道，“别急！你不会跳舞？一点儿不会？一步都不会？天哪，就这样，你还声称自己为生活付出了多少努力！你这可是在撒谎了，老兄，你都这把年纪了，可不该这样。是啊，你连支舞都不想跳，怎么就能说自己努力生活过了？”

“可我就是不会跳！我从来没学过。”

她哈哈笑了。

“但你学过读书写字，对吧，还有算术，多半还学了拉丁语、法语等诸如此类的玩意吧？我赌你上过学，十年或十二年，然后说不定在哪儿读了大学，甚至还拿到了博士学位，会说汉语或西班牙语。难道不是这样？就是说嘛。但区区几节舞蹈课，你竟然抽不出一点儿时间，也不想花一分钱！哼！”

“都是我父母的主意，”我为自己辩解道，“他们让我学拉丁语、希腊语等等这些东西，可他们没让我学跳舞，以前在我们那儿不流行这个，我父母他们也从来没有跳过舞。”

她冷冷地看着我，满是鄙夷，她脸上的神情再次让我想起了自己的年少时光。“这么说，都是你父母的错！你今天晚上来黑鹰，难道事先也征求过他们的意见了？你问过了吗？他们早就死了，是你说的吧？原来如此啊！你说你小时候很乖，所以没学过跳舞，这又关我什么事！虽然我并不相信，你那时候是个好孩子标兵，但是之后呢，这么些年你都干什么去了？”

“哎，”我承认道，“我自己也说不清楚。我上了大学，做过音乐，还读书写书、旅游……”

“你对生活的看法可真奇怪！你做的都是些又难又复杂的事情，但简单的你一样没学过。没时间？没兴趣？随便吧，谢天谢地，我又不是你妈。你现在这样子，好像已经尝遍了人生的喜怒哀乐，却仍一无所获。哼，这样可不行！”

“您别再骂了，”我求她，“我知道我已经疯了。”

“得了吧你,可别在我面前摆谱了！你根本没疯！教授先生，我看你离疯还差得远呢！你很聪明，只是聪明的方式有点傻，我看你确实像个教授，来，再吃个面包，吃完再接着讲。”

她又给我要来了一个小面包，在上面撒了些盐，涂了点芥末酱，给自己切了一小块，其余的都让我吃下去。我吃了。她让我做什么我都愿意照做，除了跳舞。坐在一个人的旁边，任他盘问，任他下命令，任他呵斥，他让做什么就做什么，感觉好得出奇。要是那位教授或他的夫人几个小时前就这么干了，会省去我多少麻烦！不过，这样也很好，否则还不知道自己要和多少东西失之交臂！

“你到底叫什么名字？”她突然问我。

“哈里。”

“哈里？是个男孩名字！你也确实还是个大男孩，哈里，虽然你已经有些花白头发了。你还是个男孩，还得有人时不时地照看你的生活。跳舞的事儿我就不提了。但看看你的头发！你就没老婆，没个情人吗？”

“我没妻子了，我们离婚了。心上人我倒是有，但她不住这儿，我也很少见她，我们相处得不是很好。”

她假装满不在乎地轻嘘了一声。

“看来你这个男人很难相处，都没女人留在你身边。算了，你还是先说说看，今晚到底发生了什么了不得的事，让你这样丢了魂似的满世界乱跑？吵架了？输钱了？”

这可不是三言两语就能说清楚的。

“您看，”我开始讲起来，“就是件小事。我受人邀请去他家做客，邀请人是一位教授。我自己可不是什么教授，我本不该去的，我已经不习惯同别人坐在一起聊天了，对，全忘完了。我进他家家门的时候就有种预感，这一次不会顺顺当当的；挂帽子的时候，一个念头闪过我的脑海——说不定我一会儿就能戴上它。就是这么回事，在这位教授的家里，一幅画像看似随意地摆在桌子上，一幅愚蠢的画像，让我生气的画……”

“什么样的画？为什么生气？”她打断了我。

“哦，画上的人物是歌德，您知道的，诗人歌德。可画像上的他和他本人完全不一样，当然了，也没人知道他到底长什么样，毕竟他也死了百年了。但某个现代派画家按照自己的想法，把歌德搞成了这种造型，真让我生气，让我恶心得不行。我不知道，您有没有听明白？”

“别担心，完全听懂了。接着讲吧！”

“我之前就跟这位教授意见不合，他跟所有那些教授一个样，是个超级爱国分子，在战争期间不遗余力地帮着扯谎，欺瞒百姓——当然，他真心相信这一套。但是我反对战争。哎，扯远了。继续刚才的话，我本来是用不着看那幅画的……”

“你就是不该。”

“但是首先，我为歌德感到难过，我一直非常非常喜欢他。其次是，我想到，嗯，我当时就是这么想或者说这么感觉的：我现在跟这些人坐在一起，我把他们看作是跟我一样的人，我认为他们喜欢歌德的程度跟我差不多，歌德在他们心目中的形象也跟我差不多，然而他们家里却摆着这样一张毫无品味、虚情假意且甜腻过头的画像，还觉得它美极了，他们一点儿都没发现，画像表达的精神恰恰与歌德的精神相抵牾。他们觉得这画像美妙绝伦——行啊，随他们怎么看，但于我而言，我对这些人的信任、友谊、心意相通和休戚与共的感情一下子全没了，结束了。况且，本就谈不上有什么深厚的友谊。所以我一时怒起，又觉得自己很可悲，孤身一人，没人理解。您懂吗？”

“没什么难懂的，哈里。那之后呢？你把画像砸到他们头上了？”

“没有，我骂了他们一通就跑开了，我想回家，但是……”

“但是回家也没有妈妈来安慰或训斥你这个傻孩子。好了，哈里，我快要为你感到难过了，到哪儿都找不到像你这样的傻瓜了。”

是的，我同意，我也是这么看的。她给我倒了一杯酒。她对我真像是个妈妈，可又有那么片刻，我看到她是个既年轻又漂亮的女孩子。

"那么，"她又开始说道，"也就是说，歌德百年前就死了，而哈里很喜欢他，把他的模样想得特别美，这是哈里的权利，是不是？但是那个也崇拜歌德、给歌德画像的画家就无权这么做，教授也不行，任何人都不行。因为这不合哈里的心思，他受不了这些，他得破口大骂，逃得远远的。要是他聪明，他就会对画家和教授一笑置之；要是他疯了，他就会把歌德画像扔在他们脸上。但他只是个小孩子，所以他跑回了家，想上吊自尽……我完全听懂了你的故事，哈里，你的故事很滑稽，让我发笑。等等——别喝得这么急！勃艮第酒是要慢慢喝的，不然喝完身体会太热。什么都得跟你讲，真是个小孩子。"

她的目光很严厉，有一种告诫的意味，就像六十岁的家庭教师盯着你看的眼神。

"哦是的，"我心里很满足，请求她道，"您就告诉我都该干什么吧。"

"那我该告诉你什么呢？"

"所有的事情，您想说什么就说。"

"好吧，那我就和你说道说道。整整一个小时了，你听得出来我对你说话用的是'你'，而你总是称呼我为'您'。干什么老讲拉丁语和希腊语，总把话说得那么复杂。如果女孩子跟你说'你'，而你也不讨厌她的话，你就该用'你'和她说话。行了，这就是你今天学的新东西了。其次，半个小时前我就知道你叫哈里了，我知道是因为我问了你，但你都没想知道我叫什么。”

“哦，不是这样的，我非常想知道。”

“太晚了，小朋友！等我们再见面的时候，你再问吧。今天我是不会说的啦。好了，我现在想去跳舞。”

她做出要起身的样子，我的心情立马一落千丈，我怕她会离开，把我一个人留在这里，一秒之间，一切就会回到先前的样子。就像短暂消失的牙痛又倏地回来了，疼得人火烧火燎的，担心和恐惧也在瞬间再度降临。上帝啊，我到底能不能忘记那码子事？现在和刚才有什么不一样了吗？

“等一下，”我大声恳求她，“您——你别走啊！你当然可以去跳舞，想跳多久就跳多久，但不要一直不回来，记得回来，记得回来哦。”

她大笑着起身站了起来。她不如我想象得高，很瘦，但是不高。她又让我想起了那个人——到底是谁呢？我在脑海中搜索，但就是想不起是谁。

“你会回来的吧？”

“我会回来，但不会那么快，半小时或者一小时后吧。我还要再说一句：你该闭上眼睛睡一会儿，你现在需要睡上一会儿。”

我给她让开位子，她走了。她的裙子擦着我的膝盖滑了过去，她一边走一边掏出一面小圆镜，对着镜子挑了挑眉，又用一把小粉刷在下巴上扫了两下，然后就消失在了舞池中。我打量着我的四周：陌生的面孔，抽烟的男人，大理石桌面上啤酒洒得到处都是，叫喊声此起彼伏，还有一旁传来的舞曲声。她说过，我该睡觉的。唉，好姑娘，你可知我睡觉比那黄鼠狼还容易惊醒！要让我在这集市般的地方，坐在桌边，在哐啷作响的啤酒杯之间睡觉吗？我抿了口酒，从口袋里抽出一支烟，四下找寻火柴。但其实我一点也不想吸烟，就把烟放到了面前的桌子上。“闭上眼睛”，她是这么说的。天知道，这姑娘哪里来的这嗓音——略深沉，很动听，有种母性的磁力。这声音让我干什么我就干什么，这样很好，我已经感受到了。我听话地闭上了双眼，把头靠在墙上，听着五花八门、吵吵闹闹的声音在我耳边嗡嗡乱响。一想到自己要在这地方睡觉，我就不由得笑了。我决定走到舞厅门边去，朝里面瞥上一眼——我得看到我的漂亮姑娘在里面跳舞才行啊；我动了动椅子下面的双脚，这才感觉到自己乱逛了几个小时累得不行了，便坐着没有动。然后我睡着了，乖乖地听从了那慈母般的命令，睡得酣甜，满怀感激之情，居然还做起梦来，我很久没做过这么清晰、这么美妙的梦了。

我在梦中看见：我坐在一间老式的门厅里等候。一开始我只知道，我要拜见一位身份显赫的人物，后来恍然想到，要接见我的不就是歌德先生吗？可惜我并非完全以私人身份，而是作为某家杂志的记者前去拜访他，这让我很是不快。我想不通，到底是哪个恶鬼把我赶入了这一境地。此外，一只蝎子也搅得我心神不宁，就在刚才我还看到，它想顺着我的腿往上爬。为了不让这只黑色的小爬虫爬上来，我抖了抖腿，结果它就不知躲到哪里去了，我也不敢伸手四处试探，看它到底身藏何处。

我记不太真切了，可能由于疏忽，我并没有被引见给歌德，而是去见了马提松[①]，但是在梦里我把他看成了毕尔格[②]，因为我认定是他给莫莉写了那些情诗。要是能见上莫莉一面，我就太高兴了，在我的想象中，她是个可人儿，性情温柔，精通音律，还带着夜的魅惑。要是我坐在这儿，不是受了那可恶的编辑部的委托该多好！我生起了闷气，且愈来愈气，慢慢波及了歌德，顷刻之间，我心中对他有了诸多不满和责备。这将是一次了不起的谒见啊！那蝎子或许很危险，就藏在离我很近的地方，但也许没那么糟糕，说不定是个友好的信号。我觉得它很可能和莫莉有些关

---

① 马提松（Friedrich von Matthison，1761—1831），歌德同时期的诗人，其诗歌因忧郁、甜美和田园式的描写在其生前深受喜爱。

② 毕尔格（Gottfried August Bürger，1747—1794），德国狂飙突进时期著名的叙事诗诗人。《致莫莉》等情诗写给他当时的情人，他未来的第二任夫人。

系——是她的使者或者她的家族徽章上的动物，美丽而危险，象征女性和罪孽。那徽章上的动物有没有可能叫武尔皮乌斯[①]呢？说时迟那时快，一位仆人拉开了房门，我起身走了进去。

老歌德站在那里，个子不高，有些生硬，挺直的胸膛上端正地别着一枚质地厚重的星形勋章，显示出文学大家的风范。他看起来仍在处理政务，仍在接见宾客，一副身在魏玛博物馆却天下唯我独尊的样子。看见我走进去，他向我微微一点头，好像一只老乌鸦猛地抽了一下脑袋，带着威仪天下的表情说道，“你们这些年轻人啊，你们似乎不怎么赞同我们，不认可我们的努力？”

“完全正确，”我说道。在他逼人的目光下，我感到一阵寒意袭身：“我们这些年轻人的确不赞同您，老先生。我们认为您太过庄重，阁下，太过虚荣，太妄自尊大，一点儿不实诚，而最重要的莫过于这点——不实诚。”

矮个子的老先生略微往前伸了伸紧绷的脑袋，他那原本打着官腔、严苛且紧蹙的双唇也放松了些，一丝浅笑浮上面庞，显得生动而迷人。我的心突然怦怦直跳，脑海里冒出了“暮色徐徐下

① 武尔皮乌斯（Christiane Vulpius，1765—1816），歌德的妻子，1788 年与歌德相识，1806 年与歌德结婚。

沉”[①]的诗句，那不正是这男人从这张嘴里吟出的诗句吗？那一刻，我已被完全制服，卸下了防备，恨不得在他面前下跪。然而我站得笔直，听到他笑吟吟的双唇继续发话：“哦？您批评我不够实诚？这是什么话！您难道不想再解释解释吗？”

我当然愿意解释，非常愿意。

“歌德先生，您和所有的伟人一样，看清了也体会过了人生在世的可疑与无望：瞬间的美好总会不幸凋零；感官的至高享受无法不以生活的囚牢为代价；对精神王国的炽烈的渴望以及对失落的纯真天性的炽烈和神圣的爱永远在斗来斗去，不是你死就是我活；总是悬浮于空虚和不确定性中，糟糕透顶；注定要逝去，注定无法满盈，注定只是临时过渡，小打小闹——简而言之，人这一生毫无希望，不切实际，受着绝望的煎熬。这一切您都了解，时不时地您也会坦诚这一切，但您用毕生的精力都在宣扬相反的东西，您表达信仰和乐观，假装我们的精神劳动有意义且持久，让自己和他人对此深信不疑。您拒绝并压制那些相信心灵深不可测的人，您拒绝并压制那些在绝望中发出的真理之声——无论这声音来自您自己，还是出自克莱斯特[②]或贝多芬。数十年来，您积

① 歌德《中德四季晨昏杂咏》中第八首诗歌的首句。

② 克莱斯特(Heinrich von Kleist，1777—1811)，德国诗人、戏剧家、小说家。歌德对克莱斯特和贝多芬的作品表示无法欣赏和理解。

累知识，收集藏品，写信和收集信件，您在魏玛走完了自己的一生，您所做的一切好像使您走上了一条通途，可以使瞬间变成永恒，将天性上升为精神，而究其实，您不过是把瞬间包裹成了木乃伊，给天性戴上了面具。所以我们批评您不实诚。”

年迈的枢密大臣若有所思地盯着我的眼睛，嘴角依然笑吟吟的。

他问了一个令我讶异的问题：“莫扎特的《魔笛》[①]，想必您也很反感？”

我还没来得及辩驳，他却自顾自地继续说道：“在《魔笛》中，人生被演绎成了一首美妙的歌曲，它高歌短暂易逝的情感，仿佛那就是永恒和神圣。《魔笛》可不同意什么克莱斯特先生或者贝多芬先生，它传颂的是乐观和信仰。”

“我知道，我知道！”我气不打一处来，扯着喉咙嚷道，“天知道，您是怎么扯到《魔笛》上去的，它可是我的最爱！可莫扎特未曾活到八十二岁，在他的人生中，他也未曾像您一样要求持久、秩序和刻板的尊严！他未曾如此自傲自负！他创作出了精妙入神的旋律，却穷困潦倒，英年早逝，困窘，不被人理解——”

我透不过气来，恨不得寥寥数语就能说尽人生百味。我感

① 《魔笛》是莫扎特谱曲的最后一部歌剧，深得贝多芬的欣赏。

到我的额头在冒汗。但歌德依旧态度和善，他说道："就算活了八十二岁是不可原谅的，可我并不如您想的那样乐在其中。您说得对，我一心渴求持久，同时我也害怕死亡，一直在和死亡抗争。我想，不向死亡低头和对生命的无条件的执着，是所有优秀人物行动和生活的动力。但人终有一死，年轻的朋友，我在八十二岁时辞世就是凿凿有据的明证，这和我还在上学就过世也没有多大区别。如果这可以算作自我辩解，那我还想说：我的天性中有很多儿童心性——好奇、贪玩、乐于大把地挥霍时间。我花了挺久才认识到，玩乐总要适度。"

他说这番话时，脸上的笑容有了一丝狡黠，就像个老顽童。他的身形变得高大，生硬的体态和因强作威严而抽筋的脸部表情消失了。我们被各种各样的旋律所包围，都是谱了曲的歌德诗作；我在其中清楚地听到了由莫扎特谱曲的《紫罗兰》和由舒伯特谱曲的"幽辉满布山谷和丛林"。[①] 歌德变得满面红光，青春洋溢，喜笑颜开，一会儿看上去像莫扎特的兄弟，一会儿又像舒伯特的兄弟，他胸前的星形勋章变成了长满野花的草地，正中间探出一朵生机勃勃、摇曳生姿的黄色报春花，它开得正娇艳。

---

① 1789 年，莫扎特为歌德的短诗《紫罗兰》（*Veilchen*）谱写了一首小曲；1815 年，以创作艺术歌曲著称的舒伯特为歌德的诗歌《致月亮》（*An den Mond*）谱曲，"幽辉满布山谷和丛林"即为《致月亮》的首句。

这位老先生对我的问题和指控避而不答，想就这么嘻嘻哈哈地把我打发过去，这可不合我的心意，于是，我死盯着他看，眼神里满是责备。他俯身向前，将那变得像小孩子一般柔嫩的双唇凑到我的耳边，轻声对我说："年轻人，你对老歌德太过严肃了。对已经死去的老人们不必太过认真，不然对他们可不公道。我们这些不朽之人不喜欢较真儿，我们喜欢开开玩笑。年轻人，严肃认真这码子事是个时间问题，你若高估了时间，你就会变得严肃，这就是我能跟你说的。我也曾高估了时间的价值，所以那时候我想活到一百岁。但是在永恒中，你看，是没有时间概念的，永恒等同于瞬间，时间长短刚好够开一次玩笑。"

事实上已经不可能再和这位老先生进行严肃的谈话了，他翩翩然地转来转去，四肢灵活，心情大好，徽章中央的那朵报春花时而像放礼花一样被弹射了出来，时而又变小消失不见了。他迈着舞步，扭动着身段，整个人光彩四溢，而我却在想，至少这个男人没有错失学跳舞的机会。他还真能跳。这时我突然想起了那只蝎子，或者更确切地说是想起了莫莉，我于是冲着歌德大喊："请问，莫莉不在这儿吗？"

歌德放声大笑。他走到桌子旁，打开抽屉，取出并打开了一个很考究的小盒子——可能是由真皮制成的，也有可能是天鹅绒——把它伸到了我的眼皮子底下。只见深色的天鹅绒上放着一条袖珍的女人大腿，细巧、无瑕，闪着微光。这腿真是迷人，它的膝盖微微弯曲，脚向下伸展，一直把人的目光引向那纤细无比的脚趾尖。

这细巧的大腿攥住了我的心，我伸出手，想把它拿起来；我伸出了两只手指想夹住这个小玩意，却隐约觉得它猛地抽搐了一下，让我突然有种不祥的预感，觉得它很有可能是那只蝎子。歌德似乎看出了我的心思，这甚至可能就是他想要的效果，他有意要让我难堪，让我突然夹在欲求和恐惧之中左右为难。他把那惹人怜爱的小蝎子举了起来，让它紧贴着我的脸，看着我既想得到它又害怕得朝后退的模样，他打心眼里觉得好玩极了。就在他用这可爱又危险的小玩意戏弄我的时候，他突然又变老了，满脸沧桑，满头银发，好像活了上千岁的样子，只有他那干瘪的老脸无声地笑着，带着老人家深不可测的幽默，在内心狂笑不止。

我醒了，全然不记得自己做过梦；过了好一会儿，才想起了梦中所见。我坐在酒馆的饭桌旁，在音乐和喧闹声中估摸着睡了有一个小时，这绝无可能之事竟然成真了。可爱的姑娘站在我的面前，一只手搭在我的肩膀上。

“给我两三个马克，”她说，“我在那边吃了点东西。”我把钱包拿给她，她接过钱包走了，但很快又回来了。

“得，我现在还能陪你坐一小会儿，之后我就得走了，我还有个约。”

我吃了一惊，“跟谁约会？”我忙不迭地问道。

“跟一位先生，小哈里。他邀请我去那家剧院式酒吧。”

“哦，我还以为你不会丢下我一个人。”

“那你就得早点邀请我，但有人抢在了你前头。嘿，你倒是省钱了。你知道这个地方吧？十二点过后只供应香槟酒水。有沙发扶手椅，黑人乐队，很高档的。”

这倒是我始料未及的。

“哎，”我求她道，“就让我请你吧！我本以为这是自然而然的事情，我们已经是朋友了呀。让我请你，去你想去的地方。求求你了。”

“你真好，但是你看，说话要算话，我已经答应别人了，我就得去。你别白费力气了！来，再喝一口，酒瓶子里还有酒。你把这酒喝完就好好回家，睡上一觉，答应我。”

“不行，我可不能回家。”

“嘿，不就你那些事嘛！你和歌德还没完呢？（这一刻，我才想起自己梦见了歌德）不过，你要是真不能回家，那就待在这儿吧，这儿有客房，要给你开一间吗？”这么安排挺合我意，我又问她在哪里能再见到她，她到底住在哪里。她没有告诉我，说我只消找一找，就能找得到她。

“你不同意我请你吗？”

“去哪里？”

“去你想去的地方，时间也随你。”

“好。周二在老弗兰西斯卡吃晚饭，二楼。再见！”

她把手伸过来，我这才注意到，她的手和她的声音非常相称，圆润漂亮，善良机灵。我吻了她的手，她哈哈大笑，不无嘲讽。

临走前，她又回过头和我说道：“我再跟你说一句，为了歌德。瞧，你和歌德很要好，所以你受不了那幅画像，其实有时候我和圣人也是这样。”

“圣人？你这么信教的吗？”

“不，不信了，可惜。但我曾经信过，可能以后还会再信，只是现在没时间。”

“没时间？这还需要时间吗？”

“当然。做个虔诚的信徒需要时间，他甚至还需要独立于时间！你不能一边真的很虔诚，一边又活在现实之中，把时间、金钱、剧院式酒吧等等看得很重要。”

“我懂。但是圣人是怎么回事？”

“是这样的，有那么些圣人，比如斯德望和圣方济各[1]等，是我特别喜欢的。我有时看见他们的画像，还有救世主和圣母的画像，全假得不得了，虚得不得了，蠢得不得了，我也受不了它们，就像你看不得那幅歌德画像一样。看到那些美得直冒傻气的救世主或是圣方济各的画像，看到其他人觉得它们很美，对着它们肃然起敬，我心里面就会觉得这是对真正的救世主的侮辱，不由得会想：唉，如果这么一幅冒着傻气的救世主画像就让人知足了，那么他这一生和他受的这些罪到底有什么意义！然而我也知道，我心目中的救世主和圣方济各画像无非只是一幅人物画像而已，和他们原本的模样还差太多，或许对于救世主而言，我心目中的他的画像可能也很傻，完全不及格，就和那些甜腻的画像带给我的感觉差不多。我跟你讲这些，不是说你对歌德画像生气恼火就是对的，不是的，你那样做并不在理。我说这些就是想告诉你，我能理解你。你们这些学者、艺术家的脑子里尽是些稀奇古怪的东西，但你们也是人，和其他人一样，而恰恰我们这些其他人的脑子里也有梦想和游戏。我注意到了，博学的先生，你给我讲你的歌德故事的时候有些尴尬，你觉得要使出浑身解数，才能

---

① 斯德望（Stephanus）是教会首位殉道者；圣方济各（San Francesco di Assisi，1182—1226，又称圣弗朗西斯科、亚西西的圣方济各或圣法兰西斯）是天主教方济各会和方济各女修会的创始人。

让一个普通姑娘家听懂你那些很理想化的玩意。好了，我说这些就是想让你明白，你大可不必那么劳神费力。我听得懂你说的话。就这样吧，到此为止！你该上床了。”

她走了，一位头发花白的斯役带着我上了两级楼梯，其实经过是这样的：他先问我有没有行李，我说没有，他就要我预先支付他口中的“睡觉钱”，然后带着我爬上了一段老旧昏暗的楼梯，进到了一个小间，把我一个人留在那儿。房间里有一张单薄的木板床，床很短很硬，墙上挂着一把马刀，一幅加里波第[①]的彩色画像，还有某个协会搞完庆祝活动后剩下的一个干花环。要是有件睡衣，我会心甘情愿地多付些钱。好吧，至少有水和一条小毛巾，能让我洗把脸，随后我便和衣躺到了床上，没有关灯，想利用这时间让自己再理一理思绪。现在，我已经把歌德的问题解决了。他出现在了我的梦中，真好啊！还有这个奇妙的姑娘——我要是知道她的名字就好了！我本已是行将就木之人，她却突然出现，一个人，一个活生生的人，把罩在我身上的浑浊玻璃罩打碎了，向我伸来了一只手，一只漂亮、温暖且善良的手！突然之间，那些身外事又变得和我有关系了，一想起它们，我又能感到快乐、

① 加里波第（Giuseppe Garibaldi，1807—1882），意大利国家独立和统一运动的杰出领袖。

担忧和紧张了！突然之间，一扇大门开启，生活穿过大门向我走来！我或许又可以继续活下去了，又可以成为一个人了！我的心灵本已在严寒中睡去，冻僵了，现在又呼吸起来，困倦乏力地扇动着单薄虚弱的翅膀。歌德曾造访过我。一位姑娘刚才命令我吃饭、喝酒和睡觉，对我很友好，也嘲笑了我，说我是个傻小子。她——这个奇妙的朋友——也跟我讲了圣人，向我表明，即使我怪里怪气，无以复加，但我并非独自一人，无人理解，我也不是一个病态的另类，我还有兄弟姊妹，他们理解我。我还会见到她吗？会，肯定会的，她是守信的——“说话要算话”。

这么想着，我又沉沉入睡了，睡了有四五个小时，醒来的时候已经十点多了，衣服皱皱巴巴，人萎靡不振，感觉累，昨天那些可怕的遭遇似历历在目，但又觉得自己有活力，有希望，浮想联翩。昨天一想到要回家，我就怕得要死，但此刻走在回家的路上，我一点儿也不感到害怕。

在楼梯上，南洋杉的上方，我碰到了我的房东老太太，我平时不太见到她，但她和蔼可亲的态度总是让我觉得很舒服。我与她这样不期而遇，令我很是难为情，毕竟我衣冠不整，睡意蒙眬，头未梳胡子也未刮。我打了声招呼就想上楼。她通常很尊重我想独处、不愿受人关注的意愿，而今天，把我和世界隔开的纱幕似乎真的被扯烂了，挡在我们之间的围栏也坍塌了——她笑了，收住了脚步。

“您在外面闲逛呢，哈勒先生，您昨夜一晚上都没上床睡觉，肯定累坏了！”

“是的，”我回答道，并且忍不住也笑了起来，“昨天夜里过得还挺热闹的，因为我不想搅扰了这房子的生活习惯，所以就睡在了旅馆里。我非常尊重您家中的清静和体面，在您这儿，我有时候觉得自己就是个异类。”

“您别取笑我了，哈勒先生！”

“哪里，我只是在嘲笑我自己！”

“您可千万别这样。您不该在我家里觉得自己是个‘异类’，您应该按照您喜欢的方式生活，做您喜欢做的事情。我曾有过一些非常、非常体面的租客——堪称这方面的奇珍异宝，但是没人比您更安静，更少来打扰我们。现在，您想喝杯茶吗？”

我没有推辞。来到她的客厅，这里摆着她祖上老一辈人留下的家具，挂着老一辈人的画像。她给我倒了茶，放在我的面前，我们就随便闲聊了起来。这位和蔼的夫人其实并没有提问，但她还是听我有一搭没一搭地讲了我的生活，我的思想。她时而听得专注，时而又像母亲般并不当真——这是聪明女人听古怪男人的奇闻逸事时常采取的态度。我们还聊起她的侄子，去了隔壁房间，看了他的最新业余作品——一台无线电收音机。勤奋的年轻人到了晚上就坐在那儿，摆弄鼓捣出了这台机器，他完全被无线电这一想法给迷住了，虔诚地向技术之神跪拜，感谢他在数千年之后向人类展示了这些发现，尽管尚不成熟完善，尽管这些东西早就在思想家的脑子里，被他们巧妙地利用过了。我们谈及这些，是因为老太太有那么一点虔诚，所以她并不讨厌宗教话题。我跟她说，古印度人很早就认识到，这世上的一切力量和行为其实一直都在，而技术无非使得民众能够对上述事实中微乎其微的一小部分有所了解，其做法就是为此，即为接收声音发明了目前尚还粗糙的接收器和发射器。上述古老知识的核心，即时间的非现实性，至今尚未被技术注意到，但最后，它自然也会被“发现”，落入忙忙碌碌的工程师的掌心中。人们将发现——或许就在不久的将来——不仅此时此刻的图像和事件始终在我们周围流动，就像在法兰克福或苏黎世可以听到来自巴黎和柏林的音乐一样，而且一切过往之事都会被记录下来，存留于世，兴许有那么一天，不管是有线还是无线，不管有没有干扰的杂音，我们都能听到所罗门王①和瓦尔特·冯·德·福格尔魏德②的声音。这一切和今天刚刚

① 所罗门王（约前996年—约前931年）是古以色列联合王国的第三任君主，《旧约·列王纪》称他有超人的智慧。

② 瓦尔特·冯·德·福格尔魏德（Walther von der Vogelweide，约1170—1230），德国中世纪著名的诗人，擅长写情诗与政治诗歌。

起步的无线电一样，只会使人远离自我，逃离目标，用消遣和无用的忙碌织就一张密不透风的大网，把自己裹在其中。我对这些东西自是非常熟悉，平日里谈起它们也总是愤懑不已，话中带刺，把时代和技术批得体无完肤，但是这次我谈笑风生，打趣调侃，把老太太都逗乐了。我们一起坐了约莫一个小时，喝着茶，内心很是满足。

我约了黑鹰酒馆里那位漂亮又特别的姑娘星期二晚上吃饭，可要熬到那一天，还真是不容易。等到周二这天姗姗来临，我突然惊觉，这个陌生姑娘已经变得对我非常之重要。我心里只有她一个人，我期待了解她的全部，虽然我根本没爱上她，但我愿意为她献出我的所有，跪倒在她的脚下。一想到她可能会爽约或者忘了我们的约定，我就清楚地知道，我将陷入何种境地：世界将再度变得空虚，生活日复一日，将再度变得灰暗而无意义，可怕的宁静和死亡会重新将我团团围住，要想逃出这寂静的炼狱，只有手握剃须刀这一条路。在这几日里，我对剃须刀没有多生出一分好感，但它的骇人之处也丝毫未减。而这恰恰令人生厌：我对割断自己的喉管有一种压在心头的深深恐惧，我害怕死亡，用狂暴的、强硬的、负隅顽抗的力量抵御它，俨然一副福寿康宁、乐天知命的样子。我很清楚自己的状况，毫不掩饰，没有美化，我也知道，正是因为求生不得，求死不能，那个陌生的女人——黑鹰酒馆娇小漂亮的跳舞女郎——才对我如此重要。她是我昏暗的恐惧洞穴中的一扇小窗，一点微光；她是我的救赎，是我通往自由的路。她将教导我如何生或死，她将用她坚定美丽的手轻抚我冥顽不化的心，让它在生命的触碰下欣然绽放或化作灰烬。她的力量从何而得，她的魔力从何而来，她因何种隐秘的原因对我如此意义深远，我无法细想，也觉得无所谓，反正知不知道对我来说都无关紧要。我犯不着对这一类的认识和事理上心，一直以来我就是这么让自己安心度日的，而其中恰恰隐藏着最尖锐、最具讽刺意味的痛苦和耻辱，那就是我把自己的境地看得太清楚、太透彻。我看见这个家伙，这头荒原狼畜生，站在我的面前，就像看见陷在了蛛网里的苍蝇，看着命运驱赶他进行最后一搏，看着他被蛛网越缠越紧再无力反抗，看着蜘蛛随时准备伺机扑咬过去，却还看到有一只手出现在了近旁，准备挽救他于危难之中。对于我的痛苦、心病、邪性和神经衰弱症之间的内在联系和原因，我本可以说出一些机智过人、入情入理的话语，因为我很清楚这套技巧。但是我如此迫切需要的，我如此渴望而不得的不是知识或理解，而是经历、决断、猛的一击，然后纵身一跃。

在等待的几天里，虽然我从未怀疑过我的朋友会食言，但在最后一天，我还是非常激动与不安，我这辈子还从未如此急不可耐地期待着傍晚的来临。我一方面觉得自己快受不了这种紧张的气氛和烦躁的心绪了，但同时又觉得这种感觉妙不可言：我这种人对生活已不抱任何幻想，很长时间以来无所期待亦无所欢喜，现在却是一整天怀着忐忑、不安和热烈的期待转来转去，提前在脑中想象着晚上的相遇、谈话和经历，为此刮胡子、精心打扮（特别认真地穿上新衬衣，系上新领带和新鞋带），这一切对我而言都是难以想象的美好和新鲜。才不管那位聪明又神秘的年轻姑娘姓甚名谁呢，也不管她是以哪种方式跟我有了关系的，这些全都不重要，重要的是她出现了，奇迹发生了，我的生命中又有了一个人，而我也重拾了对生活的兴趣！我只要确保现状将持续下去，我要让自己牢牢地被她吸住，在她这颗星星的指引下前进。

我难以忘怀再次见到她的那一刻。尽管并无必要，我还是事先打电话到饭馆预定了位置；这是一家舒适温馨的老饭馆，我坐在预定好的小桌旁仔细地翻看着菜单，玻璃杯里插着两支我买给她的漂亮兰花。我坐着等了她好一会儿，但没有心绪不宁，因为我确信她会来。她终于来了，站在衣帽架前，浅灰色的眼睛向我投来关切而审慎的目光，算是和我打了招呼。我起了疑心，仔细盯着看侍者如何招呼她。感谢上帝，他礼貌得很呢，没有过分亲昵，并保持适当的距离。不过，他们以前就认识，她管他叫埃米尔。

我把兰花递给她，她很高兴，笑了起来。“你真好，哈里。你想送我礼物，对吧，但是不知道该买什么，你也不太清楚能不能送我礼物，这礼物会不会冒犯了我，所以你就买了兰花，只是些花而已，可它们也挺贵的。所以，多谢了。另外我现在就要告诉你：我不想你送我礼物，我是靠男人养着，但我不想靠你养活。啊，你完全变样了，都快认不出你来了！前两天你看上去还像是有人刚把你从吊绳上放下来一样，但现在你已经重新有个人样儿了。对了，你有执行我的命令吗？”

“什么命令？”

“这么快就忘了？我是说，你现在会跳狐步舞了吗？你跟我说过，你最想要的莫过于我的命令，最想做的莫过于听我的话。想起来了吗？”

“哦，是的，就该这么着！我是当真的。”

“那你还没学跳舞？”

“这么快学得会吗，就几天时间？”

“当然啦，狐步舞一个小时就学会了，波士顿华尔兹要两个小时，探戈要再多点时间，但你也用不着学这个。”

“可我现在必须要知道你的名字！”

她盯着我看了几秒钟，没有说话。

“你也许猜得到我的名字。你要是能猜出来的话，我会很高兴的。注意了，好好看着我！你难道没有发现，我的脸有时候长得像个男孩子吗？比如说现在？”

是的，我仔细端详她的脸，必须承认，她说得没错，这是一张男孩子的脸。看了一分钟后，这张脸开始对我说话，让我想起了自己的童年时光，想起了我曾经的朋友，那个叫赫尔曼的朋友。有那么一瞬间，她似乎完全变成了赫尔曼。

“你要是个男孩儿，”我不无惊讶地说，“那你一定叫赫尔曼。”

“谁知道呢，兴许我是个男孩儿，只不过穿上了女装，”她开玩笑地说道。

“你叫赫尔敏①？”

她神采奕奕地点了点头，很高兴我猜中了。这时我们点的汤来了，我们开始吃饭，她心情大好，像个孩子似的乐不可支。她身上有很多地方让我喜欢，令我着迷，其中最神奇最独特的一点就是，她本是一副不苟言笑的模样，却可以突然变得嘻嘻哈哈，让人也跟着乐呵起来，反之亦然，而事实上她根本没做出任何改变，也没有失去她的本真，就像天资聪慧的孩子天生会这么干。这一刻即是她的欢乐时光，她用狐步舞跟我打趣，甚至还用脚踢我，一个劲儿地夸赞饭菜，注意到我在穿戴上花了很多心思，但

---

① 赫尔敏（Hermine）也译作“赫尔米内”，是男性名字赫尔曼（Hermann）的女性形象，有“女战士”“女军人”之意。

还是免不了对我的外表一顿批评。

说话间隙，我问她："你刚才突然把自己变成了男孩儿模样，让我猜出了你的名字，你是怎么做的呀？"

"哦，这可全都是你自己做的。你怎么不理解呢，博学的先生，你喜欢我，觉得我重要，那是因为我是你的一面镜子，我心中有些东西能给你答案，能理解你。其实，人本来就应该是互为镜子的，彼此互为映照，给出答案。不过，像你这样的怪人太稀奇了，很容易走火入魔，看不到也读不懂别人的眼睛，还觉得事事和自己无关。当这么一个怪人无意中找到了一张脸，一张真正注视他的脸，并且觉得这脸上还写着答案和同类这一类的玩意，那他当然会高兴了。""你什么都知道，赫尔敏，"我惊讶地喊道，"情况就是这样，和你说的完全一样。而你跟我完全不一样！你同我完全相反，我没有的你全都有。"

"你是这么想的，"她简洁地说，"很好。"刹那之间，她的表情变得肃穆，像是乌云压顶一般。这张脸真是一面魔镜啊，现在这脸上只剩下了严肃和悲凉，像面具上空洞的眼睛，无边无底。她一字一句地慢慢吐出了下面这些话，好像并非心甘情愿似的："嘿，别忘了你对我说过的话！你说过，我应该命令你，你很乐意听从我所有的命令。你可别忘了啊！你要知道，小哈里，你觉得和我合得来，觉得我的脸能给你答案，我心里有样东西挺合你的心意，让你信任我，你这种感觉我也有。上次我在黑鹰酒馆看见你走进来——一副累坏了、失魂落魄、在这世上了无牵挂的样子——我立马感觉到，这个人会听我的话，他渴望我命令他！而我也正想这么做，于是我跟你搭话，于是我们成了朋友。”

她这话讲得这么正经八百，这么忍辱负重，让我完全没办法跟上她的思路，好对她说几句宽慰的话语或者引开她的话题。我正欲开口，她却眉毛向上一挑，止住了我的话头，然后咄咄逼人地盯着我，语气冷淡地接着说道：“你必须说话算话，小东西，我现在就把话跟你挑明了，不然你就等着后悔吧。你会收到我的很多命令，你会服从这些命令，都是些很好的命令，令人愉快的命令，你会觉得服从它们是快事一桩。到末了，我会下最后一道命令，而你也会去执行的，哈里。”

“我会的，”我顺着她的话说，“你给我的最后一道命令会是什么呢？”但我已经猜到是什么了，天晓得为什么会这样。

她浑身一哆嗦，好像有点轻微着凉一般；然后慢慢回过神来。她的眼睛没有离开过我，脸色突然变得更加阴沉。“我要是聪明的话，就不该告诉你这些。但我不想做聪明人，哈里，至少这次不想，我想做点不一样的事。注意，听好啦！你就听我这么一说，你会忘了它，也会为它笑，为它哭。注意啦，小东西！我愿跟你赌上性命，小兄弟，但还没开始玩，我就会把我的底牌亮给你。”说这些话时，她的脸可真美啊，简直超凡脱俗！她的眼睛看上去像是经历了一切能想象到的苦难，并已坦然接受了它们，但有一种无所不知的悲哀，冷静而清澈。那张嘴每吐一个词都很费力艰难，好像脸被冻僵了说不出话来；可是在她的双唇之间，在嘴角处，在不露痕迹轻吐的舌尖上，流露出的却是和眼神音调截然不同的缠绵悱恻、充满挑逗性的感性，是内心对寻欢作乐的渴望。她平整光滑的前额上有一绺短短的鬈发，就从那地方开始，从留着鬈发的额角开始，她身上的男孩气息和雌雄同体人的魔力一浪又一浪地朝我袭来，就像生生不息的呼吸。我听着她讲话，心里怕得很，但又像是被麻醉了一样，半梦半醒。

“你喜欢我，”她接着说下去，“原因我已经跟你讲过了，我打破了你的孤独，在地狱的大门前拦住了你，叫醒了你。但我想从你那儿得到更多，还远不止这些。我想让你爱上我。别说话，不要顶嘴，让我说下去！你很喜欢我，我感觉得到，你很感激我，但是不爱我。我会让你爱上我，这是我的工作，我以此为生，我就是要让男人爱上我。但是你要注意，我这样做不是因为我觉得你很迷人。我不爱你，哈里，就像你不爱我一样。但我需要你，就像你需要我一样。你现在需要我，就现在，因为你很绝望，迫切需要有人推你一把，把你推进水里，再把你救起来。你需要我，好学会跳舞，学会大笑，学会生活。我需要你，但不是现在，而是以后，我需要你，也是为了一些重要和美好的事情。等你爱上我，你会收到我的最后一道命令，而你到时候会听从我的命令，这对你我都好。”

插在玻璃杯里的兰花有着绿色的叶脉和紫褐色的花瓣，她把其中一枝向上提了提，脸庞凑过去，眼珠一动不动地盯着它看。

“这个命令可不容易，但你会去做的，你会完成我的命令，杀死我。就是这个。不要再问了。”

她的目光没有离开过兰花，但却不再言语，整张脸松弛了下来，就像绽放的花蕾，摆脱了紧张和压力，渐渐舒展。转眼之间，她的双唇露出了迷人的微笑，但她的双眼依旧呆滞，眼神迷离。她晃动着脑袋，额头上那绺男孩子气的鬈发也跟着晃动起来，她又喝了一口水，这才发现，我们正一起吃饭，她胃口大开，又尽情地吃起来。

她说的那些可怕的话，我一字一句全听得一清二楚，甚至在那“终极命令”还未出口时就已经猜到了，所以当她说出“你会杀死我”时，我心里并没有一惊。我觉得她言之凿凿，冥冥之中一切自有安排。她说的话我全听进去了，毫无异议，但又觉得那些话并非全是真的，也没那么严肃，尽管她刚才说话时认真得可怕。我身上有一部分吸收她的话，相信她的话，而另外一部分则欣慰地点点头，发现即使是如此聪慧、健康、可靠的赫尔敏也会有幻想，也有如此不清醒的时候。她最后一句话还未说出口，不真实、不可信的轻纱幔帐便已将我们笼罩。

赫尔敏有着走钢丝艺人的轻盈，但我无法像她那样轻轻一跳，重回现实世界。

“那么我会杀了你？”我问她，似乎还沉浸在梦中，而她已开怀大笑，饶有兴致地切着盘中的肉。

“当然，”她敷衍地点了点头，“这件事就说这么多吧，现在是吃饭时间。哈里，麻烦再给我点一小份蔬菜沙拉！你没胃口吗？我觉得，你得先把人人天生就会的事情学会了，就连吃饭的乐趣也得学。看着，小东西，这盘子里有只鸭腿，把这鲜亮的腿肉从骨头上剔下来，就是一场盛宴，这种时候，人就会觉得食欲大增，心里面既兴奋又感激，就像恋爱中的男人第一次帮他的女孩脱下外套。你明白了吗？没有？你真是个傻瓜。看好了，我从这漂亮的鸭腿上给你夹一块，你就会明白的。来，张开嘴！——你真是个讨厌的家伙！哦，天哪，快看他，他正拿眼睛偷瞄人哪，看别人有没有瞧见他在我的叉子上咬了一口！别担心，你这迷途的浪子[①]，我不会给你脸上抹黑的。但你要找乐子还得先问问别人

---

① 参见《新约·路加福音》第 15 章“浪子的比喻”。当浪子幡然醒悟，重新回到家中时，父亲满心欢喜地欢迎他。

同不同意，那你还真是个可怜的笨蛋。”

先前的那一幕变得越来越不真实，越来越难以置信，无法想象几分钟前，这双眼睛死命地盯着我看，眼神阴郁又可怕。啊，这样的赫尔敏就像生活本身：永远瞬息万变，永远无法预测。这一刻，她在吃饭，鸭腿、沙拉、蛋糕和利口酒都被她认真对待，这些是她的乐趣所在，是她评判的对象、她的话题和她的幻想。盘子被撤下去之后，新的篇章就开始了。这个女人完全看透了我，她似乎比所有智者都更懂生活，她能像孩子一样说变就变，在生活瞬间的小游戏中游刃有余，实在是让我心悦诚服，拜其为师。无论这是高超的智慧还是极简的天真，一个人若能掌握了生活在瞬间的艺术，活在当下，无微不至地珍惜路边的每一朵小花且了解每一个短暂的游戏瞬间的价值，那么生活便奈何不了他。这个快乐的姑娘，胃口好，爱美食，但也可以吃得很随意，她会是一个爱做白日梦、一心求死的歇斯底里的女人吗？抑或是一个清醒的精于算计的女人，无情无义，却故意让我爱上她，变成她的奴隶？这不可能。不，她只是完全沉浸于这一时刻，所以她对每一个突发的奇想，对每一次来自遥远心灵深处的稍纵即逝的阴暗战栗，都开怀接受，尽情享受。

我今天才第二次见赫尔敏，但她知晓我的一切，我觉得自己在她面前毫无秘密可言。她也许并不完全理解我的精神生活，我喜欢音乐、歌德、诺瓦利斯、波德莱尔[①]，在这方面她或许不能完全听懂我说的话——不过这也很值得怀疑，很有可能她不费吹灰之力就能搞得明明白白的。退一万步讲，我还有“精神生活”吗？难道不是早就破灭，毫无意义了吗？但是她能理解我其他那些最私人的问题和愿望，对此我毫不怀疑。我一会儿就要跟她聊荒原狼，聊那篇文章，聊所有的事情；之前我从未跟其他人聊过这些，一个字都没说起过，它们只为我一个人而存在，可是现在我等不及了，我要立马全说出来。

“赫尔敏，”我说，“我最近碰到了一些怪事。一个陌生人给了我一本印好的小书，像是年市上的那种小册子，里面把我的全部故事，还有和我相关的一应事情，全都写得清清楚楚的。你说这怪不怪？”

“这本小书叫什么？”她随口问道。

“《论荒原狼》。”

“啊，荒原狼，帅呆了！而你就是荒原狼？那书里写的就是你？”

“是啊，就是这样。我是荒原狼，一半是人，一半是狼，但

① 波德莱尔（1821—1867），法国现代派诗人，象征派诗歌先驱，代表作有《恶之花》。

也保不准这全是想出来的。”

她没有应声。她直视着我的眼睛，目光如炬，接着目光落在我的双手上，有那么一会儿，她的脸上、目光里又出现了适才的正颜厉色和怅然慷慨之情。我想我猜透了她的想法，她在想我是否有足够的狼性来完成她的“终极命令”。

“这当然只是你想出来的，”她说道，重又变得开朗，“或者，要是你愿意，也可以说是诗意。不过这话也有些道理。你今天不是狼，但是那天，你走进大厅的时候，就像是从月亮上掉下来的一样，你那时身上还真有那么点兽性，而这恰恰是我喜欢的。”她突然想起些什么，打住了话头，像是受到了某种震动，说道：“什么‘野兽’‘猛兽’，这么说话可够傻的！可不应该这么说动物。讲真，它们是很可怕，不过它们比人可是要正常多了。”

“什么叫‘正常’？你这是什么意思？”

“那你就挑个动物仔细瞅瞅呗，猫啦，狗啦，鸟啦，要么就去动物园挑一只漂亮的大型动物，比如美洲狮或者长颈鹿。你看了就知道，动物都很真实，没有哪种动物会觉得不好意思，或者不知道该干什么，要考虑自己的行为举止是否得体。它们不想奉承你，不想给你留下深刻印象，也不会逢场作戏。它们就是它们该有的样子，就像石头和花，或者就像天上的星星。你听懂了吗？”

我懂了。

“动物大多数时候很悲伤，”她接着说下去，“人也会很悲伤，不是因为牙疼或者丢了钱，而是因为他忽然在某一刻意识到了这是怎么一回事，他的整个人生是怎么一回事，那么这种悲伤就是真正的悲伤，他看上去就会跟动物有点像——悲伤，但是比任何时候都更真实更美。就是这样，我第一次见到你的时候，荒原狼，你就是这个样子。”

“那么，赫尔敏，你对写我的那本书怎么看？”

“哎，你知道我不喜欢思考个没完没了。咱们下次再聊吧。你可以把它拿给我读一读。得了，忘了它吧，干脆等哪一天我又该读书了，你就给我拿一本你自己写的书。”

她点了杯咖啡，有那么一会儿好像完全无法集中精神似的，一副心不在焉的样子，但突然之间，她满脸神采焕发，仿佛她的苦思冥想终于有了结果。

“嘿，”她高兴地喊道，“我想到了！”

“想到什么了？”

“狐步舞啊，我刚才一直在想这个事儿。好了，你先告诉我，你有没有一间屋子，可以让咱们时不时地跳上一小时舞？屋子小也没关系，这不碍事的，就是楼下千万不要住人，不然房间地板稍有响动，住楼下的那人就跑上来和咱们干一架。这样就行了，非常好！然后你就能在家学跳舞了。”

“是的，”我说道，还有点难为情，“能这样当然好。但是我想，跳舞还需要配上音乐吧。”

“当然需要。听好了，你可以买点音乐，最多也就跟找老师上舞蹈课一样贵。请老师的学费你省下来了，因为我就是你的老师。那音乐咱们就有了，随听随放，只要咱们乐意。现在就缺留声机了。”

“留声机？”

“对呀。你买上一台这样的小机器，再配几张舞曲唱片……”

“妙极了，”我喊道，“你要真把我教会跳舞了，我就把留声机作为酬劳送给你。一言为定？”

这话我说得极有魄力，但并非出于真心。在我堆满书的小书房里再放上这么一台我看不上眼的机器，我真是想象不出会是个什么样子；况且对跳舞这件事我也能提出诸多反对意见。我是想过，偶尔学上那么一两次未尝不可，但我深信，自己年纪太大，身体太僵硬，不可能学会跳舞了。然而事情接二连三，来得太快又太急，我感觉自己全身上下一百个不乐意，因为我是个年老挑剔的音乐行家，我讨厌留声机、爵士乐和现代舞曲。而现在，要在我的房间里，在诺瓦利斯和让·保尔旁边，在我的思想小屋和庇护所里响起美国舞曲，我还要随之翩翩起舞，这要求可真有点过了。但是要求我这么做的，不是随随便便什么人，而是赫尔敏，她就该给我下命令。而我听命于她，这是当然的。

第二天下午，我们在一家咖啡馆里见了面。我到的时候，赫尔敏正坐在那儿喝茶，她笑盈盈地拿出一份报纸给我看，里面有我的名字。我家乡的保守分子出了好几份极具煽动性的报纸，里面经常刊登一些辱骂我的文章，她手里拿的只是其中一份。在战争期间，我就是反战派，战后我也偶尔提醒世人要冷静、克制，有人性，坚持自我批评，反对日益猖獗、荒唐和狂妄的民族主义狂热。现在，又有人在报纸上抨击我了，文章写得很烂，一半是编辑自己写的，一半是从立场相近的报刊杂志中找了些内容雷同的文章，东拼西凑完成的。众所周知，这些没落思想的卫道士写东西写得真够差劲，做事也不认真，一点儿都不上心，真是无出其右者。赫尔敏读了那篇文章，了解到哈里·哈勒是个害人精，是个不爱祖国的家伙，如果一直容忍这样的人和思想，青少年就会被灌输人类多愁善感的思想，而不知该如何向世敌报仇雪恨，那么我们的祖国只会越来越糟糕。

“这是你吗？”赫尔敏指着我的名字问道，“好了，哈里，你还真是树敌不少呢。你生气吗？”

我读了几行，没什么两样，都是些老掉牙的谩骂，这么多年我已经听厌了。

“不，”我说，“我不生气，我早就习惯了。我几次三番地表示过我的看法，我说过，每一个民族，甚至每一个个体，都不该觉得虚情假意地讨论一番政治‘罪责问题’就可以安枕而卧了。每一个民族，甚至每一个个体都必须再三拷问自己，究竟是自己身上的哪些过错、疏忽和恶习导致了战争和其他种种世界性灾难。这也许是避免战争再次爆发的唯一出路了。我说的这些话是他们无法原谅的，因为他们理所当然地完全没有责任：皇帝、将军、大企业家、政治家、报纸——没人觉得自己有一丁点可指责的地方，没人该为此承担责任！人们可以说，世上一切都很美好呀，只不过有一千多万人被打死了，埋在了地底下。看，赫尔敏，连这种辱骂我的文章都无法再让我生气了，可它们有时会让我觉得悲哀。我的同乡中有三分之二的人会读这样的报纸，每天早晚都会读这种论调的文字，被其加工，得其警告，受其煽动，变得不满，戾气很重，而所有这一切的目的和结果都是战争——即将到来的另一场战争，比过去更为可怕的一场战争。这些真是再简单明了不过了，每个人都可以理解，只要他愿意花上一个小时进行思考，他就可以得出和我一样的结论。但是如果他不能从中得到好处，他就不想去做，不想去避免打仗，为自己和他的后代免去下一场大屠杀。思考一个小时，花点时间走进自己的内心，扪心自问，对这世上的混乱和戾气，他是不是也有份，他究竟该负多少责任。

但是你看，就是没人乐意！所以世界还将这么维持下去，成千上万的人日复一日地倾情投入，为下一场战争做着准备。自从我明白了这点以后，我就变得麻木、绝望了，对我来说已经没有‘祖国’，没有理想了，一切不过是装饰，是给那些积极准备屠杀的先生们用的。思考人性，把它说出来或是写出来已经没有意义了，促使人们在头脑里产生好的想法，也已经没有意义了，因为只有两三个人在做这事，但是每天数以千计的报纸、杂志、演说以及各类公开的和秘密的集会都在和他们对着干，鼓吹相反的内容，而且颇有成效。”赫尔敏不无同情地听着我说话。

“是啊，”她说，“你说得对。还会再打仗的，不用看报纸也能知道。这当然令人悲哀，但它不值一提。就像一个人无论做什么，最终他还是不可避免地走向死亡，想到这里，一个人不免觉得悲哀。对抗死亡，亲爱的哈里，始终是一件美好、高尚、神奇、值得尊敬的事情，当然反对战争也是如此。但是，这种斗争向来只是堂吉诃德式的毫无希望的闹剧。”

“就算是这样，”我一时着急，冲她喊了起来，“像这样的真理——说什么既然人终有一死，所以一切就都无所谓了——只会让人的一生变得平庸愚蠢。难道我们就应该扔掉一切，放弃所有的思想、追求和人性，让野心和金钱继续统治一切，而我们喝着啤酒坐等下一次战时动员吗？”

赫尔敏现在看我的眼神很奇怪，其中既有愉悦、嘲讽、戏谑和心领神会的同志情谊，同时又满是忧患、洞见和深不见底的严肃认真！

“你不该这样，”她用慈母般的口吻对我说，“你的生活并不会因为你知道自己的斗争将无果而终而变得平庸愚蠢。哈里，你是在为善和理想做斗争，而如果你认为一定要达成目的才有意义，那岂不是更加平庸？理想难道就是为了实现而存在的吗？我们人活着难道就是为了消除死亡吗？不，我们活着，是为了对死亡有所畏惧，并且爱上死亡。正是因为死亡，我们短暂的人生才会在某一刻燃烧得如此美丽。你还是个孩子，哈里。现在，乖乖听话，跟我来，我们今天要做很多事。我今天不会再惦记战争和报纸了。你呢？”

啊，我也不去想它们了，我也准备好了。

我们一起去了一家乐器行——这是我俩第一次一起在城里逛街。我们认真观赏各式留声机，把它们打开再合上，还请店员给我们放唱片试听。我们看中了其中一台，觉得它很合适，讨人喜欢且价格公道，我当即想把它买下来，但是赫尔敏还没有逛够。她不让我付钱，我只好跟着她又去了第二家店，把各种系列、各种尺寸、各种价码的留声机——从最便宜的到最贵的——再看了一遍，又听了一遍介绍。这时她才同意回到第一家店，把刚才选中的那台买下来。

“你看，”我说，“我们本可以简简单单就完事的。”

“你真这么觉得？很有可能等我们买下来，第二天却在别人家的橱窗里看到一台一模一样的机器，价钱却便宜二十法郎！况且买东西让人快乐，快乐的事情就得好好享受。你要学的还多着呢。”

我们请了个人，一起帮着我们把买来的东西送到了我的屋子里。

赫尔敏非常仔细地打量我的起居室，夸赞了我的壁炉和长沙发，试了试我的椅子，把我的书拿在手里，又在我爱人的照片前站了很久。我们把留声机放在了柜子上成堆的书中间。然后我的舞蹈课便开始了。她放了一首狐步舞的音乐，给我示范了几个简单的舞步，然后拉着我的手，带着我跳。我听话地跟着她迈动双脚，身子撞到了椅子上，我听到她对我发号施令，但不知道她要我干什么，我踩到了她的脚，我已经够尽心尽责了，但还是跳得笨手笨脚。跳完第二支舞，她一下子瘫倒在沙发上，像个孩子似的笑起来。

“天哪，你怎么这么僵硬！你只要朝前走就行了，就跟散步一样！根本没必要紧张！我猜你身上已经发热了吧？好啦，咱们休息五分钟！瞧，跳舞就是这样，要是会跳了，它就跟思考一样简单，学起来也容易得多。之前，你生气有些人不想养成思考的习惯，还把哈勒先生叫作叛国贼，心安理得地盼着下一场大战的到来，现在，你应该不会跟他们急赤白脸了吧。”

一小时后她走了，走前跟我保证说，下次肯定会更好。我可不这么想。我对自己生硬、笨拙的舞姿大失所望，觉得自己这一个小时什么都没学到，也不相信下一次会有所长进。我肯定不行，我完全不具备跳舞所需要的特质——快乐、无辜、大大咧咧和富有活力。行了，我又不是现在才知道。

但是，看哪，下一次上课的时候，我果然跳得好一些了，而且竟然开始觉得跳舞还蛮有意思的咧。等到那节课结束的时候，赫尔敏声称，我已经会跳狐步舞了，并由此得出结论，我第二天得跟她去一家餐馆跳舞。这可真是把我吓得不轻，所以我拼着老命反对。而她则冷冷地提醒我，我发过誓会听她的话，并和我约好第二天到巴兰赛旅馆喝茶。

当天晚上我坐在家里，想看书但又看不进去。我对第二天感到恐惧，一想到我这样一个上了年纪、胆小又敏感的怪人，不仅要去光顾这种可以喝茶饮酒、爵士乐无限循环的无聊而摩登的舞厅，而且还要在什么都不会的情况下以舞者的身份出现在陌生人面前，我就觉得可怕。我承认，当我独自一人在我安静的小房间打开留声机，放上音乐，穿着袜子悄悄复习我的狐步舞时，我都觉得自己太可笑了，简直羞愧得无地自容。

第二天，在巴兰赛旅馆，有个小型乐队在演出，还有茶和威士忌供应。我试着讨好赫尔敏，在她面前摆上点心，还想请她喝杯好酒，但她都不为所动。

“你今天不是来享乐的，现在是跳舞时间。”我不得不跟她跳了两三支舞，舞曲间隙，她把我介绍给了吹萨克斯的乐手。这是一位有西班牙或是南美血统的年轻人，皮肤黝黑，长得很帅，按照她的说法，他会玩所有的乐器，而且还会说各国语言。他看起来和赫尔敏很熟，关系很好，他有两个不一样的萨克斯放在自己面前并轮流用它们演奏，边吹边用他那闪闪发亮的黑色眼眸专注而快活地打量着舞池里的舞伴。令我自己也颇感诧异的是，我对这位人畜无害、长相俊俏的乐手竟然产生了一种妒意，不是嫉妒他的爱情，毕竟我和赫尔敏之间根本谈不上爱情，而是嫉妒他们之间的精神友谊，因为在我看来，赫尔敏那么注意他，那么直言不讳地夸赞他，是的，那么崇拜他，而他根本就不配。现在还得认识这些奇奇怪怪的人，我闷闷不乐地想到。

接着，不断有人来请赫尔敏跳舞，我则一个人坐着喝茶，听音乐。要是从前，这类音乐我根本受不了。天啊，我想，我竟然被带到了这种陌生又讨厌的地方，还要把这儿当成自己的家，以前我对这种地方可是避之唯恐不及的呀，我一点儿都看不起这地方，这是游手好闲者和寻欢作乐者的世界，是由大理石桌子、爵士乐、风情女子和旅行客商组成的千篇一律的世界！我阴郁地品着茶，呆呆地看着那些故作优雅的舞者。两个漂亮女孩引起了我的注意，她们两个跳得都很好，我带着欣赏和羡慕的心情看着她们的身影，她们怎能跳得那么轻巧优美、自如快乐。

这时赫尔敏又出现了，对我很是不满。我来这儿，她斥责我道，不是为了板着这么一副脸，一动不动地坐在桌边上，我现在该振作精神，起来跳舞。怎么，我一个人都不认识？完全没这个必要。这儿难道就没有我喜欢的姑娘吗？

我把其中那个长得较为标致的姑娘指给她看，她刚好就站在我们旁边，穿着漂亮的天鹅绒短裙，留着干练的金色短发，两条丰满的胳膊很有女人味，非常令人着迷。赫尔敏坚持要我马上走过去请她跳舞。我拼了命地反对。

“我做不到！”我悒悒不乐地说道，“是啊，我要是个年轻俊俏的小伙子就好了！但我就是个上了岁数的土包子，腿脚不灵便，完全不会跳舞，她会笑话我的！”

赫尔敏看着我，目光轻蔑。

“那你全然不考虑我会不会笑话你啰。你真是个胆小鬼！每个接近女孩儿的男人，都冒着被她笑话的风险，这就是赌注。去冒一次险吧，哈里，最坏不过是被她笑话，你要是不去，我可就不再信你了。”

她毫不退让。音乐再度响起，我忧心忡忡地站起身，走向那个漂亮的姑娘。

“我其实有舞伴的，”她说道，一双水灵灵的大眼睛好奇地看着我，“但我的舞伴好像还在吧台，一时半会儿过不来。好，您请吧！”我搂着她的腰跳了几步，正纳闷她怎么没有把我打发走，她却已然意识到我只是个新手，便主动引导起我的舞步。她跳得极好，令我也渐入佳境，有那么一会儿，我忘了我是奉命来跳舞的，也忘了所有跳舞的规则，只是跟着晃动身体，感受舞伴紧绷的腰肢以及快速而转动自如的双膝，注视着她神采飞扬、青春无敌的脸庞，向她坦言，这是我有生以来第一次跳舞。她笑而不语，只是继续用轻盈迷人的动作逢迎我，极其巧妙地回应我痴痴的目光和奉承的话语；我们越跳越兴奋，彼此贴得越来越近。我用右手紧紧地搂住她的腰，急切地跟着她的双腿、双臂和肩膀舞动，心中洋溢着幸福，而且让我吃惊的是，我一次也没有踩过她的脚。一曲终了，我们两人站定了，鼓掌，舞曲再次响起，我再次满怀激情、痴迷和热诚完成了这场仪式。

舞跳完了——结束得也太快了，穿天鹅绒短裙的漂亮姑娘离开了。一直在看我们跳舞的赫尔敏突然站到了我身边。

“你注意到什么了？”她带着赞许的笑容说道，“你发现没，女人腿可不是桌子腿哦。嘿，祝贺你！你现在会跳狐步舞了，谢天谢地，明天咱们开始学跳波士顿华尔兹，三周之后环球大厅有化装舞会。”

休息时间到了，我们找了个位置坐下来，帕博罗先生——那个年轻帅气的萨克斯风乐手——朝我们走了过来，点头致意后坐在了赫尔敏的身边。他看起来跟赫尔敏是很要好的朋友。但是我呢，我承认，这是我们第一次见面，而我一点儿也不喜欢这位先生。他长得很好看，毋庸置疑，身材好，长相也好，但除此之外，我在他身上就没发现其他优点了。所谓的多国语言对他而言也没什么大不了的，因为他几乎不怎么说话，要说也不过是“请、谢谢、是的、一定、哈喽”这一类的字眼，用各国语言说这些他当然是不在话下了。不，这位帕博罗先生，他不说话，而且看上去也不怎么思考。这位漂亮的尊贵先生，他的工作就是在爵士乐队里吹萨克斯风，对这份工作他似乎满腔热情，十分喜爱，有时吹着吹着他会突然鼓起掌来，或者吹到情深处不能自已时，他会伴着音乐高歌“噢噢噢噢、哈哈、哈喽”此类歌词。除此之外，人人都能看出，他在这世上最多只能靠长得帅气来讨好女人了，外加穿上领子最新潮的衣服，打上最流行的领带，手上戴满戒指。为了解闷，他跟我们坐在一起，对着我们微笑，看看手表，卷卷纸烟，干这个他还是蛮拿手的。他有一双欧洲移民后裔才有的美丽动人的深色眼睛和黑色的卷发，它们都藏不住他的浪漫、问题和思想。从近处看，这个有着异国情调、神一般存在的帅气男人不过就是一个逍遥快乐的少年，有点被人宠坏了，但举止还算彬彬有礼。我同他聊了聊他的乐器和爵士乐的音色，得让他知道，和他谈话的可是一位欣赏音乐、精通音乐的老行家。但他根本不接我的话茬，出于对他的礼貌——其实是对赫尔敏的礼貌——我从音乐理论的角度发表了一通维护爵士乐的见解，但对我和我的努力，他只是善意地一笑而过，兴许他根本就不知道在有爵士乐之前已有其他音乐，除了爵士乐之外也不乏其他音乐。他人不错，和善且乖巧，他瞪着大而空洞的双眼，对我笑得很灿烂，但是我觉得自己和他并无共同之处，凡是他觉得重要且庄严的，我一点儿也不觉得，我们各居于地球一隅，自说自话，并无共同语言。（但赫尔敏后来跟我讲了一些奇怪的话，她说，那次谈话后帕博罗跟她说起了我，说她应该多关心我，说我非常不幸。她问，他怎么看出来的，他回答说，“可怜人啊可怜人，看看他的眼睛！笑不出来哎”。）黑眼睛的帕博罗起身告退，音乐重新响起，赫尔敏也站了起来。“你现在能和我再跳一支舞了吧，哈里，还是说你不想跳了？”

我现在就是和她也跳得更轻松、自由和开心了，尽管还不像和刚才那位姑娘跳舞时那般自在、忘我。赫尔敏让我主动引导她，而她则配合着我，像片花瓣般轻柔，我在她身上也感觉到了那些时而迎面而来，时而飘忽远去的美感，她的身上也散发着女性和爱情的味道，她的舞蹈仿佛也在温柔深情地唱着可爱迷人的女性之歌。然而我无法完全自由、快乐地回应这些，无法完全忘我地沉浸于此。赫尔敏和我太亲近了，她是我的同伴，我的姊妹，我的同类，她像我本人，像我年少时的伙伴赫尔曼——那个爱幻想的诗人，我热情似火的同伴，和我一起孜孜于精神训练，一起放荡不羁。

当我同她谈起这个时，她说道："我知道，我心里很清楚。我会继续努力让你爱上我，但这事得慢慢来。咱们暂时只是同伴关系，毕竟咱们找到了彼此，也希望能成为一对知心朋友。眼下，咱们就想想能从对方身上学到点啥，然后再一起找点乐子。我要给你看看我的小把戏，教你跳舞，把你调教得快乐一点，呆萌一点，而你就给我讲讲你的思想和你知道的那些事。"

"哎，赫尔敏，我没什么好讲的，你知道得比我多得多。你真是个奇怪的人，你这姑娘！你什么都理解我，总是走在我前头。我对你来说到底是什么？你不觉得我无聊吗？"

她目光阴郁地看着地板。

"我不喜欢听你这么说。想想那个晚上，你疲惫绝望地从痛苦和孤独中走来，恰巧撞见了我，成了我的同伴！我一眼就认出了你，明白了你的心思，你觉得到底是为什么呢？”

“为什么呢，赫尔敏？告诉我吧！”

“因为我跟你一样。我跟你一样孤独，跟你一样不爱生活，不爱人，不爱我自己，对这些完全提不起劲来。但总有一些人要求生活至善至美，无法接受自己的愚蠢和粗俗。”

“你啊，你啊！”我十分诧异地喊道，“我理解你，搭档，没人像我一样理解你。但你对我来说仍是一个谜，你以游戏的态度看待人生，你对微不足道的东西和乐趣极其看重，你就是所谓的生活的艺术家吧。你怎么还会受生活之苦呢？你怎么还会感到绝望呢？”

“我没有绝望，哈里，但是受生活之苦——是啊，我是有所体会的。你觉得很奇怪，我怎么会陷入不幸，毕竟我会跳舞，还很熟悉生活的种种表象。而我呢，朋友，我也奇怪你怎么会对生活如此失望，毕竟你深谙精神、艺术和思想——都是些最美、最深刻的玩意！所以我们互相吸引，成了兄妹。我会教你跳舞，教你游戏，教你微笑，但永不知足。我会向你学习思考，学习知识，但永不知足。你知道吗？我们俩都是魔鬼的孩子。”

“没错，这就是我们。精神是魔鬼，他不幸的孩子就是我们。我们从自然中跌落，游离在虚空之中。我突然想起来：我之前跟你说起过的《论荒原狼》里写着，哈里以为他只有一个或者两个灵魂，或者他由一重或两重人格构成，这无非是他一厢情愿的想象而已。每个人都是由十个、上百个，甚至上千个灵魂构成的。”

“这话我很喜欢，”赫尔敏大声说道，“比如你在精神层面修养很高，在种种美妙的生活小事上则很落伍。思想家哈里已经一百岁了，但舞者哈里不过才活了半天。现在我们要继续培养舞者哈里和他的其他小兄弟们，他们跟舞者哈里一样又小又傻，还不成熟。”

她笑吟吟地看着我，用了另外一种声音，小声问道：“你觉得玛丽亚怎么样？”

“玛丽亚？谁是玛丽亚？”

“就是跟你跳舞的那位，是个漂亮姑娘，非常漂亮。我瞅着呀，你是有点爱上她了。”

“你认识她吗？”

“嗯，是的，我们很熟。你是不是心里一直念着她？”

“我喜欢她，我很高兴，她对我的舞技很是包容。”

“嘿，你可没把话说透！你应该主动一点，哈里，她很漂亮，舞也跳得好，而且你也已经爱上她了。我觉得你会成功的。”

“算了吧，这我可不敢奢望。”

“现在你可是在撒谎了。我知道，你在这世上的某个角落里有个情人，你半年才见她一次，可一见面就吵架。你想忠于你这位奇怪的女朋友，你能这么做固然是好，但我可不会把你们的关系当真！我估摸着你对爱情太较真，你尽可以这么做，尽可以按你中意的方式去谈恋爱，这是你的事情，轮不到我来操心。我只要操心，你有没有把生活中各种轻巧的小技艺和游戏学到位，在这方面我可是你的老师，而且是位好老师，比你的理想情人要强很多，你就放一百个心吧！当务之急是你得找到一个漂亮姑娘，躺在她身边好好睡上一觉，荒原狼。”

“赫尔敏，”我窘迫不已，大声喊道，“仔细看看我，我是一个老头子了！”

“你就是个小男孩儿。就像你懒懒散散地一直没学跳舞，结果差点来不及了一样，你也一直懒懒散散地没有学会恋爱。理想化的、悲剧式的爱情，哦朋友，这个你倒是很在行，我对此毫不怀疑，且充满敬意。但你现在要学习如何爱得平常一点儿，有人味儿一点儿。咱们已经开了个头，很快就可以让你去参加舞会了。但你还得先学会波士顿华尔兹，这个咱们明天开始。我三点去你那儿。对了，你喜欢这儿的音乐吗？”

“太棒了。”

“瞧，这也是一个进步，是你的新收获。在这之前，你一向不喜欢这类舞曲和爵士乐，觉得它们不够严肃，缺乏深度，但是现在你瞧，你不把它们当回事了，它们听上去倒也蛮可爱、蛮迷人的。顺便说一句，要是没有帕博罗的话，这个乐队就完了。他是头儿，是那个添柴加火的人。”

留声机破坏了我书房里苦行僧式的精神氛围，陌生的、扰人的——甚至可以说是毁灭性的——美式舞曲闯入了我精心营造的音乐世界，各式新潮的、可怕的、颠覆性的事物从四面八方涌来，挤进了我那轮廓分明、严丝合缝的生活。那篇关于荒原狼的文章和赫尔敏都说人有上千个灵魂，的确没错，除了我原有的那些灵魂之外，我的身上每天都会出现几个新的灵魂，他们提出各种要求，大吵大闹，我以前虚妄的个性现在如画像般清晰地呈现在我的面前。那时候，我偶尔习得了一些能力和技艺，把它们变成了我的强项，从此只承认它们的存在，造就了一个哈里的样子，过着这个哈里的生活，事实上，这样一个哈里无非只是精细化教育下培养出来的一个精通诗意、音乐和哲学的专家；至于我个性中的其余部分，我其他乱成一团的能力、冲动和追求，我觉得它们全是负累，给它们冠上了荒原狼的名字。

然而要改变和消解这虚妄的个性绝不是一场舒适而愉快的冒险，相反它常常使我痛苦万分，难以承受。在这样的环境里，其他物品似乎都音律和谐，唯独这留声机发出靡靡之音，真的就像魔鬼在哇哇乱叫。有时，当我在某家时髦饭店，混迹于所有光鲜亮丽的花花公子和偷奸耍滑之人中间跳我的单步舞时，我会感到自己是个背叛者，背叛了我在自己的生命中曾经视为可敬和圣洁的东西。倘若赫尔敏给我一周的时间独处，我会立刻逃离这种费力而可笑的花花公子的生活实验。但赫尔敏总在我的身边，即使我们不是每天都见，她也一直在看着我，引导我，监视我，考察我——连我所有怨气十足的反抗和逃离的念头，她都能微笑着从我的脸上读出。

曾经被我叫作个性的东西仍在持续不断地遭到破坏，我也随之开始理解，为什么我尽管对人生不抱什么希望了，但还是那么惧怕死亡，我也开始察觉，这可憎且可耻的怕死之心是我过往虚伪的庸人生活的一部分。过去的哈勒先生是才华横溢的作家，是研究莫扎特和歌德的行家，是写出了关于艺术的形而上学、天才与悲剧、人性等诸多颇值一读的文章的撰稿人，是躲在他的堆满书籍的小屋里的忧郁的隐士，自我批判将他步步紧逼，而他到哪儿都无法保全自我。这位有才又有趣的哈勒先生不厌其烦地宣扬理性和人性，反对战争的野蛮，按理说，他的这些想法该让他在战争期间被人拉到墙边，一枪毙了，但他找到了某种适应方式，一种特别体面、自然也是特别高尚的方式，但说到底就是妥协。此外，他反对权力和剥削，却在银行里存放了好些工厂企业的有价证券，它们的利息供他取用挥霍，他也没有一丝内疚。一应事物，皆为此道。哈里·哈勒虽然巧妙地把自己装扮成了一个理想主义者和世界的蔑视者，装扮成了忧郁的隐居者和愤懑的预言家，但他骨子里还是一个有钱的庸人，他唾弃赫尔敏这样的人生，懊恼自己在饭馆里虚掷光阴，挥金如土，他深感愧疚，但绝不渴望自我解放和正身清心，正相反，他渴望回到从前的舒适时光，那时候，他的精神把戏既让他自享其乐，又让他荣誉等身。同样，那些不入他法眼、遭他冷嘲热讽的报纸读者也渴望回到战前的理想时光，因为那时的日子总比历经坎坷才有所得要轻松得多。呸，见鬼，他真令人作呕，这位哈勒先生！尽管如此，我还是抓住他不放，或者说抓住他那正在消解的面具，他那故弄玄虚的精神游戏以及他对杂乱无章和突发事件（死亡即属此类）的庸常畏惧不放，我嘲讽而妒忌地把正在成长的新哈里——在舞厅中有点腼腆、有点奇怪的外行舞者——同曾经那个精心打造出来的理想主义的哈里形象做比较，而他在其中认出了教授家的歌德画像身上所具有的致命性弱点，想起当时他看那画像有多么不顺眼。他自己，那个老哈里，原来也是一个被庸人理想化了的歌德啊，是一个目光高尚的精神英雄，他的崇高、精神和人性像发蜡一样闪闪发光，连他自己都要感动到不行！见鬼，这幅可爱的画像如今却有了几个难堪的破洞，理想的哈勒先生也被肢解得七零八落！他看上去就像被拦路抢劫的强盗洗劫一空的达官显贵，只剩了一件破衣烂衫来遮羞。他要是聪明的话，就该学学那衣衫褴褛之人，可他身着破烂，却当那勋章仍披挂在身，哭着维护自己业已失去的威严。

我一次又一次地遇到乐手帕博罗，赫尔敏是那样喜欢他，总是盼着同他来往，因此我不得不改变对他的看法。在我心里面，帕博罗就是一个长相俊俏、无足轻重的人，一个个子矮小又爱慕虚荣的花花公子，一个逍遥快乐、无忧无虑的孩子，欢快地吹着他的集市小号，只需要几句溢美之词和一点巧克力就可以轻易摆弄。但是帕博罗从来不问我对他的看法，他不在乎它们，就像他不在乎我的音乐理论一样。他礼貌友好地听我讲话，脸上总是笑呵呵的，但从未给过我一个实实在在的回答。尽管如此，我似乎还是引起了他的兴趣，他明显在努力讨我的喜欢，让我感受他的善意。有一次，我被这样无果而终的谈话激怒了，差点就要开始骂人了，他大吃一惊，不无悲哀地盯着我的脸看，拿起我的左手轻轻抚摸，掏出一个镀金的小盒子，从里面倒出一点儿东西，劝我吸一口，说这样对我有好处。我向赫尔敏投去询问的目光，她点了点头，我便接过来吸了一口。果不其然，我很快又恢复了精神，活跃起来，很可能这粉末里有可卡因一类的成分吧。赫尔敏告诉我，帕博罗有很多这类药品，都是他通过秘密渠道弄到手的，他有时会把这些东西拿给朋友们，他可是调配这些药品的大师，不管这药是镇痛的、安眠的，还是让人做美梦、让人快乐、让人动情的。

有一次我走在街上，在码头边碰到了他，他二话没说就决定陪我走一走。这一次，我终于让他开口说话了。

“帕博罗先生，”我对他说道，而他正在把玩一根细长的黑银色小棍，“您是赫尔敏的朋友，这就是我对您感兴趣的原因。但是我不得不说，跟您交谈并不容易。我多次尝试跟您聊聊音乐，因为我很想听听您的想法、您的反对意见和您的判断，但是您却不屑于给我一个哪怕是最简短的回答。”

他发自内心地冲我笑了笑，但这次没有避而不答，而是不动声色地说道：“您看，按我的看法，谈论音乐没有意义。我从不谈音乐。您说的那些话都很对，很聪明，我还能说什么好呢？您说的那些，都很在理呀。但是您瞧，我是乐手，不是学者，我不相信在音乐中在理的就一定有用。在音乐中，有没有理不重要，品味和修养，还有诸如此类的东西都不重要。”

“好吧，那什么才是重要的呢？”

“重要的是把它们弹奏出来，哈勒先生，弹得又好又多又专注！这才是重点，先生。就算我把巴赫和海顿的作品全装在了脑子里，也能就此说些聪明绝顶的话，我这么做并没有给任何人带来什么好处。但是如果我拿起我的管乐器，奏一曲流畅的西迷曲——不管我演奏得是好还是坏，它是可以给人带来快乐的，是可以流入听者的身体和血液中的。只有这个才重要。您下次去舞厅看看，当休息过后，音乐再次响起时，大家脸上都是什么表情——眼睛有了神采，腿脚开始抖动，脸上笑容绽放！演奏音乐的目的就在于此！”

“很好，帕博罗先生。但不是只有刺激感官的音乐，还有精神共鸣的音乐。不是只有当下被演奏的才是音乐，还有不朽的音乐，它们世代相传，哪怕此时并没有人将其演奏。某个人可以独自躺在床上，让《魔笛》或者《马太受难曲》[①]的旋律在自己的脑海中回响，这也是音乐，但并没有人吹笛子或者拉小提琴。”

“确实，哈勒先生。多少爱幻想的落寞之人会夜复一夜地在心中无声地哼唱像《想你》和《巴伦西亚》这样的流行舞曲，还有那一贫如洗的打字姑娘会在办公室里回想她上次听到的单步舞曲，和着节拍敲打键盘。您说得对，这些人孤苦伶仃，但愿他们人人都能享受无声的音乐——无论是《想你》《魔笛》还是《巴伦西亚》！但是这些人从哪里获得属于他们的孤寂无声的音乐呢？从我们这里，从乐手这里。得先有人演奏它们，它们才能被人听到，进入他们的血液，之后他们才能在家里，在他们的小房间里想起

① 《马太受难曲》的内容取自《新约·马太福音》，由德国著名音乐家巴赫在18世纪创作，共有78首分曲，真实地再现了耶稣被犹大出卖、被捕、受审、被钉十字架和下葬等场景。

它，梦到它。”

“我同意，”我冷冷地说，“但还是不能把莫扎特和最新的狐步舞曲相提并论。您给人们演奏的是神圣且永恒的音乐还是流行一时的廉价音乐，这可不是一码子事。”帕博罗听出我越说越激动，立刻换上了一副他最讨人喜欢的表情，亲切地抚摸着我的胳膊，同我讲话时语气里也多了一种让人难以置信的柔和。

“好啦，亲爱的先生，您说不能相提并论，那肯定就不能。您爱把莫扎特、海顿或者《巴伦西亚》放在什么档次就放在什么档次，我一点儿意见也没有。我都无所谓的啦，肯定用不着我来决定它们的档次，而且没人会来问我这方面的问题。兴许百年之后，还有人继续弹奏莫扎特，而说不定两年之后，《巴伦西亚》就消失了。我认为，我们尽可以把这个问题交给亲爱的造物主，他是公正的，他手上掌握着我们每个人的命数，自然也包括那些华尔兹和狐步舞曲的命数，他一定会做正确的事。而我们这些乐手必须做我们该做的事情，完成我们的责任和任务：我们要弹奏当下人们渴望听到的音乐，并且尽我们所能，把音乐演奏得又美又好听又动人。”

我叹了口气，不再吱声。这个帕博罗可真难对付。

在某些时刻，新与旧、伤痛与欲望、恐惧与欢乐会非常奇妙地交织在一起。我时而身处天堂，时而身处地狱，但多数时候既像在天堂又像在地狱。老哈里和新哈里时而激烈争吵，时而和平相处。老哈里有时像是彻底玩完了，死了，埋了，有时又会突然站在那里，发号施令，蛮横霸道，自觉高人一等；那个簇新的、年轻的小哈里羞愧万分，一声不吭地任凭自己被挤到墙边。其他时候，年轻的哈里掐住老哈里的喉咙，用力凶猛，老哈里呻吟不止，濒死挣扎，很是怀念他的剃须刀。

但常见的情况是，痛苦和幸福的波涛会同时席卷而来。就在我在公共场合初试我的舞技过后没几天，这样的一刻降临了：那天晚上，我走进卧室，看到美丽的玛丽亚躺在我的床上，我感受到了难以名状的震惊、诧异、恐慌和欣喜。

一直以来，赫尔敏让我经历了种种意想不到的事情，而这次无疑最出乎意料。因为我毫不怀疑，是她把这漂亮的尤物送到了我这里。那天晚上，我破例没有和赫尔敏待在一起，而是去大教堂听了一场精彩的、古老的教堂音乐演出。这是一次美好而忧伤的远足，音乐把我带回到了过往的生活，我故地重游，看到了青春年少的我和怀着崇高理想的哈里。在教堂高耸的哥特式大厅里，漂亮的穹顶经由寥寥数盏灯倒映在地面上，似鬼影般晃个不停，我坐在其中聆听了布克斯特胡德[①]、巴哈贝尔[②]、巴赫和海顿，重走了过往钟爱的小路，沉浸于一位女歌手的美妙嗓音，她专门演唱巴赫，曾是我的朋友，我也曾多次观赏她精彩的演出。古老的乐音及其无上的尊严和神圣唤醒了我青春年少时的欢欣鼓舞、梦幻时分和崇高情感。我悲伤而忘我地坐在教堂高耸的唱诗席中，在这一个小时里成了这个崇高的极乐世界的访客，而它曾一度是我的家乡。在聆听海顿的一曲二重奏时，眼泪突然涌上了我的眼眶，音乐会还没结束，我也不想再跟歌手重聚（我以前在这样的音乐会之后不知跟艺术家们度过了多少意兴阑珊的夜晚啊！）就悄悄溜出了教堂，一身疲惫地走在深夜小巷，时不时地听到从餐馆的窗户后面传来乐声，那是爵士乐队正在演奏我现下生活的旋律。哦，我的生活怎么会变得如此灰暗而混乱！

在这次夜行途中，我还思考了许久自己和音乐的奇特关系，再一次把如此感人而致命的关系看作是整个德意志精神的命运。在德意志精神中，母权，即以音乐霸权形式体现出来的和自然的紧密联系占据主导地位，这是其他民族所不具备的。我们这些追

---

① 布克斯特胡德（Dietrich Buxtehude，1637—1707），巴洛克时期德国－丹麦裔作曲家及风琴手。

② 巴哈贝尔（Johann Pachelbel，1653—1706），巴洛克时期德国作曲家兼教堂管风琴师，代表作品为《D 大调卡农》。

求精神的人没有以我们的男子气概奋起抗争，没有聆听并顺从精神、逻各斯[①]和言语，而是梦想一种没有言词的语言，它能说出无法言说之物，描述无法塑造之物。追求精神的德意志人并未忠于他的工具，老老实实地利用他的工具，而是一再反对言语和理性，和音乐眉来眼去。德意志精神肆意沉醉于音乐之中，沉醉于悠扬美妙的音律中，沉醉于无须变成现实的奇妙而媚人的情感和思绪中，却疏忽了大多数真正的任务。我们追求精神的人在现实中没有容身之处，我们不了解现实而且敌视现实，因此在我们的德国现实中，在我们的历史、政治和公共舆论中，精神发挥的作用小得可怜。哎，算了，关于这点我已经想得够通透了，偶尔不免也会感到一种强烈的塑造现实的欲望，也会想认真负责地做些工作，而不单是研究美学和精神工艺品。然而每次总是自甘屈服，以放弃告终。诸位统帅和重工企业的大企业主们说得很对：我们这些“追求精神的人”一事无成，我们只是一群可有可无、脱离现实、不负责任、天马行空的空谈家。呸，见鬼去吧！拿起剃须刀！

种种思绪在脑海中盘桓，音乐的余音也仍在耳畔回荡，我心情沉重，深感悲哀，无望地渴求生活、现实、意义和不可挽回的

① 逻各斯（Logos），希腊语词，具有多重含义，如“语言”“理性”“意义”等。逻各斯是西方哲学史上最早提出的关于规律性的哲学范畴。

过去。我终于到了家，爬上楼梯，走到客厅点亮了灯，想读点儿书但读不进去，想起了我和赫尔敏的约定——明晚我一定得去塞西尔酒吧喝威士忌跳舞，一想到这个，我心里不禁对我自己，而且对赫尔敏也充满了愤懑和怨恨。也许她是出于好心，也许她是个好姑娘，但她那时候还不如让我堕入深渊，而不是把我拉入这个混乱陌生、光影重重的游戏世界，让我在此沉沦。在这个世界里，我始终是一个外来者，我内心最美好的东西正在饱受折磨，逐渐腐烂！

我非常悲哀——悲哀地熄灭了灯，悲哀地走进了卧室，悲哀地开始脱衣服。这时，我闻到了一种不寻常的香味，有点像香水的味道，心里不由得一惊。我环顾四周，看到漂亮的玛丽亚正躺在我的床上，脸上带着笑容，略有不安，一双蓝眼睛睁得大大的。

“玛丽亚！”我说道。而我首先想到的是，如果我的房东知道了的话，她会跟我解除合约的。

“我来了，”她轻声说，“您生我的气了吗？”

“没有，没有。我知道，赫尔敏给了您钥匙。肯定是这样。”

“哦，您生气了。我这就走。”

“别，漂亮的玛丽亚，请您留下！我只是今天晚上非常悲伤，没办法快乐起来，也许明天可以。”

我朝她微微俯下身子，她便用她大而结实的双手抱住我的头往下拉，给了我一个长长的吻。随后，我挨着她在床上坐下，握住她的手，请她说话轻声些，不要让别人听到。我看着她那美丽丰满的脸庞，陌生而奇妙，如同一朵大大的鲜花躺在我的枕头上。她慢慢地把我的手拉到她的唇边，拉到被子下面，放在她温暖、呼吸匀称的胸脯上。

“你用不着在我面前表现得快乐，”她说，“赫尔敏同我说过，你有烦恼，这谁都能理解。你现在还喜欢我吗，嗯？之前跳舞的时候，你可是动了情的。”

我亲吻着她的眼睛、嘴唇、脖颈和双乳。刚才我想起赫尔敏的时候，还满是怨气和责备。现在我把她的礼物捧在手中，心中满是感激。玛丽亚的爱抚不会让我今天听到的美妙音乐感到痛苦，相反，它们和这音乐很是般配，并使它变得圆满。我一边慢慢地掀起她身上的被子，一边亲吻这漂亮女人的身体，直至其双脚。当我躺在她身边时，她鲜花般的脸庞微笑地看着我，似乎什么都知道。这天夜里，躺在玛丽亚的身边，我睡得不多，但却像个孩子一样睡得很熟很安稳。我们当中醒了几次，我贪婪地吮吸着她美好靓丽的青春，在低声交谈中了解了她和赫尔敏的生活中颇多值得一听的趣事。我以前对这样的人和生活知之甚少，只偶尔在剧院里撞见过生活处境相似之人，有男也有女，一半是艺术家，一半是追求及时行乐之人。现在，我才得以一窥这种奇怪的、纯洁得少见也堕落得少见的生活究竟是个什么样子。这些姑娘大多出身贫寒，她们太过聪明，也太过漂亮，因此不会把自己的整个人生一次性地交付给那种收入微薄且毫无乐趣的工作。她们时而找份临时工以糊口，时而靠她们的美貌和热情过日子；她们时而一连数月坐在打字机前工作，时而做做阔绰的花花公子的情人，得到些零花钱和礼物；她们时而身裹毛皮大衣，出入汽车，住豪华酒店，其他时间则窝在阁楼里；虽然她们偶尔也会被高价收买，同意结婚，但是大部分人并不热衷于此；她们中的一些人对爱情毫无欲望，在一番讨价还价后，出价最高者才能勉强得其青睐。而其他人，像玛丽亚这样的，对爱情有着非同寻常的天赋和渴望，大多拥有和男女两性相爱的经验，她们只为爱情而活，大多除了付钱的正式情人之外，还会有其他恋爱关系。这些蝴蝶勤劳又忙碌，多愁又轻率，聪明却无意识地过着她们既天真又精致的生活。她们独立自主，不是每个人都能把她们买到手，她们期待属于自己的幸福和好运，她们热爱生活，但是对生活的牵挂却比庸人要少得多，她们时刻准备着跟随自己的白马王子走进他的王宫，也多多少少知道自己将有一个悲惨而凄苦的结局。

在那个美妙的初夜以及接下来的日子里，玛丽亚教会了我许多，不仅是一些可爱的崭新的感官游戏和感官愉悦，还有新的理解、新的认知和新的爱情。这个由舞厅酒馆、电影院、酒吧和旅店茶楼构成的世界在我这个隐士和美学人士眼中总不免显得有点低贱、不合规矩、有伤风化，但对于玛丽亚、赫尔敏以及她们的同伴们而言，这就是她们的整个世界，这个世界不好不坏，不值得向往，也不值得憎恨。在这个世界里，她们短暂而充满欲望的人生尽情绽放，在这里，她们如鱼得水，游刃有余。就像我们这种人钟爱某位作曲家或诗人一样，她们爱的是某种香槟酒或者烧烤店里的某道特色拼盘。就像我们对尼采或汉姆生[①]表现出兴奋、激情和感动一样，她们把同样的情感挥霍在刚刚上市的流行舞曲上或者某位爵士歌手演唱的多情伤感的歌曲上。玛丽亚给我讲了一些有关那位英俊的萨克斯乐手帕博罗的故事，说到有那么一首美国歌曲，他有时会唱给她们听，她说起这些时表现得非常痴迷，语气中满是赞赏和爱慕，比任何一位博学人士谈论起高雅的艺术享受时所表现出的心醉神迷更令我深受触动。我愿意同她一起醉心痴狂，管它是什么歌呢。玛丽亚的话语充满爱意，她的眼眸充满渴望而顾盼生辉，它们在我的美学世界里打开了巨大的缺口。诚然有一些美好的事物——极少的精粹——是崇高的，它们的美是无可争议、毋庸置疑的，其中莫扎特高居首位，但是边

① 汉姆生（Knut Hamsun，1859—1952），挪威著名作家，1920年诺贝尔文学奖获得者，主要作品有《向生命一切的青春举杯》《大地的成长》《神秘的人》等。

界又在哪里呢？我们这些行家和批评家年轻时喜爱的艺术家和艺术品，现在看起来不是既可疑又糟糕吗？我们对李斯特[①]和瓦格纳[②]不就是这样吗？许多人甚至对贝多芬不也是这样吗？玛丽亚内心洋溢地对那首美国歌曲的纯真的情感，不也正如某位教师读到《特里斯坦》而心生感动或者某位指挥听到《第九交响曲》而激情澎湃，都是纯洁美好、超越一切怀疑的崇高艺术体验吗？这难道不是与帕博罗先生的观点不谋而合，说明他说得很在理吗？

看来玛丽亚也十分喜爱这位帅气的帕博罗！“他是个美男子，”我说，“我也很喜欢他。但是告诉我，玛丽亚，你怎么会爱上我了呢？我是个无聊的老家伙，长得不好看，头发也已变灰白，不会吹萨克斯风，更不会唱英文情歌。”

“不要说得这么可怕！”她责备我道，“这是很自然的事情。我也喜欢你呀，你身上也有美好、可爱和特别的地方。你就是你，换了样儿就不是你了。这类事情没什么好说的，也不能要求别人做出解释。你看，当你吻我的脖子或耳朵的时候，我能感觉得到你很喜欢我，我很合你的心意。你吻我的时候很特别，带一点点

---

① 李斯特（Franz Liszt，1811—1886），匈牙利著名作曲家、钢琴家、指挥家，是浪漫主义前期最杰出的代表人物之一。

② 瓦格纳（Richard Wagner，1813—1883），浪漫主义时期德国作曲家、指挥家，代表作品为《尼伯龙根的指环》《特里斯坦》等。

儿羞涩，这是在告诉我：他喜欢你，你长得漂亮，他为此而感激你。这点我非常喜欢。当我和另一个男人在一起时，他似乎并不喜欢我，他吻我时，就像那是对我的一种恩赐，而这恰恰也是我喜欢的。”

我们又睡着了。再次醒来时，我依然搂着她——我的千姿百媚的花朵儿。

真奇妙！不管发生了什么，这朵美丽的鲜花始终只是赫尔敏送给我的礼物！她始终站在赫尔敏的身后，被她像面具般包裹着！我突然想起了艾丽卡——我那身在远方的可怜的女友，不幸的爱人。她的美貌并不比玛丽亚逊色半分，只是没有玛丽亚这么活泼外向，还缺乏一些出色的情爱小技艺。她如画中人般在我面前站了一会儿，清晰而令人怜惜，我曾经爱过她，她同我的命运深深地交织在一起，而后她沉了下去，落入梦境，被遗忘了，成了远方的一缕过往烟云。

在这个美好温柔的夜晚，我过往生活里不计其数的画面一一浮现在我眼前，此前，我则日复一日，年复一年，活得既空虚贫乏，又毫无想象力！现在，受了爱神厄洛斯的魔法点化，这些画面化作了一眼汩汩流动的泉水，深不见底，水量丰润，有那么一些时刻，看着我丰富多彩的人生图景，看着可怜的荒原狼的灵魂也曾经灿若星辰，高悬皓空，永不泯灭，我不禁又喜又悲，心灵恢复了平静。画中的童年和母亲温柔美好得像是虚无缥缈的蓝色远山，远远地望着我，耳边响起朋友们坚定而清晰的合唱声，由传奇人物赫尔曼——赫尔敏的灵魂兄弟——领唱。许多女人的画像如出水盛开的鲜花般向我漂浮而来，芳香四溢，超凡脱俗，她们中有我爱过的、追求过的、歌颂过的，也有不多几个我把她们变成了我的女人。我的妻子也出现了，我们一起生活了几年，是她教会了我友谊、冲突和放弃。尽管有种种生活上的不如意，我心里一直对她极度信任，直到她突然离我而去。那时，我已病得不轻，神智混乱，而她却突然爆发，逃跑了。我认识到，就是因为我曾经那么爱她，那么信任她，所以她的背叛才能给我如此沉重的一击，让我的生活陷入万劫不复之地。

这成百上千的有名的、无名的图像全都重现了，它们焕然一新，从这个爱情之夜的深井中徐徐升起。我再次意识到，我在困苦中活得太久了，已然忘却了它们是我生活的财富和意义，是不可摧毁、永恒存在的，是已化作天上星星的经历，我可以忘却但无法毁灭它们，将它们串起来便是我人生的篇章，它们像星星般熠熠闪耀，这就是我存在的不可摧毁的价值。我的人生充满艰辛、迷失和不幸，通往否定和放弃，因为尝遍了人世间的酸甜苦辣而满嘴苦涩，但它是充盈的——骄傲而充盈，即使在穷困潦倒之时仍然如帝王一般。也许通往沉沦的这一小段路仍将走得凄惨，毫无意义，但整个人生的内核终是高贵的，有面子，有骨气，无关乎金钱得失，只在意浩瀚星辰。

时光流逝，自那晚之后，又发生了许多事情，也有许多事情变得和从前不一样了，我对那个夜晚只有一些零散的记忆，记得我们之间说过的几句话，记得几个饱含柔情蜜意的表情和动作，记得合欢之后我们累极了，沉沉入睡，醒来后却是星光灿烂。自我开始沉沦以来，在那个夜晚，我的人生第一次用执着而明亮的双眼注视我自己，我再次把偶然看作是天意，把我存在的废墟看作是神圣的碎片。我的心灵重又开始呼吸，我的眼睛不再视而不见，瞬息万变之间，我激动地发现，我只需把这散落的图像世界重新拼合，只需把哈里·哈勒的荒原狼人生作为整体绘成一幅图像，这样我就能走进图像的世界，成为不朽的存在。这不就是人生的目标吗？如此看来，人生不就是起跑线，不就是尝试吗？

次日早上，我跟玛丽亚共用了我的那份早餐，之后我得把她偷带出门，而我居然成功了。就在同一天，我还为我俩在附近的城区租了个小房间，专供我们幽会。

我的舞蹈老师赫尔敏总是在该上课的时候准时出现，要求我跟她学习波士顿华尔兹。她很严格，不留情面，一节课都不落下，因为我要同她一起参加下一次的化装舞会，这已是铁板钉钉。她向我要了钱说要给自己买礼服，却拒绝透露任何一点和礼服相关的情况。她不允许我去拜访她，甚至都没有告诉我她住在哪儿。

离化装舞会大约还有三周时间，这段时间过得真是妙不可言。我也有过情人，但玛丽亚似乎是我的第一个真正意义上的情人。一直以来，我总要求我爱的女人得有思想和教养，却没有意识到，即便是最有思想、相对而言最有教养的女人也无法给我心中的逻各斯一个答案，反而始终站在它的对立面。我给这些女人讲我的想法和问题，若是放在以前，我觉得让自己去爱一个几乎不读书，不知道什么是读书，更分不清柴可夫斯基和贝多芬的姑娘，我绝对不会爱她超过一个小时。玛丽亚没有受过教育，她不需要走这样的弯路，也不需要寻找另外的替代世界。她的问题全部直接来源于她的感官。用她天赐的感官，她特有的身材，她的颜色，她的头发，她的声音，她的皮肤和她的性情让自己获得无上的感官和情爱之乐；为她的每一种技艺，每一处身体曲线，婀娜身姿的每一次曼妙曲折在她爱的人身上像变魔法似的召来回应和理解，并引得他也活跃起来，玩弄些令人幸福的小把戏，这就是她的艺术和任务。第一次同她跳舞时我不免有些扭捏，但即便那时我也已经有所察觉，我闻到了她身上散发出来的这种无与伦比、精心培育出来的迷人的感性芳香，从此就只能受这感性的魅惑的摆布。所以，无所不知的赫尔敏把这位玛丽亚送到我身边来绝非偶然。玛丽亚身上的香味和她独有的特质是夏日风情，是盛开的玫瑰。

我没有此等幸运，能够成为玛丽亚唯一的或她特别偏爱的情人，我只是她众多情人中的一个。她常常无暇陪我，有时候仅在下午抽出一个小时，但也有几次和我待了一整个晚上。她不想要我的钱，这可能是赫尔敏的意思。但是她喜欢收礼物，她说，我要是送她一个新买的红色漆皮小钱包的话，完全可以在里面放上两三枚金币。既然说起这事了，就顺便提一句：我送她的红色小钱包，被她着实嘲笑了一通！它虽然招人喜爱，却已过气了，是卖不出去的货色。对这些事情我以前可是一窍不通，就像我对爱斯基摩话一无所知一样，但我通过玛丽亚学会了认识、理解它们。我首先学到的是，这些小玩意儿、这些时髦货和奢侈品不光是拙劣俗气的破烂货，也不光是逐利的工厂主和商人的发明，它们也是正当的、美的和多样化的，构成了一个与其说是小小的、不如说是大大的物质世界。所有这些物品都只有一个目的，那就是为爱情服务，让感觉更细腻，令死寂的世界焕发生机，像变魔法一样为它配上新的爱情配件——从粉扑和香水到舞鞋，从戒指到烟盒，从皮带扣到手提包。手包不只是手包，钱袋不只是钱袋，鲜花不只是鲜花，扇子不只是扇子，它们都是爱、魔法和魅力的生动的器形，是信使、黑市商人、武器和战斗的号召。

玛丽亚到底爱谁，我经常思考这个问题。多数时候，我想，她爱的是吹萨克斯风的年轻人帕博罗，爱他那双迷惘的黑色眼睛，爱他那双纤细白皙、高贵而伤感的手。我原以为帕博罗对待爱情并不上心，好像他还没睡醒，或者被人惯坏了，但玛丽亚非常肯定地告诉我，虽然他是慢热型的，可一旦激情被点燃，他会比任何一个拳击手或者骑手更热烈、更坚定、更有男子气概、更有所求。就这样，我获悉了身边很多人——包括爵士乐手、演员、女人、我们周遭的姑娘和男人——的秘事，我知道了各种各样的秘密，也看到了日常表象下的各种纠葛和敌意，逐渐熟悉并进入了这个世界（而之前，我在这世界上还是一个无亲无故的异类）。关于赫尔敏，我听说了不少事；我还尤为经常地同玛丽亚深爱的帕博罗先生待在一起。她不时地需要来上一点儿他的秘密药粉，并一次又一次地拿给我享用，而帕博罗也总是非常热心地为我效劳。有一次，他开门见山地对我直言："您太不幸了，这不好，人不该这样。我为您感到难过。您抽点淡鸦片吧。"我对他们这群快乐、聪明、天真而又捉摸不透的人的看法一直在变，我们成了朋友，我没少取用他的药粉；他则饶有趣味地看着我爱上了玛丽亚。一天，他在他的房间——一家近郊酒店的顶层阁楼上——举办了一场"盛宴"。房间里只有一把椅子，我和玛丽亚只能坐在床上。他给我们倒了点喝的——一种由三小瓶酒混合而成的神秘奇特的甜烧酒。然后，当我变得欣然自得时，他瞪着闪闪发亮的眼睛，建议我们来一场情爱狂欢。我断然拒绝，这对我来说绝无可能，但我还是偷看了下玛丽亚，看她对此做何反应。虽然她应声附和了我的想法，但我看到她的眼睛也因此而发亮，感受到了她因拒绝而颇感遗憾。对于我的拒绝，帕博罗虽然失望，但并没有觉得自己在感情上受到了伤害。“可惜，”他说，“哈里的道德顾虑太多了。这也是没法子的事情。其实是非常美妙的，非常之美妙！但我有一个替代的法子。”于是，我们仨吸了几口鸦片，一动不动地坐着，睁着眼睛，想象着他提议的场景，玛丽亚深为陶醉，身体不由自主地震颤起来。而我则感觉有点不舒服，帕博罗让我在床上躺下，给了我几滴药水。我闭上双眼躺了几分钟，感到有人在我两边的眼睑上各亲吻了一下，吻得很轻，很匆忙。我接受了，好像我相信是玛丽亚吻了我，但其实我心里很清楚，这吻来自帕博罗。

某天晚上他更是令我惊讶不已。他来到我的住处，告诉我他需要二十法郎，请求我给他这笔钱，为此他愿意当晚把玛丽亚让给我。

“帕博罗，”我瞠目结舌地说道，“您都不知道自己在说什么吧。为了钱把情人让给别人，这在我们看来可是最丢人现眼的事情了。就当我没听见您的提议，帕博罗。”

他同情地看着我。“您不愿意，哈里先生。好吧。您总是跟自己过不去。如果这就是您想要的，那您今晚就不要睡在玛丽亚身边了。不过还是要请您把钱给我，我会还您的。我现在要这钱有急用。”

“用来干什么？”

“给阿戈斯蒂诺。您知道的，那个小个子的副小提琴手。他病了一周了，也没人照顾，他手头连半毛钱都没有，我的钱也都花光了。”

出于好奇，也有点是为了惩罚我自己，我和他一起去看望了阿戈斯蒂诺。阿戈斯蒂诺住在一间简陋的阁楼里，帕博罗给他送去了牛奶和药，为他把床铺抖松，给房间开窗通风，在他发烫的额头上敷了一块叠得相当具有专业水准的湿布散热，动作利索、轻柔、熟练，就像一名优秀的护士。当天晚上，我坐在城市酒吧里看他表演，一直到凌晨。

我常同赫尔敏长时间地、客观地谈论玛丽亚，谈论她的双手、肩膀和臀部，谈论她大笑、亲吻和跳舞的样子。

“这个她给你露过一手了吗？”赫尔敏有次问我，并告诉我有一种特别的舌吻游戏。我请求她亲自展示给我看，但她正色拒绝了我。“以后吧，”她说道，“我还不是你的情人呢。”

我问她，她是怎么知道玛丽亚的接吻技巧以及那些只有爱她的男人才知晓的她的生活小秘密。

“哦！”她高喊，“我们是朋友呀。你该不会以为我们之间还有秘密吧？我经常跟她一起睡觉，很多次了。好啦，你现在可是遇到了一个漂亮姑娘，她会得比谁都多。”

“但我相信，赫尔敏，你们之间还是有秘密的。难道你把你知道的关于我的一切都告诉她了？”

“没有，这些事不一样，这些她理解不了。玛丽亚人很好，你很幸运，但你我之间有些事情她并不知道。当然，我跟她讲了很多你的事，远远超过了你想让我告诉她的，毕竟，我得为了你引她上钩呀！但是说到理解，朋友，玛丽亚永远不会像我一样理解你，其他人也不会。我从她那里也了解到了一些关于你的事情，凡是她知道的，我都知道。我很了解你，就好像咱俩一直睡在一起。”

当我再次跟玛丽亚见面时，我得知她心里装着赫尔敏，就像她把我装在心里一样，她也审视、爱抚、亲吻过赫尔敏的肌肤、毛发和四肢，就像她对我做的一样。这一切在我看来实在是太不可思议了。在我的面前出现了崭新的、间接且复杂的千丝万缕的联系，出现了新的爱情和生活的可能性，我不由得想起了荒原狼小册子，里面写着凡是人都有上千种灵魂。

在那段短暂的时间里——从我与玛丽亚相识到盛大假面舞会的举行，我活得很是幸福，但冥冥之中我也知道，这并非解脱，我也没有进入极乐世界。我清楚地感到这些只不过是序幕，是预演，它们急不可耐地奔涌向前，而真正的好戏还在后头呢。

舞会日期临近，人们越发对此津津乐道，而我也终于觉得，我学有所获，可以去参加这个舞会了。赫尔敏严守秘密，坚决不告诉我她将在舞会上穿什么衣服亮相。她说，到时候我会认出她的，万一我真认错了人，她会帮我的，但她事先绝对不会向我透露半点消息。如是，她也一点儿不想知道我有什么计划，所以我打算干脆不化装了。我想邀请玛丽亚和我一同前往，她却告诉我，她已经有一位绅士做伴了，而且她当真有了入场券。我有点失望地发现，我只能一个人去参加舞会了。这可是全市顶级的化装舞会，由文艺界人士发起，每年一次在环球大厅举办。

这期间我很少见到赫尔敏，但在舞会的前一天，她过来找我，拿我给她搞到的入场券，并在我那儿待了一会儿。她心平气和地坐在我的房间里，和我说了会儿话。这是一次奇怪的谈话，给我留下了深刻印象。

“你现在过得其实挺好的，”她说，“跳舞对你有好处。如果有谁四个礼拜没见过你，那他肯定认不出你了。”

“是啊，”我承认道，“我已经很多年没有像现在过得这么好了。这一切都是你的功劳，赫尔敏。”

“哦，难道不是你那美丽的玛丽亚的功劳？”

“不。她也是你送给我的。她人真好。”

“她正是你需要的情人，荒原狼。她漂亮年轻，脾气好，在爱情方面很聪明，但你却不能每天拥有她。如果你不需要和别人分享她，如果她不是像现在这样来去匆匆，这事就没那么好办。”

是啊，这一点我也不得不承认。

“那也就是说，你现在已经拥有了你所需要的一切？”

“不，赫尔敏，并不是这样的。我的确拥有一些非常美丽、迷人的东西；我很快乐，也很欣慰。我千真万确觉得幸福……”

“那不就得了！你还想要更多？”

“我还想要更多。我并不满足于过得幸福，我并非为此而生，这不是我的命。我命不该如此的。”

“难道你命该不幸？要这么说的话，你已经够不幸的了，想想看那时候，你因为剃须刀都不敢回家呢。”

“不，赫尔敏，这可不一样。我承认，当时我是很不幸，但那是一种愚蠢的不幸，一种无果的不幸。”

“这又是为什么呢？”

“因为我一直想死，不然我就不必这么怕死了！而我所需要和渴求的并不是这种不幸；它应该令我在欲望中受难，在狂喜中死亡。这才是我期待的不幸，或者说幸福。”

“我理解你。在这一点上，我们犹如同胞兄妹。可你现在和玛丽亚过得很幸福啊，你还有什么不满的呢？你为什么就不知足呢？”

“我并没有对这种幸福有任何不满。噢，恰恰相反，我爱它，并且对它心存感激。它那么美，就像淅淅沥沥雨下个不停的夏日中的一个大晴天。可我感到它并不能持久。还有，它也是无果的。它令人满足，但满足不是我的菜。它能把荒原狼喂饱，让他昏昏欲睡。但这种幸福还不能让你死而无憾。”

“也就是说，只能去赴死，荒原狼？”

“我想是的！我对现在的幸福生活感到很满足，我还可以再这样过上一段日子。但是，这种幸福偶尔也会让我清醒个把小时，让我有所渴求，这种时候，我从不渴望一劳永逸地享有这种幸福，相反，我想要再度受难，只不过希望不要像以前那么糟，也不要再那么可怜。我渴望经历那种能让我心甘情愿地去赴死的苦难。”

赫尔敏温柔地注视着我的眼睛，但是目光阴郁，她常常能突然变成这样——前一秒还目光清澈明亮，后一秒又变得如此可怕！她思索着措辞，慢慢地、一字一句地把它们连缀成句子；她的声音那样轻，我不得不屏息凝神，才能听清楚她对我说的话：“今天我有些话要对你说，这些话一直在我心里面，它们其实也在你心里面，只不过你可能还没有把它们说出来。我现在就告诉你，把我所知道的关于你、我和我们的命运是怎么一回事全都告诉你。你，哈里，是个艺术家、思想家，是个性情欢乐、有信仰的人，一直在追寻伟大和永恒，从不满足于外表美丽却渺小的事物。但是，生活令你越是清醒，越是让你看清你自己，你的麻烦就越大，你在痛苦、苦恼和绝望之中陷得就越深，直到这一切没过你的脖子。你曾经认识、热爱和推崇的一切美好和神圣的事物，你曾经对人类、对我们崇高使命的信仰，对你都不再有用了，它们变得七零八碎，毫无价值。没有空气可供你的信仰呼吸了，而窒息死亡是很痛苦的。是不是这样，哈里？这就是你的命吧？”

我点头、点头再点头。

“你对生活有所期待，你有信仰、有要求，你也准备好了去行动、去受难、去牺牲，然后你逐渐意识到，这个世界根本不要求你有所行动，不要求你做出牺牲或者做诸如此类的事情；你也逐渐意识到，生活并非英雄赞歌，处处是英雄或者像英雄一样的人物，它无非是庸人舒适的蜗居，人们在这里吃吃喝喝，品品咖啡，织织袜子，玩玩塔罗牌，听听收音机，便感到万分满足。若是有人想要别的东西，或是他自己就有别的东西——像英雄气概、心地善良、对伟大诗人或圣人毕恭毕敬，那他就是一个傻瓜，一个堂吉诃德式的骑士。很好，我也是这么过来的，我的朋友！我曾是一个心地善良的好姑娘，我这一生本应将某个伟人奉为楷模，严于律己，不辱使命。我本可以鸿运当头，成为国王的妻子、革命家的情人、天才的姊妹或是殉道者的母亲。可生活只是把我变成了一个品味尚且过得去的风月女子——光是这一点就够打击我的了！可生活就是这么对我的。我一度很是沮丧，有很长一段时间总在自己身上挑毛病。生活，我想，终归是对的，如果生活嘲笑我的美梦，那我只能认为，我的梦是愚蠢和错误的。可这么想还是解决不了问题。因为我眼睛好使，耳朵管用，再加上有点好奇心，所以我相当仔细地观察了这所谓的生活，观察了我的熟人和邻居——可能有五十人朝上吧，观察了他们的命。我发现，哈里，我的梦想是对的，千真万确，而你的梦想也没错。但生活是错的，现实是错的。像我这样的女人要么为某个赚大钱的生意人服务，坐在打字机前虚掷一生仍一无所有，要么为了钱嫁给一个赚大钱的生意人，再不然就只能沦为娼妓了，可是哪一样都不对呀，就像你这样的人只能孤独绝望、战战兢兢地拿起剃须刀了却残生一样，这也是不对的。就我而言，我所面临的多半是物质和道德层面的困境，而你则多半为精神层面的困境所累，但无论如何，我们走的路是一样的。你说你害怕跳狐步舞，讨厌去酒吧和舞厅，反对爵士乐等等无用的玩意，你以为我不能理解吗？我太能理解了，我同样理解你对政治的厌恶，对政党和媒体夸夸其谈以及不负责任的装腔作势的悲哀，还有你对战争——已经过去的和即将到来的战争的绝望，对如今人们思考、阅读、建筑、制作音乐、庆祝节日和推行教育这一系列行为方式的绝望！你是对的，荒原狼，千真万确，但你还是得沉沦。对于如今这个简单、舒适、极易满足的世界来说，你太过苛求，也太饥渴，所以它不带你玩了，你多了一重维度，所以它容不下你了。当今，谁想要活下去，而且还想活得快乐，那他一定不能像你我这样。如若他想听音乐而非聒噪，想要内心喜悦而非一时快活，想要精神而非金钱，想要真正的工作而非忙碌钻营，想要真心实意而非逢场作戏，那这个漂亮世界可不是他的归宿……”

她低头看向地板，若有所思。

“赫尔敏，”我亲切地唤着她的名字，“好妹妹，你的眼睛真好使！就这样你还教我跳了狐步舞！但是你刚才说，像我们这样的人多了一重维度，所以就活不下去了，你这话是什么意思？这是为什么呀？只有在我们这个时代是这样吗？还是说一向如此？”

“我不知道。但出于对世界的敬意，我宁愿认为只有我们的时代才是这样，这不过是一种时代的病症而已，只是一时的不幸。元首们正绷紧神经、卓有成效地忙着打下一场仗，而我们其他人则忙着去跳舞，去赚钱，还吃夹心巧克力——在这样一个时代，世界可好不起来。但愿其他时代比现在要好，或者将变得比现在更好，更丰富，更广阔，也更深刻。但这对我们并没有什么帮助。

不过也难说，说不定这世界一向如此……”

“一向如此？这世界一直都是政客、奸商、服务生和花花公子的？难道就没有人可以落脚的地方吗？”

“讲真，我不知道，也没人知道。这还不都一样？但现在，我的朋友，我想到了你最喜欢的人——莫扎特。你曾经跟我说起过他，还给我念了信。他那个时候过得怎么样呢？在他那个时代，是谁统治着世界，享受着好处，拍板定调子，受世人尊敬呢？是莫扎特还是那些商人，是莫扎特还是那些肤浅的庸碌之辈？他又是怎么死的，怎么下葬的？所以，我觉得吧，有可能历来如此，以后也将如此。在学校里有个科目叫‘世界史’，你要去学校，就得把那玩意全背下来，记住那些英雄、天才、伟大的功绩和情感，但其实全是谎话，都是学校的老师们为了教书编出来的，好让小孩子们在规定的年龄里有事可做。时间、世界、金钱和权力一向属于肤浅小人，而其他人，其他真正的人却一无所有，除了死亡。这世界历来如此，以后也将如此。”

“除了死亡就再没有其他东西了吗？”

“也不能这么说。还有永恒。”

“你是说身后留名，荣誉等身？”

“不，小狼，我说的可不是荣誉，它有那么重要吗？难不成你真以为，所有真正的完人都是名扬天下、流芳百世的吗？”

“不，当然不是。”

“得了，我说的不是荣誉。因为有了教育，所以才有了荣誉，学校老师才关心这玩意。哦，我说的不是荣誉，你可千万别会错意了！我刚才说的是永恒，虔诚的人称之为神的国。我是这么想的：要是除了这个世界的空气之外再无其他空气可以呼吸，要是除了时间之外并不存在永恒，那么我们这些人，我们这些要求更高、有所渴求且多了一重维度的人根本就生存不下去，而永恒就是真的国。那里有莫扎特的音乐，有你那些伟大诗人的诗歌，还有许多圣人，他们创造了奇迹，殉道而死，为人做出了极好的榜样。属于永恒的同样还有每一个真作为的形象，每一份真情的力量，即便没有人知道，没有人看见，也没有人将其记录下来留给后世。永恒之中没有后世，只有共世。”

“你说得在理。”我说。

“那些虔诚的人，”她沉思着继续说道，“他们对此最为了解。所以他们设立了圣徒，创办了他们口中的‘圣徒会’。圣徒是真正的人，是救世主的胞弟。我们此生做的每一份善行，说出的每一个勇敢的想法，给予的每一份爱，都是在朝着他们的方向前进。早先，画家笔下的圣徒会总是为金灿灿的天空所包围，它光芒四射，美丽祥和——这正是我之前讲过的‘永恒’。它是超越时间和表象的国度，是我们的归属，我们的家园，我们的心之所向，荒原狼，所以我们才渴望死亡。那里你会再次遇到你的歌德，你的诺瓦利斯和莫扎特，我也会遇到我的圣人——我的克里斯托弗[①]，我的斐理伯·内利[②]等等。有许多圣人原也是品性恶劣的罪人，但罪孽也能通向圣洁，罪孽和恶习也是圣洁之路。你会觉得好笑的，但我心里面常想，我的朋友帕博罗或许就是一个藏在我们当中的圣人。啊，哈里，我们必须摸索着穿过这么多的污秽和胡闹才能回家！没人能为我们带路，我们唯一的带路人便是乡愁。”

说到最后几句话时，她的声音又变得很轻。现在，房间里平和宁静，夕阳西沉，阳光洒在我的藏书上，书脊上的烫金文字被照得闪闪发亮。我伸出双手捧住赫尔敏的头，亲吻了她的额头，将她的面颊贴在我的面颊上，如兄妹一般。我们这样待了一会儿，我多想就这样一直呆坐着，不用再出门了。可今晚是舞会前的最后一夜，玛丽亚答应了和我在一起。

在去见玛丽亚的路上，我根本没去想她，我的全部心思都在

---

① 克里斯托弗（der heilige Christophorus），活动时期约 3 世纪，基督教圣徒。相传出生于罗马皇帝戴休斯时期的小亚细亚，被尊为旅行者的保护圣徒。

② 斐理伯·内利（Filippo Neri，1515—1595），反宗教改革运动期间的重要奥秘神学家，创建奥拉托利会。

赫尔敏刚才说的一席话上。我依稀觉得，她所讲的这一切恐怕不是她自己的想法，而是我的想法；目光敏锐的她读出了我的想法，将它们吸进了体内，再对我讲了出来。这些想法于是有了形体，以崭新的面貌出现在我的眼前。她在那一刻说出了永恒的思想，我为此对她感激不尽。这正是我所需要的，没有它，我求生不能又求死不得。而如今，我的朋友兼舞蹈老师将这神圣的彼岸、超越时间的存在、永恒价值和神圣实体的世界重新赠送与我。我不由得想起我的歌德梦，想起那位年长智者的面貌，他用不朽者的方式和我开玩笑，还笑得那样让人受不了。现在我才明白了歌德的笑，不朽者的笑是什么。这种笑没有对象，它只是光，是明亮，是一个真正的人历经人类的重重苦难、恶习、过错、激情和谬误后进入永恒，进入宇宙后留下的东西。而“永恒”正是时间的救赎，在某种意义上就是回归无辜，变回空间。

我到我们常去吃晚饭的地方找玛丽亚，但她还没来。这家郊区的小酒馆很安静，我坐在摆好餐具的饭桌旁等着她，脑子里仍在回想我和赫尔敏的谈话。所有这些在我和她之间流露出的想法，我总觉得似曾相识，非常熟悉，仿佛完全取自我卓尔不群的神话和形象世界！不朽者生活在超越时间的空间中，超脱人世，化为形象，四周包裹着如水晶般透明的永恒，如同被以太包裹其中，如此沉静明朗，犹如星光闪耀——我为何会如此熟悉这些？我思索着，脑海里浮现出莫扎特的《遣兴曲》和巴赫的《平均律钢琴曲》中的片段。在这些音乐中，我觉得处处闪烁着沉静的、璀璨星空的明亮，处处飘荡着以太的清澈。是的，就是这样，这音乐就像是凝结成空间的时间，在它之上飘荡着一种神奇的明朗，一种永恒的神的欢笑，无穷无尽。啊，这与我梦中的老歌德也很相似啊！突然，我听到自己身边响起了深不可测的笑声，那是不朽者在哈哈大笑。我像着了魔似的坐着，着了魔似的从背心口袋里掏出我的铅笔，四处找纸，蓦地发现了摆在我面前的酒水单，我把它翻了个，在背面写啊写。我写了首诗，后来有一天翻口袋碰巧找到了它。它是这样写的：

不朽者

一次又一次，从深山峡谷里，
生之欲望喷薄、升腾，
荒芜的困境，纵情地沉溺，
刑前的最后一餐，血腥气飘荡，
欢愉的癫狂，无止的欲望，
谋杀者的手、放贷者的手、祈祷者的手，
被恐惧和欲望鞭笞的芸芸众生，
吐出陈腐的气息，粗鲁而温热，

吸入极乐和野性的情欲，

啃噬自我，大口吞咽再大口吐出，

酝酿战争，培养技艺，

以迷乱的情思装点灯火通明的寻欢之所，

把酒交欢，买笑迎欢，

在稚童的世界里逐乐寻欢，

跃出浊浪，获得新生，

再次沉沦，堕入泥潭。

但我们不一样，

我们栖息在星光澄澈的以太冰层，

那里不识昼夜，不论时间，

那里没有性别，亦无长幼，

你们的罪行，你们的恐惧，

你们的谋杀，你们的淫乐，

就像一出戏，不断升起又降落，

每一日都是我们最长的一天。

不言不语，颔首看你们人生起伏，

不言不语，凝神注视星河流转，

呼吸宇宙的清冷寒冬，

我们同天龙结为友伴。

沉静不变，是我们永恒的存在，

沉静闪耀，是我们永恒的笑容。

诗刚写罢，玛丽亚便来了。我们愉快地用了晚餐，然后去了我们的小屋。这天晚上，她比以往任何时候都更美丽、更温存、更亲密，令我完全沉浸在爱的游戏和柔情蜜意中。一个女人若要委身于男人，概莫过于此了吧。

“玛丽亚，”我说，“你今天太慷慨了，像个女神。你可别让咱俩都趴下了，明儿就是化装舞会了。你明天的舞伴会是何方绅士呢？我担心，我亲爱的小花，他是一位白马王子，你会被他拐走，再也不回我身边了。你今天和我这么亲热，就像是热恋的情侣在告别，在最后一次缠绵。”

她将嘴唇紧贴在我耳旁，低声耳语道：“别说话，哈里！每一次都可能是最后一次。如果赫尔敏把你带走，你就不会再回到我身边了。也许她明天就会把你带走。”

就在那个晚上，在舞会的前一夜，我比以往都更强烈地感受到了这些天里的独特感受——那种奇怪的苦乐参半的双重情感。我感受到了幸福：玛丽亚美丽且钟情于我，我年纪一大把了，在迟暮之年才学会去享受、抚摸、吮吸这无数精致而妩媚的性感游戏，如此享受，就像随着轻柔的波浪轻轻摇摆，涛声阵阵。然而这只是外壳，外壳之内充盈着意义、紧张和归宿。当我心怀爱意和柔情地沉迷于甜蜜动人的情爱小把戏时，我俨然游弋于水温恰到好处的幸福之流中，但在心里面，我却感受到，我的命运正手忙脚乱地向前追去，像一匹受惊的马儿一样狂奔乱跳，奔向深渊，奔向沉沦，满怀恐惧和渴望，随时准备牺牲自我。不久前，我还怯生生、惊慌不已地抵制纯粹感官之爱的愉快轻浮，对笑盈盈、乐于献身的漂亮姑娘玛丽亚深感恐惧，现在，我则感受到了对死亡的恐惧，而恐惧则知道，自己很快就将变成献身和解脱。

我们不再说话，只是沉溺于肌肤相亲的种种嬉戏中，也比以往任何时候都更真切地融为一体，但与此同时，我的内心却在向玛丽亚告别，她曾对我意义非凡，而我现在将向这一切告别。通过她，我学会了在了却此生前再度像个孩子一样将自己交付于肤浅的游戏，寻求稍纵即逝的欢愉，在性爱的纯洁中做个孩子和动物——在我早前的生活中，我只在极个别的情况下才有如此体验，因为我总觉得性爱和追求感官享受的生活不免让人觉得有罪而心生苦味——那是偷食禁果后甜美却忐忑不安的味道，而一个讲究精神生活的人必得对之保持警惕。现在，赫尔敏和玛丽亚向我展示了这座乐园是纯洁无辜的，能成为它的客人，我很感激——但很快就到了我该继续前进的时候了，毕竟这座乐园过于漂亮和温暖，而我则注定要继续追求生命的王冠，继续为生命的无边无尽的罪过忏悔。轻松的生活，轻松的爱情，轻松的死亡——这些都与我无缘。

姑娘们的种种暗示令我猜测，明天在舞会上或是在那之后，会有非同寻常的安排，供众人放飞自我，纵情享乐。兴许这就完了，兴许玛丽亚的预感是正确的，今天是我们最后一次同眠共枕，兴许明天即将开启新的命运之路？灼热的渴望和令人窒息的恐惧向我袭来，我疯狂地搂紧玛丽亚，躁动而贪婪地再次盘桓于她这座乐园的小径和丛林之中，并再一次咬住了天堂之树上的甜蜜果实。

一夜无眠，但是第二天白天我补睡了一觉。我早上去了浴室，然后回家，累到不行，随手拉上窗帘，摸黑在卧室脱衣服，发现口袋里揣着那首诗，但旋即就把它忘了。我一头倒在床上，把玛丽亚、赫尔敏和化装舞会统统抛在脑后，睡了整整一天。傍晚时分醒来，刮胡子的时候才想起来，还有一个小时舞会就要开始了，而我还得找一件衬衫来搭配燕尾服。我心情很好，收拾妥当后出门，舞会前我还想先吃点东西。

这是第一个我将参与其中的化装舞会。以前，我偶尔也去过几次这样的盛会，偶尔也还觉得它们挺不错的，但我一向只看不跳；听到别人兴致勃勃地谈论舞会，说他们如何期待舞会，我也觉得有些滑稽可笑。可是今天，舞会也成了我的一件人生大事，我紧张而惶恐地期盼着它的到来。由于并无女伴作陪，我决定按照赫尔敏的建议晚些前往。

“钢盔酒馆”是失意男人常去的地方，他们在那里消磨夜晚，喝着酒，假装自己还是个单身汉。那里也曾是我的避难所，不过，它和我当下的生活格调完全不搭，所以我有一阵子没怎么光顾它了。但今天晚上，我却不由自主地朝这家小酒馆走去；我要向过往的生活告别，我找到了自己的归宿，我为此又怕又喜，受着这种心绪的支配，我一生中曾经逗留的站点，那些留下了我回忆的地方再次焕发出昔日的光彩，美得令人痛心。这家烟雾缭绕的小酒馆也曾是我过去的一部分，直到不久前，我还是它的常客，在那里喝上一瓶廉价的本地葡萄酒，这原始的麻醉剂就足以麻痹我，让我欣欣然回到我那孤独的床上安度一晚，到了第二天，日子就会变得好过一点儿。但是后来，我服用了其他药物，尝到了更强烈的刺激，大口灌下了更甜蜜的毒剂。我面带微笑地踏进了这间老店，老板娘朝我打了声招呼，沉默无语的常客们也朝我点了点头表示欢迎。我点了一份店里当日的主打菜——香烤嫩鸡，菜很快端上了桌，“乡气”的厚玻璃杯里也斟上了新酿的颜色清亮的阿尔萨斯葡萄酒，白色木桌干净整洁，陈旧的护墙板微微泛黄，它们都和和气气地注视着我。我吃着喝着，仿佛在举行一场隆重的告别仪式，仿佛我的过往日渐凋零，往昔的种种场景与事物纠缠胶葛在一起，难分难解，但现在它们就要瓜熟落地，立见分晓了，令我心中不免既甜蜜又伤感。“现代”人把这称作感伤；他不爱任何东西，就连他最看重的——他的汽车，他也一心只想尽快换一辆牌子更高级的。这种现代人果敢、能干、健康、冷静且干练，是出类拔萃的类型，他们将在下一场战争中证明自己的完美。但我才不关心这个，我不是一个现代人，也不是一个旧派人物，我已经游离在时间之外，流离失所，朝着死亡而去，只求终此一生。我并不反对伤感，我自己也是既高兴又感激，在我焦芜的心灵里竟然还有些许类似情感的东西。于是我任由自己沉浸在老酒馆的回忆中，沉浸在对老式的笨重木椅的依恋中，沉浸在烟酒混合的味道中，沉浸在这一切带给我的影影绰绰的熟悉、温暖和家一般的感觉中。告别是美丽的，令人心生柔情。我坐的位置很硬，但我喜欢；我用的酒杯“乡气”十足，但我喜欢；阿尔萨斯葡萄酒口感清凉，有一股果香味，令我喜欢；我熟悉这房子里的每个人、每样东西，这也令我喜欢；还有窝在这里喝酒的男人们，他们神思恍惚，对人生已没了念想，而我也曾是他们中的一分子，看着他们的脸，我也感觉喜欢。我在这里感受到了庸人的伤感，还夹杂着那么一丝童年时老式酒馆散发的浪漫香气——

那时候，我被要求远离酒馆和烟酒，所以总觉得它们既陌生又新奇。奇怪的是，这次荒原狼没有跳起来，龇牙咧嘴地将我的伤感撕个粉碎。我心平气和地坐在那里，被往日的余晖照耀着，星辰虽已坠落，但还能发出微弱的光芒。

一个卖炒栗子的街头小贩走了进来，我从他手中买了一把。随后又来了一位卖花的老妇人，我又从她那儿买了几朵康乃馨，送给了老板娘。当我习惯性地往上衣口袋掏钱却摸了个空时，我才注意到，我穿的是燕尾礼服！化装舞会！赫尔敏！

但时间尚早，我还没拿定主意，是不是现在就去环球大厅。一想到要走进这人头攒动、人声鼎沸的大厅，我就不由得感到一阵厌恶；一想到要面对陌生的环境，面对花花公子的世界和跳舞，我就不由得像学生一样忐忑不安；事实上，这种抵触和顾虑是我最近一段时间去参加各种娱乐活动时都会感受到的。我百无聊赖地走在街上，经过了一家电影院，电影院门口的大灯照得彩色的巨幅海报很扎眼。我朝前走了几步，又折回来，进了电影院。在这儿，我可以在黑暗中安安静静地坐到十一点左右。有个领座的小伙子，他手提一盏有罩的提灯，我跟在他后面跌跌撞撞地穿过门帘，走进昏暗的大厅，找到一个座位坐下，然后就发现自己突然置身于旧约圣经的故事[①]之中了。这部电影属于那种据说不是为了赚钱，而是为了更加崇高神圣的目的而耗费巨资、精心拍摄而成的艺术杰作，甚至有宗教课老师下午带着学生们来观赏它。电影演的是摩西和以色列人在埃及的故事，大量的人、马、骆驼和宫殿，场景宏大，尽显埃及法老的荣光以及犹太人在滚烫的沙漠中举步维艰的样子。我看着大银幕上的摩西，他的发型有点像沃尔特·惠特曼[②]；这舞台上的摩西雄伟神气，拄着长长的手杖，迈着沃坦[③]式的步伐，带领犹太人穿行在大漠之中，神情激昂沉郁。我看到他在红海边向神祈祷，而后红海分成两半，两侧的海水越积越高，像小山一样，当中却开出一条路来，一条羊肠小道（关于电影制作者是用什么方法做出这个画面的，被牧师领着来看这部宗教影片的受坚信礼的少年们大概可以争论许久）；我看到先知和惊惧的百姓们走了过去，看到法老的战车出现在他们身后，

① 美国导演塞西尔·B. 戴米尔（Cecil B.DeMille，1870—1959）拍摄的电影《十诫》（1923 年）。该片前半部讲述《旧约》中的摩西带领以色列人出埃及并接受上帝耶和华颁布十诫的故事，后半部分讲述现代的道德寓言。

② 沃尔特·惠特曼（Walt Whitman，1819—1892），美国著名诗人，人文主义者，其代表作是诗集《草叶集》。飘逸的白胡子是其面部典型特征。

③ 沃坦（Wotan）系北欧神话中的众神之王，也称奥丁。此处有可能隐射瓦格纳的歌剧《尼伯龙根的指环》。

看到海岸上的埃及人吓得目瞪口呆，随即又鼓起勇气向前冲，看到山一般的洪水将衣着华丽、身披金甲的法老以及他的战车和士兵吞没。我不禁想起亨德尔曾谱过一曲优美的男低音二重唱[①]，歌咏了这壮丽的一幕。接着，我看到摩西登上西奈山，忧郁的英姿伫立在荒无人烟的岩石峭壁上，看到耶和华在那里通过狂风、雷鸣和电闪向他亲授十诫，而与此同时，他卑劣的族民在山脚下架起金牛，大肆作乐狂欢。看到这一切，我觉得真是不可思议，难以置信；那些圣经故事，那些英雄和神迹，曾经让我们幼小的心灵第一次似懂非懂地知道了还有另外一个世界存在，还有某种超人存在；而如今，心怀感恩的观众花点门票钱就可以坐在电影院里边啃着自带的小面包，边看着他们在大银幕上表演，真是活灵活现地说明了当下就是一个盛行破烂货色和文化贩卖的年代。天啊！为了防止这种糟心事上演，当年还不如让埃及人、犹太人和其他所有人全都一死了之算了，至少死得悲壮，死得堂堂正正，总好过我们现如今这种半死不活、似是而非的惨样。哎！

但我对化装舞会的隐忧，我不愿坦承的不安并未因为看了场令人激动的电影而有所减弱，反而更加变本加厉。我想到了赫尔敏，暗暗给自己鼓了鼓劲，这才振作精神前往环球大厅，走进了舞场。

---

① 指亨德尔谱曲的清唱剧《以色列人在埃及》（1739）。

已经很晚了，舞会早已进行得如火如荼；我还没来得及脱下外套，卸下清醒的胆怯就被卷入了热火朝天的假面人潮中，被人亲密地推来搡去，被姑娘们提醒着该去香槟酒屋喝上一杯，被小丑们拍打着肩膀，用“你”来称呼。我对他们全都不理不睬，到处都是人，我好不容易才穿过了这些挤得满满当当的房间，来到了衣帽间。拿到存衣服的号码牌后，我小心翼翼地把它放进了口袋，心想用不了多久，等我受够了这里的热闹，我就会用到它。

整栋大楼里都洋溢着节日的气氛，所有的大厅，甚至地下室里都有人在跳舞，所有的走廊和楼梯上都挤满了假面客人，到处都充斥着舞蹈、音乐、笑声和嬉戏逐闹。我心神不安地穿过熙熙攘攘的人群，从黑人乐队走到乡间乐团，从金碧辉煌的主厅走到连廊、楼梯、酒吧、自助餐台，最后到了香槟酒屋，墙上挂满了新生代艺术家们狂野不羁的画作，各路人士齐聚于此，其中不乏艺术家、记者、学者和商人，当然还有城里的公子哥们。在其中的一个管弦乐队里，帕博罗先生激情四射地吹奏他的弧形管乐器；他认出了我，高唱着向我送来了他的问候。我被人群裹挟着，身不由己地来到了一个又一个房间，一会儿上楼一会儿下楼；地下室的一条走廊被艺术家们布置成了地狱，一群扮成魔鬼的乐队鼓手疯狂地敲着鼓点。我开始四处张望，想看看哪里有赫尔敏和玛丽亚的身影，有那么几次，我试图挤进主厅，但每次不是方向不对就是被涌出的人群挡在了外面。快到午夜了，我还是谁都没找到；舞也没跳，但我已经又热又晕，一屁股坐在了离我最近的椅子上，周围全是陌生的面孔。我点了杯酒，心想，来参加这种闹腾的聚会真不是我这种上了年纪的老男人该做的事。我垂头丧气地喝着酒，呆望着女人们袒露的胳膊和后背，看着许多怪诞的假面人物从我眼前飘过，任由人把我推来撞去，还有几个女孩想坐在我身上或者和我跳舞，但我都一言不发地拒绝了。“憋屈的老东西”，其中一个女孩朝我喊道。她的话一点儿也不假。我决定再喝点酒给自己壮壮胆，提提神，但这酒真难喝，我连第二杯都没能灌进肚子里。我开始感到荒原狼就站在我身后，把舌头吐得老长。我抬不起兴致，是我来错了地方。我本来想得特别美，所以就来了，但却根本高兴不起来，这周遭的吵吵闹闹、嘻嘻哈哈、拉拉扯扯在我眼中显得既愚蠢又造作。

到了凌晨一点的时候，我变得很是失望、生气，我不声不响地走向衣帽间，想要穿上外套离去。这是一次挫败，一次倒退，我身上的荒原狼重现了，而赫尔敏是不会原谅我的。可我也没有别的法子呀。去衣帽间的路并不好走，我一边在人群中钻来钻去，一边还仔细地四处张望，看我有没有漏看了她们俩。全是徒劳。现在我站在衣帽间，柜台后文质彬彬的男子已经伸出了手，准备取过我的号码牌，而我把手伸进背心口袋里，却发现——号码牌不见了！见鬼，怎么能把这个也丢了。之前我心情低落地在大厅里转来转去，或者坐在那儿喝着索然无味的酒，有好几次我把手伸进口袋里，踌躇着是不是该离开，而每次我都能摸到那枚扁扁的小圆牌，它就躺在我的口袋里。现在它却不见了。什么事都在和我作对。

“号码牌丢啦？”一个扮成红黄色小鬼的客人在我身边问道，声音很是尖利。“来，兄弟，用我的好了。”他说着把号码牌递给了我。我不假思索地接了过来，把它翻了个个儿，而那个机灵的小鬼此时已消失得无影无踪了。

我把这枚小圆纸牌举到眼前，发现上面根本没有号码，只有几行潦草的小字。我请衣帽间的侍者稍等，走到最近的一盏灯下，读了起来。只见上面鬼画桃符般地歪歪扭扭写着一些小字：

今夜四点魔剧院

——仅对狂人开放——

入场即失理性。

普通人慎入。赫尔敏在地狱。

如同脱了线的木偶在短时间的麻木和僵死后恢复了活力，重新加入表演，载歌载舞一般，我也仿佛被那有魔力的线提溜着，乖乖地跑回混乱嘈杂的人群之中。我才刚从那地方逃出来，筋疲力尽、无精打采、老态龙钟，现在我又奔了回去，步履轻快、朝气蓬勃、热情高涨。从来没有哪个罪人像我这般如此急切地奔赴地狱。就在刚才，漆皮皮鞋还挤得我脚痛，充满浓烈香水味的空气还熏得我反胃，燥热还把我搞得浑身无力；而现在我却踩着单步舞的节奏，犹如脚上装了弹簧一般飞快地跑过各个大厅，直奔地狱而去。我感到空气中充满了魔力，我仿佛被暖流、沸腾的音乐、炫目的色彩、女人的香肩、众人的痴狂、笑声、舞蹈的节拍以及所有被激情点燃的眼眸中泛出的光彩托举了起来，轻轻地摇晃着。一个西班牙舞娘飞奔到我的怀里："和我跳舞吧！""不行，"我说，"我要去地狱。但我很乐意带走你的一个吻。"面具下的红唇向我靠近，直到接吻时我才认出她是玛丽亚。我紧紧地拥她入怀，她那丰满的嘴唇就像朵饱涨的夏日玫瑰般傲然绽放。我们的双唇还不舍得放开彼此，我们的脚下就已开始起舞。我们脚踩舞步经过了帕博罗，他正满怀爱恋地吹奏他那声调柔和的管乐器，他那美丽的像动物般犀利的双眼泛着神采，但又有点心不在焉地注视着我们。我们总共跳了还不到二十个舞步，音乐戛然而止，我不情愿地放开了玛丽亚。

"我真想和你再跳一次，"我说，沉醉于她的温情之中，"再跟我走几步吧，玛丽亚，我爱上了你美丽的手臂，让我再握它一会儿吧！可是你看，赫尔敏在呼唤我了。她在地狱里。”

“我早就猜到了。再见，哈里，我会一直爱你的。”她离我而去。在那夏日玫瑰成熟饱满的香气中所散发的，是离别，是秋天，是命数。

我继续向前跑，穿过长长的走廊，依然是人潮涌动，但却变得轻柔温存；我走下楼梯，走进地狱。在那里，魔鬼乐队正在狂热地演奏，漆黑的墙壁上点着灯，灯光刺得人眼睛生疼。一把高高的吧台椅上坐着一位英俊少年，他没戴面具，穿燕尾服，用讥嘲的目光快速打量了我一番。在这逼仄的空间里，差不多有二十对男女在跳舞，他们就像一股巨大的漩涡，把我挤到了墙边。我恬不知足又忐忑不安地观察房间里的女人，她们大多数人仍戴着面具，有几个对我浅浅一笑，但她们都不是赫尔敏。只见那英俊少年从高高的吧台椅上朝我投来嘲讽的目光。我心想，在下次舞间休息时，她会过来叫我的。舞曲停了，但没有人过来。

这房间又小又矮，吧台设在其中的一个角落。我朝吧台走去，站到那个少年坐的椅子旁，点了一杯威士忌。我一边喝酒，一边端详这个年轻男子的侧影，他看起来如此熟悉又迷人，就像来自遥远年代的一幅画，由于年深日久，上面蒙上了一层薄薄的灰尘而显得弥足珍贵。噢，我猛然想到：这不正是赫尔曼吗，我年少时的好友！

“赫尔曼！”我犹豫地叫了一声。他笑了。“哈里？你找到我了？”

原来是赫尔敏。只不过她略微改变了发型，化了淡妆。她那张聪慧的面庞从时髦的硬高领中探出来，显得别致而白皙。她那双手从燕尾服宽大的黑色衣袖和白色衬衫袖口中伸出来，显得出奇的小。她那双脚从黑色长裤下露出来，穿着黑白相间的丝质男袜，显得格外纤细。

“这就是你所说的服装？赫尔敏，你就想用这身衣服让我爱上你？”

“到目前为止，”她点了点头，“我已经让几位女士爱上我了。但现在轮到你了。咱们先一起喝杯香槟吧。”

我们坐在高高的吧台椅上喝起了香槟，在我们旁边，众人仍在舞动着身姿，房间里充溢着激昂、热情的乐曲声。赫尔敏似乎没费什么吹灰之力，就让我对她动了心。她一身男人装扮，我无法和她跳舞，还不能让自己露出柔情，采取攻势。她因这男装显得疏远中性，但浸淫在她的一颦一语、一举一动之中，我仍能充分感受到她的女性魅力。我甚至连碰都没碰过她，就已被她的魔力所折服。这是一种雌雄同体的魔力，存在于她的角色之中。因为她跟我聊过赫尔曼，聊过我和她的童年，还有性成熟之前的那些时光；那时候，青春之爱的能力不仅包括两性，而且还包括诸事万物，包括感官之爱和精神之爱，并赋予一切以爱的魔力和不可思议的变形能力，随着年龄渐长，只有被选中之人和诗人才会偶尔重获这种能力。她将这少年装扮得有声有色：她抽着烟，轻快活泼地侃侃而谈，不时地捉弄一下人，但所有这一切都蒙上了爱神厄洛斯的神光，当它们抵达我的感官时，便成了娇媚的诱惑。

我曾以为自己已经将赫尔敏了解得一清二楚了，而这一夜她又向我展示了一个如此全新的她！她温柔而无声地用渴望的网将我俘获，她俏皮而魅惑地将甜蜜的毒药喂我喝下！

我们坐在那里，边喝香槟边闲聊。我们走过一个个舞厅，边走边看，像踏上冒险征程的探险家挑选出一对对男女，偷听他们的情话。她指给我看，我应该和哪些女人跳舞，并给我出谋划策，指点我对于不同的女人，该用什么法子引她们上钩。我们要同台竞技，追逐同一个女人，轮流与她跳舞，试图赢得她的欢心。然而这一切都不过是假面游戏，是我们两个人之间的游戏，将我们彼此越发紧密地拴在一起，让我们之间的爱火燃起。一切都是童话，一切都更多一个维度，更深一层意味，一切都是游戏和象征。我们看到一个极其靓丽的年轻女子，她看上去有些苦闷和不幸，赫尔曼和她跳了舞，让她慢慢地绽放，并和她躲进了一小间香槟室里。事后她告诉我，她不是作为男人，而是作为女人，用莱斯博斯的魔力[1]征服了那个女人。我的身上渐渐起了变化，我越来越觉得这座热舞狂欢、沸反盈天的房子，这群如醉如痴的假面一族，就是我奇妙的梦幻天堂。一朵又一朵花儿为了我吐芳争艳，我在一个又一个果子旁逡巡徘徊，用手指试探它们，希望为自己觅得一枚好果子；在婆娑的叶影中，好些蛇注视着我，意欲将我的魂儿勾了去，在黑色的沼泽之上，一朵莲花倏然闪现，还有神鸟在枝头诱惑我，但一切的一切都是为了把我引向我渴慕已久的目标，都是为了让我内心再度充盈对那唯一之人的热望。其间有一次，我和一个陌生女孩跳舞，我激情洋溢，对她紧追不舍，让她变得和我一样心旌摇荡，神魂颠倒。我们跳得飘飘欲仙，她却突然笑出了声，说道："人家都认不出你了呢。就在刚才，你还看上去呆头呆脑的。"我认出了她，几个小时前，就是她冲着我叫"憋屈的老东西"。现在她自以为得到了我，但跳下一支舞时我就和另一个女人你侬我侬了。我跳了两个小时，但也可能还不止这点时间，每一支舞我都上，就算没学过也没关系，我照样跳得起劲。赫尔曼一次次地出现在我旁边，微笑着向我点头示意，随后又消失在人群中。

---

① 即同性魅力。此处隐射位于爱琴海东北部的莱斯博斯岛（Lesbos）。公元前6世纪，古希腊著名女同性恋诗人萨福出生于此，并在岛上成立了一所女子学院。

尽管涉世未深的小丫头或是大学生都知道这是怎么一回事，但我活了五十年却还未有过这种经历。在那日的舞会之夜上，我第一次经历了节日的欢乐喜庆，体验到了集体欢庆的迷狂、个体在群体中的沉沦以及欢乐的神秘合一[①]的秘密。我常常听到有人说起它们，就连女仆们都知道这些；我常常看到说话者眼中自带光芒，而我却总是一笑置之，半是自觉比他们优越，半是由于羡慕嫉妒。痴狂者和超脱自我者眼神迷离而有光彩，沉醉于集体迷狂而嘴角微扬，抑或陷入半痴半傻的癫狂，这些我在生活中已见过不下上百次，他们中有高贵人士，也有卑微之人，有喝醉的新兵和水手，有在盛大演出时激情四射的伟大的艺术家，也有即将奔赴战场的年轻士兵。就在不久前，当我的朋友帕博罗带着他心爱的萨克斯如痴如醉地投入乐队表演，或是当他注视着指挥、鼓手、班卓琴手，为之心醉、为之狂喜时，他就是那幸福的痴狂者，他的脸上也浮现了那样的微笑和神采，而我对之则是既赞叹喜爱又不免嘲笑和嫉妒。有时我想，这样一种微笑，这样一种孩子般的神采，只有在极年轻的人身上才有可能见到，或是在那些不允许有独立个性和个体差异的民族中才有可能存在。但是今天，在这

① 灵魂与上帝的“神秘合一”（Unio mystica）是神秘主义的核心追求。在德国神秘主义学说里，神秘合一通过个体灵魂反求诸己而实现。

喜庆之夜，我自己——荒原狼哈里——也露出了这样的微笑，我在这深沉的、孩子般的、童话般的幸福中游弋，呼吸着由集体、音乐、节奏、酒和性的愉悦所组成的甜梦和欣喜。记得以前大学同学讲起这些细节时啧啧赞叹，而我则带着讥嘲和可怜的优越感听其侃侃而谈。我不再是我了，我的人格消解于这欢庆的迷狂之中，如同盐溶于水。我与这个或那个女人跳舞，搂着她们，她们的秀发拂过我，我吸着她们的香气，但属于我的不只是我怀中的这个女人，而是所有女人，她们和我在同一个大厅里跳同一支舞，畅游在同一首音乐里，她们一张张容光焕发的脸庞如同一朵朵硕大的梦幻花朵从我身边掠过，她们都属于我，我也属于她们所有人，我们彼此拥有。就连男人们也概莫如是，我也在他们之中，我对他们也不再感到陌生，他们的微笑就是我的微笑，他们的求爱也是我的求爱，我的也同样是他们的。

一支新的舞曲——狐步舞曲——在那年冬天风靡了全世界，舞曲的名字是《想你》。就是这首《想你》被一遍又一遍地演奏，一曲结束，大家就要求再来一遍，我们所有人都沉浸其中，陶醉其中，所有人都跟着它的旋律一起哼唱。我不停地跳啊跳，和我撞上的每一个女人跳，她们中有年轻的少女，有如花似玉的妙龄女子，有盛夏般丰盈的成熟女子，有忧伤迟暮的风韵女子；我为她们中的每一个着迷，笑容荡漾，幸福快乐，容光焕发。帕博罗过去总当我是个惨兮兮的可怜虫，现在，看到我如此神采奕奕，他看我的眼神也不免有了幸福的神光。他兴奋地从凳子上站了起来，使劲地吹奏他的萨克斯管，他站上了椅子，站得那么高，腮帮子鼓得满满的，并且随着《想你》的节奏狂热而欣喜地晃动自己的身体和乐器。我和我的舞伴向他抛出我们的吻，和着节拍纵情歌唱。啊，我心想，都随它去吧，但不管怎样，我终究也曾幸福过、灿烂过，摆脱了自我的束缚，成为了帕博罗的弟兄，成为了孩子。

我已经对时间没了感觉，我不知道这种令人陶醉的幸福持续了多久——几个小时还只是几秒钟。我也没有注意到，舞会越是热闹，人们越是集中。大多数人已经离开了，走廊变得安静，许多灯关了，楼梯上变得冷清，楼上大厅里的乐队也一个接一个地停止演奏，离开了舞会；只有主厅和楼下的地狱里还是人声鼎沸，花样迭出的闹腾仍在持续升温。由于我没法和装扮成了俊小伙的赫尔敏跳舞，所以我们只在舞曲间隙匆匆打个照面，打声招呼，最后她干脆完全消失不见了——不仅从我的眼前，而且也从我的脑海中消失了。我不再去思考了。我消解了，漂游在尽情舞蹈的迷狂人群中，被香气、声响、叹息和话语触碰着，被陌生眼神问候和鼓励着，被陌生的脸庞、嘴唇、脸颊、手臂、胸脯和膝盖包围着，被音乐有节奏地抛来掷去，就像躺在波浪上一起一伏。

最后留下的客人都挤在一个小厅里跳舞，这也是最后一个有乐声传出的舞厅了。有那么一瞬间，在半梦半醒之间，我突然看到一个扮成哑剧中丑角模样的女子，她一袭黑衣、画着白脸，她是整个厅中唯一一个仍戴着面具的女子，但这也遮不住她面容姣好清秀，体态娇媚动人，在当晚，我还是初次看见她。在场的其他所有人业已显出彻夜欢愉后的疲态——脸颊滚烫，礼服褶子凌乱，衣领和袖口如残花败柳般不堪，唯独这个戴着面具的黑衣白脸女子仍是如此活泼清丽，她的衣着不带一丝褶皱，领边也不带半点弯折，蕾丝袖口洁白光亮，发型整洁如新。我身不由己地朝她走去，搂住她，拉着她汇入了跳舞的人群。她的领边触及我的下巴，发出淡淡香气；她的秀发拂过我的脸颊，她那年轻、紧致的身体比我当晚的其他所有舞伴都更为温柔亲密地迎合我的动作，或者避开它们，再度迫使、引诱我的身体重新向她靠拢。我们跳着舞，我低下头，用我的嘴去寻她的唇，她的嘴角却突然露出了得意而熟悉的笑容，我认出了那倔强的下巴，认出了那肩膀、手肘和双手，感到喜不自胜。这不是赫尔曼了，她是赫尔敏，她换了装扮，楚楚动人，而且她还喷了些香水，扑了些粉。欲望之火点燃了，我们的双唇紧贴在一起，有那么一瞬间，她的整个身体都依偎在我的怀里，我能感觉到她浑身上下都想要我，也想把自己交给我，但接着她不让我吻她了，跳舞的时候也很克制，仿佛有意避开我似的。当音乐终止时，我们仍然相拥而立，我们周围一对对被激情点燃的舞伴则在鼓掌、跺脚、连喊带叫，催促着筋疲力尽的乐队再演奏一遍《想你》。突然之间，我们全都感觉到天即将破晓，看到窗帘后透出微光，觉察到快乐已近尾声，预感到疲倦将至，于是再次盲目地、绝望地纵情欢笑，全身心地投入舞蹈、音乐和光的洪流中，和着节拍踩着舞步，热血沸腾，一对对舞伴你贴着我，我贴着你，再一次幸福无比地感受大浪汹涌而来。在这支舞中，赫尔敏放下了她的傲气、嘲讽和冷漠——她知道，她已无须再做什么来使我爱上她了。我是她的了。而她也以身相许，在舞步中，在眼神中，在亲吻中，在微笑中。这个狂热夜晚的所有女人——和我跳过舞的，被我点燃激情的，点燃我的激情的，我追求过的，我怀着热望依偎过的，我用爱的目光追随过的——都融为了我怀里这唯一一个如花般绽放的女人。

这场婚礼之舞持续了许久。其间有两三次，乐声变小了，管乐乐手们放下了他们手中的乐器，钢琴师从座位上站了起来，第一小提琴手摇着头表示不想再继续了，可是我们仍不愿离去，好说歹说，用自己的痴狂再次点燃了乐队，于是音乐再度响起，而且比之前还要快，还要疯狂。又是一曲终了，我们收住了脚步，紧紧地抱在一起，因为跳得贪婪而大口喘着粗气，可就在那时，钢琴盖子砰的一声合上了，我们的手臂疲惫不堪地耷拉了下来，管乐乐手们和小提琴手也垂下了他们的手，长笛手眯着眼把他的长笛收进了匣子里。门开了，冷飕飕的空气涌了进来，侍者手拿大衣走了进来，酒保们关掉了灯。刚才的一切眨眼之间就没了，就像幽灵逃走了一般，适才那些还激情四溢的舞者们打着寒战，忙不迭地套上大衣，翻起衣领。赫尔敏站在那儿，脸色苍白，但笑意盈盈。她缓缓抬起手臂，把头发撩到后面去，她的腋窝被晨曦的微光照亮，一抹淡淡的、无限柔和的阴影从那里一直延伸到她藏在衣服下面的胸脯。在我眼中，那浅浅的、起伏的光影线条集中展现了她的全部魅力以及她美丽胴体的全部游戏和可能性，如同一抹微笑。

我们相视而立。这房子和大厅里只剩下了我们。我听到楼下传来大门撞上的声音、打碎玻璃杯的声音和痴痴的笑声，渐行渐远，其间夹杂着汽车发动机刺耳的急速轰鸣声。我听到一阵笑声响起，很远很高，但具体不知从什么地方传来，那笑声格外清亮快活，却又异样可怖，像是用冰和水晶混合而成，明亮闪耀，却又冷酷无情。这奇怪的笑声为何在我听来如此熟悉？我百思不得其解。

我俩相视而立。有那么一瞬间，我完全清醒了，感到莫大的倦意从后背升起，袭遍全身，感到汗湿的衣服黏糊糊地贴在身上，难受至极，看到我汗湿的褶皱袖口里伸出的双手通红，青筋暴起。

但下一秒钟，我就什么都感觉不到了，赫尔敏的一个眼神就把它们统统抹去了。她看着我，就好像我的灵魂在注视我自己；她看着我，所有的现实都不复存在了，就连我对她的肉体欲望也变得不现实了。我们像着了魔般地彼此注视着对方，就好像我那可怜弱小的灵魂在注视我自己。

“你准备好了吗？”赫尔敏问道，她脸上的笑意不见了，她胸前的那抹阴影也不见了。那异样的笑声也在又远又高的某个地方逐渐散去。

我点了点头。是的，我准备好了。

此时，帕博罗出现在了门口，这位乐手炯炯有神地看着我们，眼中满是快活。他长着一双如动物般犀利的眼睛，但动物的眼睛不苟言笑，而他的眼睛却总是笑呵呵的，这笑就使之成为人的眼睛。他向我们挥了挥手，态度极其诚恳友好。他在外面披了件彩色的蚕丝雪茄夹克，红色的披肩领上露出了湿软的衬衫领子，领子上方是他倦意十足的苍白的脸，非常惨淡，了无生气。但他那双会发光的黑眼睛抹去了这些，它们还抹去了现实，它们也是会施魔法的。

他示意我们走过去，在门口他轻声地对我说：“哈里老兄，我想邀请您小小娱乐一番。仅对狂人开放，入场即失理性。您准备好了吗？”我又点了点头。

这个可爱的家伙！他温柔而关怀备至地挽着我们的手臂——赫尔敏在右，我在左，带我们沿着楼梯向上走，到了一间不大的圆形屋子，房间的天花板上泛着蓝光，房内空空如也，只有一张小圆桌和三把扶手椅，我们坐了下来。

我们在哪儿？我在睡觉吗？我在家里吗？我坐在车里，车子在往前开吗？不，我坐在一间被蓝光照亮的圆形房间里，这里空气稀薄，这里的现实不再严丝合缝。为什么赫尔敏的脸色如此苍白？为什么帕博罗说个不停？难道不是我在让他说话，是我通过他的口在说话？他的黑眼睛看着我，那难道不是我的灵魂——迷惘、焦虑的怪人——在注视着我自己，就像刚才我透过赫尔敏的灰色眼睛看着我自己？

我们的朋友帕博罗友善地看着我们，非常真诚但又略显客套。他开口说话，说了很多、很久。他本对争论和表达不感兴趣，我以前也从未听他一气呵成地发表过什么长篇大论，很难相信他是个有思想的人，而现在他竟侃侃而谈，嗓音优美温和，话语流利，措辞无误。

“朋友们，我邀请你们来参加一项娱乐活动，哈里想这一天想了很久了，他连做梦都在盼着这一天。不过现在有点晚了，我们大家可能也都有点累了，所以我们先在这里休息一下，养养精神。”

他从壁龛里拿出三个小酒杯和一个怪模怪样的小酒瓶，取出一个具有异域风情的彩色小木盒，先用瓶中酒把三个酒杯都斟满了，再从木盒里抽出了三支细长的黄色香烟，从蚕丝夹克的口袋里掏出打火机，给我们点上火。我们抽起烟来，坐在扶手椅里，靠在椅背上，抽得很慢，吞云吐雾，缭绕的烟雾仿佛是庙宇中的香火。我们抿着小口啜饮杯中酸涩而略带甜味的液体，味道陌生而奇特，但确实令人感到无比兴奋和幸福，仿佛身体里面充了气，变得轻飘飘的了。我们就这样坐着，轻吸一口烟，停一下，再抿一口酒，感觉自己越来越轻松、快活。这时，帕博罗压低了声音，语气温和地说道："我很高兴，亲爱的哈里，今天有幸能招待您。您常常觉得此生百无聊赖，一心渴望离开这里，是不是这样？您渴望离开这个时代、这个世界和这个现实，进入另一个更适合您的现实，进入一个没有时间的世界。那就干吧，亲爱的朋友，我邀您一试。您其实知道这另一个世界藏在哪里，您所寻找的正是您的内心世界。您所渴望的另一个现实也只存在于您的内心。您本身没有的东西，我也无法给到您。除了您内心的画廊，我也无法为您打开其他画廊。除了机会、动力和钥匙，我也给不了您别的。我只能帮您看见自己的世界，仅此而已。"

他又把手伸进了那件彩色夹克的口袋里，掏出了一面小圆镜。"您看，这就是您一直以来看到的自己的样子！"

他将小镜子举到我眼前（我不由得想到了一首童谣：“小镜子，小镜子在手中”），于是我看到了——尽管画面有点模糊，有点云里雾里的感觉——一个可怕的画面，画中人内心骚动不安，五味杂陈，剧烈挣扎，各种情感思绪酝酿发酵；这就是我——哈里·哈勒，就在这个哈里之中还有头荒原狼，一匹羞怯、美丽、目光惊慌迷离的狼，它的眼睛时而凶狠，时而悲伤。这匹狼一刻不停地流经哈里身体的各个部分，就像一条颜色迥异的支流意欲涌入大河主流，氤氲翻腾，顽强争斗，备受煎熬，彼此蚕食，至死不渝地渴望保全自我。这匹狼尚未完全成形，还没有自我边界，它的眼睛美丽而羞怯，就是这双眼睛在镜子里看着我，目光里满是悲哀。

“这就是您看到的自己的样子，”帕博罗又柔声重复了一遍，把镜子放回了口袋里。我感激地闭上双眼，品了一口那灵酒。

“我们休息得差不多了，”帕博罗说，“我们养足了精神，也闲聊了一会儿。如果你们感觉没那么累了，我想带你们到我的观剧匣子里去，让你们看看我的小剧院。你们觉得如何？”

我们站了起来，帕博罗笑着走在前面，打开门，拉开幕布，我们瞬间来到了一座剧院，而且恰好站在马蹄状的圆形走廊的正中间，左右两侧的廊道通向不计其数的狭窄的包厢门。

“这是我们的剧院，”帕博罗解释说，“一家娱乐剧院，希望你们能在这里开怀大笑。”他说着自己就放声笑了起来，虽然只有那么几声，却极富震撼力，这正是我先前听到的从高空传来的清亮却异样的笑声。

“我的小剧院有无数包厢门，要多少有多少，十扇、一百扇、一千扇，每扇门后面都有你们要找的东西在等你们。这是一间雅致的画品陈列室，我亲爱的朋友。但如果像您现在这样，草草走上一圈，那对您可是一点儿用也没有。您会被您习以为常称为人格的东西所阻碍和蒙蔽。毫无疑问，您早就猜到了，您的渴求——超越时间、从现实中解脱——无论您给它们起什么名字，它们究其实就是要摆脱您所谓的人格。人格是禁锢您的监狱。如果您以现在这个样子进入剧院，您还是会通过哈里的眼睛、通过荒原狼的旧眼镜去看待这一切。因此，劳驾您拿掉这副眼镜，将您那尊贵的人格留在衣帽间里，如有需要，您可以随时取回。您刚度过的美妙的舞蹈之夜，荒原狼的小册子，还有我们适才服用的兴奋剂，应该已经帮您做好了充足的准备。您，哈里，寄存好您那尊贵的人格之后，您就可以前往左半侧剧院了，右侧是赫尔敏的，进去了之后，你们随时随地会碰头的。赫尔敏，请你先过去走到那块幕布后面，我想先带哈里进去。”

赫尔敏朝右一转，从一面上接拱顶、下至地板的巨大镜子旁消失了。

“好了，哈里，该您了，带上好心情来吧。让您有个好心情、教您学会笑，是本次活动的目的，我希望您不会太为难我。您感觉还好吗？真的？一点儿都不害怕吧？那就好，非常好。现在，您将无所畏惧、满心欢喜地进入我们的幻影世界，您要做的就是进行一次不足挂齿的名义上的自杀。这是规矩。”

他再次掏出那面小镜子，举到我的面前。镜子里还是那个看不太真切的迷惘的哈里，他的身体里流动着一只负隅顽抗的狼。我们相对而视，我太熟悉它了，但是一点儿都不喜欢它，所以把它毁了我一点儿都不心疼。

“亲爱的朋友，您现在要去除这个已经变得可有可无的镜像，仅此而已。您只要让自己动个念想，看着它，并发自内心地对着它笑，只要做这些就足够了。您正在一所幽默学校里，您应该学会笑。是的，一切更高级的幽默都始于不再和自己较真。”我直直地盯着小镜子，帕博罗手中的小镜子，镜中的哈里狼全身痉挛，抽搐个不停。有那么一瞬间，我感觉自己内心深处也抽动了一下，很轻，但很痛，像回忆，像乡愁，像懊悔。然后，一种全新的感觉取代了这轻微的压抑感，就像一颗蛀牙从被可卡因麻醉的口腔中被拔出一样，病人顿时感觉如释重负，大喘一口气，同时又不免诧异，原来拔牙也没有那么痛嘛。这种感觉还伴随着一种万事大吉、想要放声大笑的欲望，我终于忍俊不禁，爆发出一阵释怀的大笑。

阴郁的镜像惊得抖动了一下，旋即消失不见了。小圆镜面突然像被火烧过一样，变得灰暗粗糙，不透明了。帕博罗大笑着把这废玻璃片扔到了一边，它朝前滚啊滚，消失在了在无尽廊道的地板上。

“笑得好，哈里，”帕博罗喊道，“你还将学会像不朽者那样笑呢。现在你总算杀死了荒原狼。用剃须刀可杀不死他。你可要注意了，千万别再让他活过来！很快你就能离开这愚蠢的现实了。下次有机会，咱们得为这场兄弟情谊喝上一杯。好兄弟，我还从来没有像今天这样喜欢你。如果你还很在意哲学、思辨这些玩意，那咱们到时候就切磋一下，谈谈音乐、莫扎特、格鲁克[①]、柏拉图和歌德，你想谈多久都行。现在你该明白了，为什么之前还不行。但愿你能成功，能在今天摆脱荒原狼。你虽已自我了断，但也不是最终定局；毕竟我们只是在魔剧院，这里只有图像，没有现实。你要找出美丽快活的图像，表明你真的不再迷恋你那问题重重的人格了！但万一你还想要回那人格，我这就给你拿面镜子过来，你只需再往这镜子里看一眼就行了。你肯定知道那句古

---

① 格鲁克（Christoph Willibald Von Gluck，1714—1787），德国歌剧作曲家，他最大的艺术功绩是在启蒙运动的精神感召下，积极推动歌剧改革，并对德国、法国、意大利等国音乐戏剧的发展产生了显著影响。

老的至理名言：手中一面小镜子，胜过墙上两面镜。哈哈！（他又笑了，笑得那么酣畅淋漓。）——好了，现在只需要再完成一个有趣的小仪式。既然你已经扔掉了你的人格眼镜，那么就来照照真正的镜子吧！你会觉得挺好玩的。”

他哈哈大笑，对我做了几个惹人发笑的表示亲昵的小动作，同时把我的身体转了一百八十度，让我对着墙上的大镜子。我照着镜子，看着镜中的我。

流光瞬息间，我看到了我所熟悉的哈里，只见他情绪极佳，脸色开朗，笑意盎然。但我刚认出他，他就消散分解了，随之出现了第二个哈里，接着是第三个，第十个，第二十个……不一会儿工夫，整面大镜子布满了哈里或者哈里的分身，数不胜数的哈里，不管是什么样的哈里，我只需匆匆投上一瞥，就能将其辨认出来。在众多的哈里中，有的和我年纪相仿，有的比我老，有的已是耄耋之年，还有的则年纪较轻，有青年、少年、学童、淘气包和小男孩。五十岁和二十岁的，三十岁和五岁的，严肃的和有趣的，庄重的和滑稽的，衣冠楚楚和衣衫褴褛的，还有赤身裸体的，光头的和长发的，他们上蹿下跳，他们全都是我，我看见他们如电光般闪现，我一看清，他们就消失不见了。他们朝四面八方跑开去，有的向左，有的向右，有的朝镜子深处跑，有的跑到了镜子外面。其中有一个年轻优雅的家伙，笑着跳到了帕博罗的胸前，搂着他，和他一起跑开了。还有一个我特别喜欢，他是一个十六七岁的英俊迷人的男孩，像一道闪电似的跑进了走道，津津有味地阅读每扇门上的刻字。我就跟在他后面跑，在一扇门前他停住了，我看到门上写着：

所有女孩都是你的！

投入一马克

这个可爱的少年纵身跳起，一头扎进了投币口，消失在了门后。

帕博罗也消失了，那面镜子似乎也消失了，数不胜数的哈里也随之不见了踪影。似乎现在只能靠我自己和这剧院了，我好奇地从一扇门走到另一扇门，仔细读门上的字，每一段文字都是一个诱惑，一个承诺。

一扇门上写着：

加入快乐打猎吧！

汽车大狩猎！

这几个字吸引了我，我打开一道窄门，走了进去。

我一下子被卷入了一个嘈杂喧闹的世界。街道上汽车疾驰，其中一些是装甲车，它们追赶着行人，把他们碾成肉泥，把他们逼到墙角边弄死。我立刻明白了：这是一场人类和机器之间的大战，已酝酿、谋划和担心多时，现在终于爆发了。到处都是死人和残缺不全的尸体，到处都是砸碎、撞坏和烧毁的汽车残骸，地面上混乱不堪，头顶上飞机盘旋，到处有人在屋顶和窗边用猎枪和机枪对准飞机射击。墙上贴满了疯狂、炫目的鼓动性海报，海报上的字巨大无比，如同火炬在燃烧。它们要求全国人民同仇敌忾，参与对抗机器的战斗，参与对抗那些肥头大耳、衣着华丽、满身香气、借助机器榨干人身上每一滴油的富人们，连带着把他们那嘀嘀嘀、嗡嗡嗡、像怪物一样咕噜咕噜叫的大汽车也一并砸烂，最后再放把火烧了工厂，好让这饱经沧桑的地球得以整饬清理，让地球上的人口再减少一些，让青草再度破土而出，让尘土飞扬的水泥世界再度变成森林、草地、原野、小溪和沼泽。但另外也有一些海报画得很美，很有设计感，色彩柔和，不像小孩子的用色，文字格外巧妙和机智，动之以情晓之以理，警告所有的有产者和审时度势者要小心无政府主义可能造成的混乱，真切地展现了秩序、工作、财产、文化和法律带来的福祉，赞扬机器是人类最伟大的发明，也是人类的终极发明，在机器的帮助下，人将成为神。看着这些红红绿绿的海报，我赞叹不已，若有所思；

海报上炽烈的言辞及其无可辩驳的逻辑对我产生了神奇的影响。它们都没错，我一会儿跑到一张海报前，觉得它说得对极了，一会儿站在另一张海报前，又觉得它也完全在理，但周围子弹横飞，枪声不断，搅得我定不下心来。不过，主要问题已然明朗：这是一场战争，一场激烈、狂放、赢得了最广泛支持的战争，这场战争和皇帝、共和国和国界无关，和旗帜、颜色以及诸如此类的装饰性和表演性的东西无关，说到底就是和那些骗人的下三滥无关。在这场战争中，觉得空间太过局促、生活太过无味的人们重拳出击，发泄愤懑，他们积极筹备，志在摧毁这个只会发出破锣声的文明世界。我看到人们的眼睛笑得那叫灿烂和真诚，眼里满是毁灭和杀戮的快感，而在我的体内，猩红的野花长得又高又大，它也在笑，而且绝对灿烂和真诚。我愉快地投入了战斗。

好上加好的是，我身旁突然冒出了我的中学同学古斯塔夫，几十年了，他音讯全无，生死不明，想当初我们还是小不点时，他可是我那群朋友中身体最强壮、精力最旺盛但也最不服管束的那一个。我看到他眨着浅蓝色眼睛朝我打招呼，心中不由笑开了花。他招招手叫我过去，我立即满心欢喜地加入了他。

“天哪，古斯塔夫，”我欣喜地喊道，“居然又见到你了！你后来干什么去了？”他佯装生气地笑了起来，简直和小时候一模一样。

“你这笨蛋，难道才刚见上面就非得问东问西，喋喋不休？我后来成了神学教授，就是这样，知道就行了。幸好现在不上神学课了，老兄，现在可是在打仗。好啦，来吧！”

一辆小汽车呼哧呼哧地朝我们驶来，他射中了司机，如猴子般灵活地跳上了车，把车刹住，让我上了车，然后我们便快速穿行在枪林弹雨和遍地横卧的车辆之中，一直向前开，驶离了城区和近郊。

“你是工厂主这一边的吗？”我问我的朋友。

“你说啥呢，这纯属个人偏好，等咱们到了城外再考虑这事吧。不，等一下，我更赞成选另一派，虽然说到底选哪一派都一样。我是个神学家，我的先辈路德当时帮助王公贵族来对付农民，这事咱们现在得把它扳过来。这破车，但愿它还能再撑上几公里！”

天之骄子风儿跑得有多快，我们开得就有多快。我们哒哒哒地朝前开，驶入了一片安宁静谧、绿色葱茏的地带。这段路很长，我们先是穿过了一片辽阔的平原，然后沿着山路缓缓开进了山里面，在一条平坦、洒满阳光的公路上停了下来。公路蜿蜒盘旋向上，它的一侧是陡峭的岩壁，另一侧有低矮的护墙，下面是一池碧蓝的湖水，闪着粼粼波光。

“好地方。”我说。

“非常漂亮。我们就把它叫车轴路吧，据说车轴一到这地方就咔嚓一下折断，小哈里，当心！”

路旁有一棵长得枝繁叶茂的意大利伞松，我们看到树上有样东西，像是个用木板搭成的树屋，或者是个瞭望台兼哨所。古斯塔夫冲着我哈哈大笑，狡黠的蓝眼睛还朝我使了个眼色。我俩急急下了车，顺着树干往上爬，喘着粗气藏进了瞭望台。这地方还真不错，我们在里面发现了猎枪、手枪以及成箱的子弹。还没等我们冷静下来，进入狩猎状态，就听见离我们最近的弯道传来了嘶哑而霸道的喇叭声，只见亮得晃眼的山路上一辆大型豪华轿车嗡嗡嗡地疾驰而来。我们端好了猎枪，真是太刺激了。

这辆笨重的大汽车开过来了，经过了我们的树下。“瞄准司机！”古斯塔夫一声令下，我立即瞄准扣动了扳机，击中了司机的蓝帽子。那人应声而倒，汽车却仍在呼啸着向前冲，撞上了墙，弹了回来，像一只肥硕的大黄蜂一样又重又猛地撞上了低矮的护墙，翻了个身，发出“哐当”一声短促的轻响，翻下了悬崖。

“搞定了！”古斯塔夫笑道，“下一个我来。”

话音刚落，另一辆车就开过来了，里面坐着三四个人，他们窝在软座里，显得人很小。有一个女人头上裹了一条浅蓝色的面纱，被风吹得一个劲儿地往后飘，好像悬浮在空中。我有点替它感到难过，谁知道呢，说不定这面纱底下是天下第一号美人的笑脸呢。天哪，既然我们要扮演强盗，那我们最好效仿伟大的榜样，不要让我们英勇无畏的杀戮之心殃及漂亮的女士。但古斯塔夫已经开了枪。司机浑身抽搐着倒下了，汽车撞上了陡峭的岩石，弹得老高，接着又四轮朝天，啪的一声重重摔在了地上。我们等着，四周一片寂静，车里的人被他们的汽车压在身上，动弹不得，仿佛掉进了陷阱里的野兽。汽车还在嗡嗡作响，车轮还在空中滑稽地打转，突然之间，它发出了一声可怕的巨响，车子烧起来了，火光冲天。

“一辆福特车，”古斯塔夫说，“我们得下去把路清空。”

我们爬了下去，看着那一摊仍在熊熊燃烧的东西。火很快烧尽了，在此期间，我们砍下小树做成了撬棍，把车子推到一边，翻过路沿，推下了深渊，任由它在矮树丛中噼里啪啦地翻滚。翻动汽车时，有两个死人掉了出来，躺在地上，身上的衣物都被烧坏了。其中一个人的上衣还算完好，我去掏他的口袋，看看能否得知他的身份。我翻到了一个皮夹子，里面装着些名片，我取出一张，只见上面写着：“那就是你。”①

“太搞笑了吧，”古斯塔夫说，“不过，这些人叫什么名字都无所谓了，反正我们杀了他们。他们都是些可怜鬼，和我们一

① 原文为“Tat twam si”，出自古印度婆罗门教经典《奥义书》，也可翻译为“彼为尔矣”，体现了“梵我同一”的观念，即万物一体。

样，管他们叫什么名字呢。这个世界必将毁灭，我们也会跟着一起。干脆让它在水里泡上十分钟，或许这种解决办法最没有痛苦。好了，开始干活吧！”

我们把死人也扔下了悬崖。又有一辆汽车嘟嘟嘟地开了过来，我们毫不避让，站在公路上同时朝它射击。那汽车如同喝醉了酒般不停地打着转朝前跑，最后翻倒在地，喘着粗气躺在那儿，车里面有个乘客一动不动地坐着，有一个年轻漂亮的女孩爬了出来，脸色苍白，抖得厉害，但并没有受伤。我们友好地向她打了招呼，跟她说我们很愿意为她效劳。她吓坏了，说不出话来，仿佛精神错乱般地盯着我们看了好一会儿。

“好啦，让我们先来看看这位老先生，”古斯塔夫说着，转身朝向坐在已死司机后面的乘客。这是一位留着灰色短发的先生，一双聪明的浅灰色眼睛张得大大的，他看上去伤得不轻，至少嘴里流血，脖子直挺挺地歪斜着。

“恕我冒昧，老先生，我叫古斯塔夫。我们擅自射死了您的司机。请问您尊姓大名？”

老人瞪着灰色的小眼睛，冷冷地、不无悲哀地看着我们。

“我是首席检察官罗林，”他缓缓说道。

“你们不仅杀了我可怜的司机，也杀了我，我觉得自己快不行了。你们为什么要向我们开枪？”

“因为车开得太快了。”

“我们车速正常。”

“昨日正常，今日不再，首席检察官先生。今天我们认为，随便什么车速，都是超速。我们现在要毁掉汽车——所有的汽车，还有其他机器也要一并毁掉。”

“也包括你们的猎枪？”

“只要我们还有时间，迟早也会轮到它们。也许明后天，咱们全都一了百了了。您知道的，咱们这个地球上人实在太多了。好了，现在可要腾出点地方来了。”

“您向每个人都开枪？不加选择？”

“正是。这么做，无疑也有让人觉得可惜的地方。比如这位年轻漂亮的女士就让我感到抱歉——她是您的女儿吧？”

“不，她是我的速记员。”

“那就再好不过了。现在请您下车，或者让我们把您从车里拉出来，因为我们要消灭这辆车子。”

“那干脆把我一起灭了吧。”

“悉听尊便。请允许我再提一个问题！您是一名检察官。我一直无法理解，一个人怎么能做检察官。您靠指控他人——主要是些可怜鬼——并给他们定罪来谋生，是不是？”

“是这样。我履行我的职责，这是我的工作。就像刽子手的职责是杀死那些被我判了刑的人。您自己也承担了同样的职责。您也在杀人。”

“没错。只是我们杀人不是出于职责，而是为了快活，或者不如说我们杀人是因为我们不快乐，对世界绝望透顶了。所以杀人能给我们带来某种快乐。杀人从来没让您感觉快乐吗？”

“您真是够烦人的。请您行行好，快点干完您该干的。如果您不知道什么是职责……”

他没有说下去，撇了撇嘴，似乎想吐口水，但结果只吐了一点血出来，沾在了他的下巴上。

“请您再等等！”古斯塔夫彬彬有礼地说道，“我确实不懂什么是职责，以前懂，现在不懂了。我是神学教授，所以我以前在工作上和它打过不少交道。此外，我还当过兵，打过仗。那些说起来属于我职责范围之内或是权威和上级命令我去干的事，没有一样是好事，要是有得选，我宁可对着干。但即使我不懂什么是职责，我却了解什么是罪责——兴许这二者本就是一体。母亲生下了我，我就有罪了，我就被判了要活下去的罪，我就成了某个国家的一分子，当兵，杀人，为军备纳税。而现在，在这一刻，生活之罪再度指引我去杀人，就像当年在战场上一样。不过这次我可不是违心地去杀人，我向罪责屈服了，我完全不反对把这个愚蠢的、拥堵的世界打个粉碎，我很愿意助其一臂之力，然后与之同归于尽。”

检察官的嘴唇上鲜血淋漓，他使出了吃奶的劲想要勉强挤出一个微笑，但根本笑不出来，尽管他本意看上去是好的。

“这很好，”他说道，“那我们就是同志了。现在请履行您的职责吧，同志。”那位漂亮女孩刚才在路边坐了下来，这会儿人晕了过去。

这时，又有一辆汽车嘟嘟嘟地全速驶来。我们把女孩拖到一边，整个人趴在岩石上。驶来的汽车径直冲向之前那辆已经报废的汽车，猛地一个刹车，车头翘到了半空中，但居然停了下来，毫发无损。我们迅速拿起枪，对准了这些新来的人。

“下车！”古斯塔夫命令道，“举起手来！”

车上下来三个男人，都乖乖地把手举得高高的。

“你们当中有人是医生吗？”古斯塔夫问道。他们都说自己不是医生。

“那就请你们行个好，把这位先生从座位上弄出来，弄的时候小心点，他伤得很重，然后开车送他到最近的市区。来吧，动起来！”

很快，老先生就被抬进了另一辆车，古斯塔夫命令他们开车驶离。

发生这些的时候，我们的速记员恢复了意识，看到了整件事情的进展。我很高兴我们得了一件这么美丽的战利品。

“小姐，”古斯塔夫说，“您已经失去了您的雇主。但愿您和这位老先生没有走得特别近。您现在被我雇用了，就请全心全意地加入我们吧！好了，现在时间有点紧。这儿很快就不是个好地方了。您会爬树吗，小姐？会？那么来吧，我们让您在中间，可以帮您爬上去。”

我们三个人以尽可能快的速度爬进了我们的树屋。这位小姐刚到上面时有点不适，不过喝了杯白兰地之后，她感觉好多了，大加赞赏这壮丽的湖光山色，并告诉我们她叫多拉。

正说着话，下面又来了一辆车，经过翻倒在地的汽车时，司机开得很小心，但没有停车，刚安全绕过去，司机就加快了车速。

“想逃！”古斯塔夫笑着，一枪把司机撂倒了。汽车乱跳了一会儿，撞上了护墙，半个车身冲了出去，斜挂在了悬崖上。

“多拉，”我说，“您会用猎枪吗？”

这个她不会，于是我们就教她如何装子弹。一开始她还有点笨手笨脚的，把自己的手指头都弄破流血了。她哭喊着要用透明创可贴，但古斯塔夫向她解释说，这是在打仗，她应该表现得勇敢坚强。他这一番话还真起了作用。

“但我们会变成什么样子呢？”她接着问道。

“我不知道，”古斯塔夫说，“我的朋友哈里喜欢漂亮女人，他会成为您的朋友。”

“可他们会带着警察和士兵来把我们打死的。”

“现在没有警察之类的东西了。我们可以自主决定，多拉。要么我们安安静静地留在这上面，打坏所有想从这儿过的汽车。要么我们自己找一辆车开走，让别人冲我们开枪。无论我们选哪边都一样。我主张留在这儿。”

下面又来了一辆车，喇叭声十分清脆响亮。我们速战速决，只见它四轮朝天地躺在了路上。

“真邪门，”我说，“射击还真让人快乐！而我之前居然是反战人士。”

古斯塔夫乐了，他说：“是啊，这世界上的人实在是太多了。以前没人注意，而现在大家不光想呼吸空气，还想拥有一辆汽车，这才注意到了。当然，我们正在干的事并不见得合理，无非就是场儿戏，而战争就是场超大规模的儿戏。以后，人类将不得不学习通过合理的手段来控制自己的繁殖。目前，我们对当下这种忍无可忍的状况的反应有些过激，相当不理智，但我们归根结底是在做正确的事：我们正在减少人口。”

“是的，”我说，“我们干的事可能很疯狂，但或许是件好事，事关重大。人类殚精竭虑，总想借助理性来规范自己也搞不懂弄不透的玩意，这样可不好。之后就会出现美国理想或者布尔什维克理想，它们都极其合理，但过于天真而把生活看得过于简单，无异于是对生活的强暴和掠夺。做一个什么样的人曾经是人类追求的崇高理想，但如今它正在成为一种陈词滥调。我们这些狂人兴许能重新赋予它高贵的内涵。”

古斯塔夫大笑着回答说：“老兄，你说话可真够机灵的，听着你的智慧之泉叮咚作响还真是让人心旷神怡，受益匪浅。再说了，保不准你说的还真有点道理呢。但现在要劳驾你，给你的猎枪装上子弹，我觉得你有点白日做梦了。随时都可能有小鹿跑来，我们用哲学可打不死它们，还是得靠枪膛里的子弹呀。”

一辆汽车驶来，当场阵亡，路也被堵死了。有个大腹便便、顶着一头红发的男子幸存了下来，站在满地狼藉的战场上兀自比画着，一会儿朝下看，一会儿往上瞧，他发现了我们的藏身之处，便咆哮着冲过来，用左轮手枪接连向我们射击。

“快走开，不然我就开枪了。”古斯塔夫冲下面喊道。那人瞄准他又是一枪。我们回击，连发两枪，他倒下了。

又来了两辆车，我们也命中了它们。这之后，路上空空的，很是安静，看来这里有危险的消息已经传开了。我们得了空，可以欣赏美景了。在湖的那一头，山谷深处有一座小城，我们看到有浓烟冒了上来，火势在屋顶上蔓延，不一会儿就连成了一片。我们还听到了枪声。多拉哭了起来，我抚摸着她沾满泪水的脸颊。

“我们全得死吗？”她问道。没人应声。这时，下面走来一个行人，看到路面上堆着这么些破车子，便东瞅瞅西瞧瞧，随后弯腰进了一辆车，拿出一把彩色遮阳伞，一个女式皮包和一瓶酒，心平气和地坐在墙边，喝着瓶里的酒，吃着从包里拿出来的用锡箔纸包着的吃食，待把那瓶酒喝了个底朝天，他就乐滋滋地又朝前走了，胳膊下面还夹着那把遮阳伞。看他一副与世无争的样子，我对古斯塔夫说：“你觉得自己能冲这个可爱的家伙开一枪，把他的脑袋开个洞吗？天晓得，我可做不到。”

“也没人让你那么做呀，”我的朋友嘟囔道。但他心里面也不好受了。才眼见了这么一个胸襟坦荡、平和天真的人，一个活得清清白白的人，我们就突然意识到自己这一套夸大其词、事关重大的行动是多么愚蠢可恶。呸，这么多血，真是见鬼！我们于心有愧，但据说打仗的时候，将军也难免会心生愧疚。

“咱们别再待在这里了，”多拉抱怨道，“下去吧，肯定能在车里找到些吃的。你们这些布尔什维克难道都不饿吗？”

山下，大火肆虐的小城里钟声四起，声音急切、惶恐。我们开始往下爬。多拉跨出护栏时，我扶着她并趁机吻了她的膝盖。她咯咯咯地笑出了声。可就在这时栏杆断了，我俩跌到了半空中……

我又身处圆形走廊了，整个人因为刚才的狩猎冒险还很亢奋。到处都是门，数不胜数，每扇门上的字都很诱人：

变变变[①]

大千万物，随意变形

爱经[②]

印度性爱课程

初级班：四十二种不同的情爱方法

乐不可支的自杀！

让你笑破肚皮

您想成仙吗？

东方智慧

---

① 原文为“Mutabor”，是一句古老的阿拉伯咒语，据说只要念动咒语，就可以变成任意一种动植物，并听懂其语言。

② 一部关于性爱的印度古籍。

啊，但愿我有千条舌头！

仅限男士入内

西方的没落

史无前例的折扣优惠

艺术的化身

用音乐将时间转化为空间

欢笑的泪水

幽默小屋

隐士游戏

等值替代各类社交活动

铭牌连绵不绝，无穷无尽。其中一个上面写着：

人格建设指南

保管成功

我觉得它值得一看，便从那扇门走了进去。

迎接我的是一个昏暗安静的房间，房间里面按照东方人的规矩没有放椅子，一个男人坐在地板上，他的前面摆放着一样东西，应该是个大棋盘。起初我把他看成了我的朋友帕博罗，至少他身上的彩色丝质外套和帕博罗的那一件很相似，眼睛也同样乌黑发亮。

“您是帕博罗吗？”我问道。

“我谁都不是，”他友好地解释道，“在这里，我们没有名字，我们也不是人。我是一名棋手。您想听关于人格建设的课？”

“是的，请赐教。”

“那么，劳驾您给我几十个您的小人。”

“我的小人？”

“就是您看到的，从您所谓的人格中分裂出来的小人。没有他们我就无法下棋。”他把一面镜子举到我面前，我又一次看到我的人格统一体分裂成了许多个自我，而且数量似乎还有所增加。他们可真小啊，大约只有棋子那么大，用手就能轻松捏住。棋手不慌不忙地拿了数十个出来，放在棋盘旁边的地板上。他开始说话了，语气单调，就像是把同一个报告或者课程内容翻来覆去讲了很多遍：

“把人视为永恒的统一体是会给人带来不幸的错误观点，这点您是知道的。您也知道，人是由许多的灵魂、许多的自我组成的。若貌似统一的人分裂成许多小人，那就是发疯，学界为此提出了一个新名词叫精神分裂症。的确，若是没有统一的领导，没有某种秩序和分类，任何多样性都将无法得到控制，就这点而言科学是正确的；另一方面，它错就错在相信不管有多少个从属的自我，人的一生只能有一种独一的、有约束力的秩序。科学的谬误有其不良后果，它唯一的价值是公办教师和教育工作者发现他们的工作被简化了，他们用不着动脑子了，也无须进行实验了。由于这个谬误，许多无可救药的疯子被认为是‘正常’的，甚至是对社会极其有用的；相反，一些天才却被看作疯子。鉴于此，我们用创意艺术这一理念来弥补科学尚无法完全解释清楚的心理学。我们要让那些经历过自我分解的人看到，他们可以在任何时候以任何顺序重组这些分解的碎片，实现无限多样的人生游戏。作家用寥寥几个人物形象就能创作完成一部戏剧作品，而我们也持续不断地用分裂出来的这些自我形象创造新的组合，让他们体验新的游戏和刺激，经历新的情境。您看！”

他用灵活的手指不慌不忙地抓起我的小人——老人、少年、孩子、女人，快乐的和悲伤的、强壮的和柔弱的、灵活的和笨拙的，在棋盘上飞速摆出一个棋局，很快，他们就在其中组建起家庭，形成小团体，游戏打趣，也争斗较劲，有友情，也有对抗，俨然构成了一个小型世界。他让这个生动而有序的小世界运转起来，让他们游戏、打斗、结盟、打仗、求爱、结婚和繁衍，而我则看得如痴如醉——真是一出人物百态、活灵活现、生动紧张的好戏！

然后，他神情快活地在棋盘上轻轻一拂，把这些小人样的棋子推倒，聚成一堆，他成了一名挑剔的艺术家，沉思着该如何用同样的形象打造一出全新的好戏，只不过它们的分组编队、相互依存和作用关系会有所不同。这第二出戏和第一出是有关联的：用的材料一样，打造的世界也一样，但是基调变了，节奏变了，想要突出的主题变了，场景也变了。

就这样，这个聪明的创意大师用这些本是我的一部分的小人打造出了一场又一场戏，从远处看它们并无二致，明显属于同一个世界，受到同一原籍的约束，但每场戏又是全新不同的。

“这是生活的艺术，”他用教训人的语气说道，“将来您自己也可以随意地继续塑造您的人生大戏，让它变得更生动、更复杂和更丰富，这掌握在您手中。从更高深的意义来看，疯狂是一切智慧的开端，如是，精神分裂症也是一切艺术和想象的开端。甚至已经有学者对此有所认知，例如在那本令人着迷的《王子的神奇号角》[1]一书中人们可以读到，学者孜孜以求，勤勤恳恳，正是得益于许多疯癫的、被关在疯人院里的艺术家的天才合作，他的工作才变得声名显赫。给，把您的小人收好，您要经常玩一玩，会让您觉得其乐无穷的。要是他长成了一个怪物，叫您受不了，还败了您的兴致，您明天就可以把它贬为一个无足轻重的小配角；而那个似乎注定厄运当头、要倒大霉的善良的小可怜，下一次您就把她变成公主。祝您玩得愉快，先生。”

我向这位天才棋手深深地鞠了一躬以示感谢，把小人放进口袋后，穿过那道狭窄的小门，回到了原地。

我本以为自己回到走廊后会马上坐在地板上，拿出那些小人玩上几个小时，或者干脆这么一直玩下去，可才站上明亮的圆形走廊，我就被比我力气大得多的新气流拽着往前走。一张海报让我眼前一亮：

驯服荒原狼的奇迹

① 该书名（*Des Prinzen Wunderhorn*）首先令人联想到德国浪漫派作家阿尔尼姆与布伦塔诺合作整理并出版的民间童话故事集《男孩的奇异号角》（*Des Knaben Wunderhorn*），事实上，这里还包含了一位精神病医师的名字——汉斯·普林茨霍恩（Hans Prinzhorn），他曾在1922年出版了《精神病患者图像》一书。

这几个字令我百感交集；在我的过往人生以及如今孑然一身的现实生活中有那么多被逼无奈和忐忑不安，它们让我的心痛苦地扭成一团。我用颤抖的手打开门，来到了一个新年集市的摊位旁，里面立着一排铁栅栏，将我与那简陋的舞台隔开。我看到舞台上站着一名驯兽师，活像个装腔作势的叫卖小贩。虽然他留着大胡子，上臂肌肉发达，穿着花哨的马戏服，但看上去却很像我自己，一副幸灾乐祸的样子，很是令人讨厌。这个强壮的男人手里牵着一匹又大又漂亮却骨瘦如柴且胆怯听话的狼，如同牵着一条狗——真是可怜啊！看着这个残忍的驯兽师指挥这只高贵却又如此卑微顺从的猛兽表演一系列的花样妙招和令人赞叹的绝技，我感到既恶心又兴奋，既心生嫌恶又暗自快活。

不过，这个男人——我该死的哈哈镜里出来的孪生兄弟，把那狼驯得倒是怪出色的。它专注地听从每一道命令，像哈巴狗一样对每一声呼唤和每一次鞭响做出积极回应。它跪下、装死、用后腿直立，乖乖地用嘴叼住面包、鸡蛋、肉和小篮子，甚至还要拾起驯兽师扔到地上的鞭子，叼在嘴里，摇着尾巴，送到他手里，那副谄媚的样子让人不忍直视。驯兽师拎着一只兔子摆在狼的面前，接着又牵来了一头白色的小羊羔。它虽然馋得浑身哆嗦，露出大牙，口水直流，却并不敢碰它们一下，而是听从命令，优雅地纵身一跃，从瑟瑟发抖、缩成一团的羊和兔的身上跳了过去，它甚至还躺在它们当中，用前爪抱着它们，和它们组成了一个动人的临时小家庭。作为奖励，它从主人手中得到了一块巧克力。目睹这匹狼已经学会了否认自己的本性，而且已经到了一种连想都不敢想的程度，我觉得真是饱受煎熬，吓得头发都一根根直竖起来。

到了演出的后半场，受了刺激的观众，当然还有狼为了之前所受的折磨而得到了补偿。就在精彩的驯兽节目结束之后，驯兽师深鞠一躬，脸上满是击败对手的得意而甜腻的笑容，但这之后，他们的角色发生了互换。这位酷似哈里的驯兽师突然弯下腰，把鞭子放在狼的脚下，随即开始颤抖，缩成一团，看起来就像狼之前那样可怜。而狼却舔着嘴唇放声大笑起来，先前那种痉挛、讨好人的样子一扫而光，它的目光亮了起来，整个身体变得强壮有力，重新焕发出蓬勃的野性。

现在由狼来发号施令了，而人则必须服从。一声令下，那人便双膝着地扮起了狼，吐出舌头，用补过的牙齿撕扯掉身上的衣服。按照“驯人师”的命令，他一会儿用两只脚，一会儿手脚并用地走路，他还双腿直立，装死，让狼骑在他身上，为狼递上鞭子。不论是什么羞辱和变态的要求，他都回应得非常巧妙，像哈巴狗一样聪明机灵。一个漂亮女孩走上舞台，靠近那个被驯服的人，抚摸他的下巴，把脸贴到他的脸颊上，可他仍然四肢着地；他是头畜牲，晃着脑袋，开始对这个美女龇牙咧嘴，最后则完全露出了狼的凶相，把那女孩给吓跑了。巧克力被放到了他面前，他轻蔑地嗅了嗅，便推开了。最后，那白色的羊羔和肥嫩的小花兔也被带了上来，那一教就会的人于是竭尽所能地扮演起狼的角色来，表现出津津有味的样子。他用手指和牙齿抓住那嗷嗷乱叫的兔和羊，从它们身上扯下皮和肉，狞笑着大口咀嚼那还带着体温的鲜肉，美滋滋地吸食仍有余温的鲜血，餍足地合上了双眼。

我吓得夺门而逃。我算是看清了，这魔剧院并非真正的天堂，在它漂亮的外表之下，处处是地狱。啊，天哪，难道在这里也无法得到解脱吗？

我惶恐不安地跑来跑去，感到嘴里有血腥味和巧克力味，一个比一个恶心，我急切地想要逃离这一浪又一浪袭来的压抑阴霾，热切地想在自己的内心寻找更容易接受、更为友好的画面。我心中响起："啊，朋友，不要这副腔调！"[①] 我惊恐地回想起在战时看到的来自前线的可怕照片，回想起那些横七竖八、堆积如山的尸体，死者的脸由于戴着防毒面具而像是狞笑的鬼脸。当时，我这个与人为善的反战者竟被这些画面吓坏了，现在看来，当时

① 由贝多芬谱曲的《欢乐颂》的首句，可直译为："啊，朋友，不要这种声音。"这句话也是黑塞在一战期间撰写的一篇反战文章的标题。

的我是多么愚蠢而幼稚啊！现在我明白了，凡是这些驯兽师、部长、将军和疯子能想到的，凡是在他们头脑中生成的想法和图像——可怕、野蛮、凶恶、粗鲁又愚蠢，它们其实在我心中由来已久。

我松了口气，想起了之前的一行字，当时我刚踏进剧院，看到一个英俊少年狂热地追随它而去：

所有女孩都是你的

说一千道一万，我觉得人生在世，最值得追求的莫过于此了。我很高兴能够再次逃离那该死的狼世界，就欣欣然地走了进去。

好奇妙！我有一种难以置信但又似曾相识之感，身体不由得一哆嗦。我感到青年时代的芳香和懵懂少年的气息朝我扑面而来，我感到身体里又流淌着当年的热血了。我刚才的所做所想，连同刚才的我一并在我身后沉没了，我又恢复了青春年少。就在一小时前，就在刚才，我还自以为自己很清楚什么是爱、欲火和渴望，但那无非是一个老男人的爱和渴望。现在我又重返青春了，那炽热飞舞的火焰，那摄人心魄的渴望，那如三月春风般融化一切的热情在我心中涌动，它们年轻、新鲜而又真切。啊，那曾被我冷落的火焰被再度点燃，昔日的乐音也再度响起，低沉而渐强，我的血脉在偾张，我的灵魂在呼喊和歌唱！我还只是个男孩，约莫十五六岁，脑中满是拉丁文、希腊文和美丽的诗行，雄心勃勃，积极向上，充满了艺术家的奇思妙想。然而，比所有这些熊熊燃烧的火焰更深沉、更强烈、更可怕的是在我体内燃烧的爱情之火，是性的饥渴，是意淫之苦。

我站在小山峦上俯瞰我的故乡小镇，空气中是和煦的春风的味道，还有那早开的紫罗兰的香气。从小镇里流出来的河水波光粼粼，我父亲家的窗子也闪闪发光。所有这一切看上去、听上去和闻上去是那样圆润、新鲜，好像在欣赏一件艺术杰作，令人痴迷；它色彩明朗而饱满，在春风的沐浴中如梦如幻，这正是我初为少年时在我最充实、最诗意的时光中我眼中的世界。我站在山峦上，风拂过我的长发；在对爱情的不切实际的憧憬中，我随手从新绿的灌木丛中扯下了一片才刚刚舒展开的嫩芽，将它举到眼前，闻着它的味道（瞬间，当年的一切又浮现在我的脑海中）。后来，出于好玩，我用双唇含住这绿色的小东西，咀嚼起来，而我还从未用这唇吻过女孩呢。嘴中酸涩而浓烈的苦味突然让我意识到我正在体验的是什么。往事历历在目：那年我十五岁，初春的某个星期天，我午后独自去散步，偶遇了罗莎·克莱斯勒，我害羞地和她打了声招呼，然后就痴痴地爱上了她。

当时，这美丽的女孩正独自一人朝山上走来，她自顾自想得出神，并没有看到我，而我却已看到了她，内心躁动不安。我看到她的头发扎成粗粗的辫子，但仍有发丝散落在双颊旁，随风嬉戏飘动。我有生以来第一次发现这个女孩长得这么美，微风吹拂她柔顺的秀发，美得恍若在梦中，轻薄的蓝色连衣裙套在她年轻而有活力的身体上，裙边轻垂，真是又美又撩人。就像我嚼在嘴里的嫩芽虽有苦味，却已让我充分体验了春天不安却甜蜜的喜悦和恐惧一样，我一看到这个女孩，就确确实实地知道了什么是爱情和女人，什么是无限可能和承诺，什么是无名的喜悦，什么是不可想象的困惑、恐惧与痛苦以及最真切的救赎和最深重的内疚，我的世界发生了天翻地覆的变化。啊，春天的苦涩在我的舌尖灼烧！啊，戏耍的风儿穿过她绯红两颊旁散落的发丝向我吹来！接着，她走到我身边，抬起双眼，认出了我，脸唰地一下泛起了点点红晕，赶忙将目光移向别处；我摘下坚信礼的礼帽，向她打招呼，而罗莎也很快镇静下来，微笑着，抬起头向我回礼，有如贵妇般优雅。她不疾不徐、坚定而高傲地继续向前走，我目送着她，向她投去万般爱的请求、敬意和渴望。

这一幕发生在三十五年前的某个星期天，此时此刻，往昔的一切又回来了：山峦和小城，三月的风和嫩叶的味道，罗莎和她的棕色秀发，日渐充盈的渴望和甜蜜得令人窒息的恐惧。一切都和当时一样，我仿佛觉得我一生中从未像当时爱罗莎那样爱过别人。但这一次，我有机会用和当时不同的方式来迎接她。我看到她认出我后脸红了，看出她极力不让我看到她脸上的红晕，我立即明白了她喜欢我，明白了这次邂逅对她的意义和对我是一样的。这一次，我没有再脱下帽子，毕恭毕敬地站着等她经过我身边。尽管还有一丝害怕和焦虑，但我还是意气用事地叫道：“罗莎！谢天谢地你来了，你好美啊，我好喜欢你呀！”

也许在这一刻说这些可算不上明智，但明智又有什么用呢，还不如说这几句话管用呢。罗莎不再摆出贵妇的样子，也没有继续朝前走，而是停了下来，看着我，脸变得更红了，说道：“你好，哈里，你真的喜欢我吗？”她圆嘟嘟的脸庞上，一双棕色眼睛闪动着光芒。我心里有种感觉：自从那个星期天我让罗莎从我身边走掉后，我整个的生活和爱情就错了，陷入了迷惘与混乱，极其不幸和不快。但现在错误已被弥补，一切都将不同，一切都会好起来的。

我们握住对方的手，手拉手慢慢地朝前走，心中有种说不出的幸福，却又十分窘迫，不知道该说什么，该做什么才好，于是就加快脚步跑了起来，跑啊跑，直到喘不过气来才打住，但牵在一起的手一刻都没有放松。我们俩还都是孩子，还不太知道该如何对待异性，在那个星期天我们甚至都没有吻对方一下，但我们就已经觉得无比幸福了。我们站着喘气，我们坐在草地上，我抚摸着她的手，她则害羞地用另一只手抚摸我的头发，后来我们又起身站了起来，比谁个子高，其实我比她高了一指宽，但我并没有这么说，而是断言我俩正好一样高，是天造地设的一对，注定以后是要结婚的。这时罗莎说，她闻到了紫罗兰的味道，我们便跪在还没长高的青草地中找啊找，找到了几朵茎很短的紫罗兰，并把找到的花全都送给了对方。天渐渐凉了，阳光斜照在岩石上，罗莎说她得回家了，我们俩不由得伤心难过起来，因为我不能陪她回家，但现在我们有了一个共同的秘密，这就是我们所拥有的最美好的东西。我留在了小山上，嗅着罗莎给我的紫罗兰，找了一处陡坡趴在地上，脸朝下俯视着小镇，我静静地候着，终于看到她那可爱的小小身影出现了，先是经过了喷泉，然后过了桥。我知道她到家了，在房间里走来走去，我虽然离她很远，还躺在山上，但从我这里有一条纽带一直延伸到她那里，有一条河流奔腾到她那里，还有一个秘密吹向她那里。整整一个春天，我们都在约会，没有固定的地方，时而在山上，时而在花园的栅栏边。在丁香初放时，我们给了对方第一个羞怯的吻。我们还是孩子，能给对方的东西并不多，我们的吻也没那么炽烈、圆满，我只敢轻轻抚摸她耳边散落的发丝，但只要是我们能做到的，我们就尽情地去爱，尽情地欢乐，每一次羞涩的触摸，每一句青涩的情话，每一次焦急的等待都让我们学会一种新的幸福，都让我们在爱的阶梯上又向上攀登一小步。就这样，从罗莎和紫罗兰开始，我再一次经历了我的整个爱情生活，我的人生开始变得走运。继罗莎消失不见后，伊姆加德出现了，太阳变得更加炽热，星星变得更加狂热，但无论是罗莎还是伊姆加德，我都没有得到。我必须一级一级地往上攀登，去经历，去学习，我注定要失去伊姆加德，也注定要失去安娜。我年轻时爱过的女孩们，我又一一爱上了她们，我给她们喝下爱的琼浆，给予每一次爱情某些馈赠，也从每一段爱情中有所收获。曾经只存在于我的幻想中的愿望、梦想和机会都变成了现实，成了我的生活。啊，伊达和罗勒，你们这些美丽的花朵啊，你们都是我的爱，不管我曾爱过你们一个夏天、一个月还是一天！

我明白了，我先前看到的那个急切地奔向爱情之门的英俊少年正是我自己，我现在正在让这一小部分的我——可能只是我个人存在和生命的十分之一甚至千分之一——无拘无束地发展和成长，不让他受我的其他小人的拖累，不受思想家的干扰，不受荒原狼的折磨，也不受诗人、幻想家和道德家的贬抑。不，现在的我只是一个热恋中的人，我因爱情而幸福，也因爱情而苦恼。伊姆加德教会我跳舞，伊达教会我接吻，而在某个秋夜摇曳的榆树下，长得最迷人的艾玛是第一个让我亲吻她淡褐色乳头并给我饮下欢情之酒的女孩。

我在帕博罗的小剧院里体验各种花样，多到无法用语言一一将其记录。我曾爱过的女孩现在全都是我的了，每个人都给予我只有她才能给予的东西，我也给予每个人只有她会向我索要的东西。我品尝到许多爱意、许多幸福、许多情欲，也有许多的困惑和痛苦。在如此梦幻的这一刻，我此生错失的所有爱情之花都像被施了魔法般在我的花园中盛开：有的贞洁温柔，有的炽热炫目，有的黯然凋零，但无一例外地都经历了颤抖的情欲、热切的幻想、灼热的忧郁、惊恐的死亡和耀眼的新生。有一些女人，我必须像疾风骤雨般狂追才能到手；但也有一些女人，我需要耐着性子、煞费苦心地去追求，但那也是一种幸福；我此生中尘封已久的隐匿角落再度显现，那里曾经有异性的声音将我呼唤，有女人的目光将我点燃，有女孩白皙肌肤的光泽将我引诱——哪怕只有短短一分钟。所有失之交臂的都得以重温，每一个女人都是我的，但方式各不相同。有个女人长着一头亚麻色头发，眼睛呈深棕色，很少见，我曾经在一列快车过道的窗前在她身旁站了一刻钟，但后来她却多次出现在我的梦中——她一句话都不曾说过，却教会了我意想不到的、惊人且致命的情爱技巧。还有马赛港口的那个皮肤光滑、寡言、不苟言笑的中国女人，长着一头乌黑的直发和一双水汪汪的眼睛，她也知道一些我闻所未闻的秘事。每个人都有她的秘密，带着她家乡土地的芳香，以她特有的方式接吻欢笑，每个人的娇羞都独一无二，每个人的风流也自不相同。她们来了，走了，急流将她们推到我的身边，把我冲向她们，又从她们身边冲走，这是性爱之流中天真无邪的戏水，很刺激，很危险，但又惊喜连连。我惊叹于我的人生——我那看似悲惨无爱的荒原狼生活——原来竟有这么多段恋情，这么多的艳遇和诱惑。我曾经躲开了她们，错失了良机，跌跌撞撞地跨了过去，佯装她们根本不在那里，然后把她们忘得一干二净；但是在这里，她们都被保存了起来，数以百计，一个不少。现在我看到了她们，献身于她们，任由她们发落，在她们玫瑰色的阴暗地府中沉沦。帕博罗曾经对我的诱惑，还有其他的、更早些时候的、我甚至在当时并没有完全理解的诱惑也回来了，三到四人的美妙游戏开始了，她们笑吟吟地拉着我加入了她们的轮舞。发生了许多事情，玩了很多游戏，多到无法用语言一一将其记录。

我从这充满诱惑、罪恶的快感和纠缠的无尽急流中浮了出来，心态平和，沉默无语，我已经做好了准备，肚子里装满了货色，聪明且经验丰富，成熟到足以配得上赫尔敏。赫尔敏出现了，她是我千面神话故事中的最后一个形象，也是无穷序列中的最后一个名字。我同时恢复了意识，结束了爱情童话，因为我不想在魔镜的若明若暗中与她相遇，属于她的不只是我棋局中的一个棋子小人，而是完整的哈里。啊，我唯愿重置我的形象游戏，一切皆围绕她而展开，并最终走向圆满。

急流将我冲上了岸，我又一次站在剧院寂静无声的包厢走廊里。现在该做什么呢？我伸手去摸口袋里的棋子小人，但一转眼我就丢掉了这个想法。我的四周都是门、铭牌和魔镜，连绵不绝。我漫不经心地读着离我最近的一块门牌，不禁打了个寒战：

爱何以杀人

门上赫然写着这几个字。有那么一秒钟，一幅昔日的画面闪现在我的脑海中：在一家餐厅的饭桌旁，赫尔敏突然推开了盘中菜杯中酒，和我进行了一场深奥晦涩的谈话，她的目光也严肃得可怕，她告诉我说，她之所以会让我爱上她，就是为了让我亲手杀死她。巨浪袭来，恐惧和黑暗攥住了我的心，突然之间，一切又清晰地呈现在我的眼前，我在内心深处再次感到，这就是命，是人生困境。我绝望地把手伸进口袋，想拿出棋子小人，再施点魔法，重置我的棋局。可口袋里已经没有小人了，我掏不出小人，却摸出了一把刀。我吓得要死，沿着走廊跑起来，经过了一扇又一扇门，突然我停住不跑了，站在那面大镜子前朝里张望。镜子里有一只身形漂亮的大狼，它和我一样高，很安静，但一双眼睛并不安分，似乎也还有些羞怯。它冲我眨了眨眼，眼神有些游移，它还冲我笑了笑，一咧嘴就露出了它猩红的舌头。

帕博罗在哪里？赫尔敏在哪里？那位把人格建设讲得头头是道的聪明人又在哪里呢？

我又往镜子里看了一眼。我刚才一定是疯了。镜子里根本没有狼张着大嘴转动着舌头。镜子里只有我——哈里，脸色发白，被所有游戏遗弃了，被所有罪恶的快感搞得精疲力竭，面如死灰，但至少还是个人，是个可以交谈的人。

“哈里，”我说，“你在那儿干什么呢？”

“啥也不干，”镜子里的人说，“就是等着。等待死亡。”

“那死亡在哪呢？”我问。

“它来了，”那人说道。我听到从剧院深处空荡荡的地方传来了音乐——动听而可怖的音乐，是《唐璜》[①]中伴着石头客人上场的音乐。冰冷的声音在幽灵般的房子里阴森可怖地回荡着，这声音来自彼岸，来自不朽者。

“是莫扎特！”我想到，并由此唤醒了我的挚爱，我的内在生命中最为崇高的形象。

我身后响起了阵阵笑声，笑声爽朗却有如冰雪般寒冷。这笑

① 《唐璜》（又译作《唐·乔万尼》）系莫扎特创作的两幕歌剧，初演于 1787 年。石人上场的情节出现在第二幕的最后一场。

声来自人们闻所未闻的彼岸，从受苦受难和神的幽默中诞生。这笑声令我感到彻骨的寒冷，同时又感到无上的幸福，我转过身，莫扎特正朝我走来，他笑着打我身边经过，悠闲从容地朝一扇包厢门走去。他打开门走了进去，我急切地跟着他——我青年时代的神，我一生热爱与崇拜的对象。音乐还在响。莫扎特站在包厢的护栏边，剧院空旷无垠，一片漆黑，什么也看不见。

“您瞧，”莫扎特说，“没有萨克斯也行。自然，这不是什么体面的乐器，我也不想跟它靠得太近。”

“我们在哪里？”我问道。

“我们在《唐璜》的最后一幕，莱波雷洛[①]已经跪倒在地。非常出色的一幕，音乐也值得一听，就是这样。尽管这音乐中仍然充斥着各种人情世故，但还是能感受到彼岸，感受到那笑声，难道不是这样吗？”

“这是人类写下的最后一部伟大的音乐作品，”我郑重其事地说道，语气活脱脱是个老师。“当然，还有舒伯特、胡戈·沃尔夫[②]，还有那可怜而伟大的肖邦，我也不该忘记。您在皱眉头

① 歌剧《唐璜》中的角色，唐璜的仆人，在看到石人后吓得跪倒在地。

② 胡戈·沃尔夫（Hugo Wolf，1860—1903），德奥艺术歌曲作曲家，曾为歌德等作家谱曲。

了，大师——哦，对了，还有贝多芬，他也很了不起。但是所有这些作品——不管它有多美，都残缺不全、支离破碎。自《唐璜》以来，人类再没有创作出浑然一体的杰作了。”

“您别费劲了，”莫扎特不屑一顾地笑了起来。“难道您是个音乐家？再说了，我早就不干这一行，退居二线了，只是偶尔看看这些，给自己找点乐子。”

他举起双手，仿佛在指挥乐队，在某处，一轮月亮或者别的什么太白星体正在冉冉升起；我越过包厢的护栏，望向深不可测的无垠空间，那里云雾缭绕，似有山峦起伏，海滩蜿蜒。在我们的脚下，沙漠般的平原无边无际，一直伸向远方，我们看到平原上有位蓄着长须、令人敬畏的老先生，他一脸愁容，率领一支由上万名身着黑衣的男子组成的庞大队伍朝前走去。他看上去既悲哀又绝望，莫扎特说：“您看，这是勃拉姆斯[①]。他努力追求解脱，但仍需时日。”

我从他口中得知，那上万名黑衣人是音符和声部的扮演者，神裁定他们在总谱中是多余的。

“曲子谱得太累赘了，浪费了太多东西，”莫扎特颔首说道。

紧接着，我们看到理查德·瓦格纳走在另一支同样庞大的行

① 勃拉姆斯（Johannes Brahms，1833—1897），德国浪漫主义作曲家。

军队伍的最前面，我们可以感受到，大队人马步履沉重，他们拖着他朝前走，不让他脱离队伍；我们看到他自己也疲惫不堪，但依然耐着性子，拖着步子前进。

“我年轻的时候，”我难过地说道，“大家觉得这两位可能是有史以来风格最为迥异的音乐家了。”

莫扎特笑了。

“是的，世事就是如此，往往隔了一段距离后再来看这种差异，它们就会变得极其相似。另外，曲子谱得过于累赘并不是瓦格纳或是勃拉姆斯的个人问题，而是他们那个时代的问题。”

“怎么会这样？现在，他们这是为了赎罪而不得不吃尽苦头吗？”我打抱不平地喊道。

“当然了。这是官方程序。只有赎完了时代之罪，他们才能看到个人是否还有所留存，是否还值得再来一次清算。”

“可这不是他们两个的错！”

“当然不是。亚当偷食禁果也不是您的错，但您还是要为此而赎罪。”

“这也太可怕了。”

“当然，生活总是如此可怕。我们对此无能为力，却要为此负责。人生而有罪。您要是连这个都不知道，您上的算是哪门子宗教课啊？”

我心里很不是滋味。我看到了我自己——一个精疲力竭的朝圣者，在彼岸的沙漠中踽踽独行，身上背着我写的许多可有可无的书籍、文章和报纸专栏，身后跟着不得不为了这些作品辛勤工作的排版大军，还有不得不吞下这些文字的读者队伍。我的天啊！此外还有亚当和禁果以及其他种种的原罪。所有这些罪过都需要救赎，都得经受无尽的炼狱之火，之后我们才会问：赎罪后，属于个人和自我的东西是否还有所留存，或者说，我的所有行为及其后果只是海面上空空如也的泡沫还是历史长河中毫无意义的游戏？

莫扎特看我拉长了苦脸，便放声大笑起来。他笑得在空中翻了个筋斗，还用两条腿打出了颤音。他对我喊道："嘿，小老弟，你的舌头会咬你，你的肺会掐你吗？你在想你的读者，那些恶棍流氓、草包饭桶，你还在想你的排版工人、和你意见相左的人、该死的煽风点火的人和那些磨刀霍霍的人？这真是太可笑了，你这个泼皮，简直要笑煞了人，笑破了肚子，笑得要尿裤子了！啊，你这虔诚的小心肝，黑色油墨涂满衫，内心痛苦挣扎烦，就让我把蜡烛捐，大家开心闹得欢。打打响指咂咂舌，搞搞排场动动嘴，尾巴摇一摇，犹豫全甩掉。上帝保佑，魔鬼就要来抓你，他要好好痛扁你，谁让你胡说八道，乱写一气，窃了别人的东西再拼拼凑凑！"

这话对我来说可实在太过分了，我都气炸了，来不及暗自神伤便一把抓住了莫扎特的辫子。他飞走了，辫子越来越长，就像彗星的尾巴，我挂在尾梢，被甩得满世界打转。见鬼，这世界可真冷！冰冷的空气极度稀薄，但他们是不朽者，他们完全受得了。空气寒凉，但却令人愉悦，就在我失去知觉前的一瞬间，我对此有了切身体会。一种辛辣、锃亮、冰冷的喜悦穿透了我，我想笑，就像莫扎特那样笑得明朗、狂野而脱俗。就在那一刻，我失去了呼吸和意识。

再度醒来时，走廊里的光亮地板上，白色灯影绰绰，而我脑子里一片混乱，浑身如同散了架一样。我并未置身不朽者，或者说还没有。我仍身处此岸，满是谜团、苦难、荒原狼和各种折磨人的纠结。这不是个好地方，不是苟且偷安的地方。到了要了结这一切的时间了。

墙上大镜子里的哈里和我相对而立。他看上去状态不太好，就和那晚拜访了教授，去了黑鹰酒馆跳舞后的样子差不多。但那是很久以前的事了，有好多年甚或好几个世纪了；哈里老了，学会了跳舞，参观了魔剧院，听到了莫扎特的笑声，他不再害怕跳舞、女人或者刀子了。一个天资平平的人若是活了几百年，也是会变成熟的。我久久地注视着镜子里的哈里：我还认得他，他和十五岁的哈里——那个在三月的某个星期天在山上遇到了罗莎并向她脱帽致意的哈里——还是有些相仿的。那之后，岁月匆匆而过，他一下子老了好几百岁，玩过音乐，搞过哲学，但腻味了，去“钢盔酒馆”用阿尔萨斯酒买醉，与正直的学者争论奎师那神，爱过艾丽卡和玛丽亚，成了赫尔敏的朋友，用枪打过汽车，与肌肤柔滑的中国女人睡过觉，见过歌德和莫扎特，把用时间和表象现实织就的大网扯出了许多窟窿，尽管他还深陷其中。就算弄丢了那些漂亮的棋子小人，他口袋里还装着一把好用的小刀呢。前进吧，老哈里，你这年老疲惫的家伙！

活见鬼了，生活为何这般苦涩！我对着镜子里的哈里吐了口唾沫，一脚朝他踹去，把他踢了个粉碎。我沿着回廊慢慢朝前走，我的脚步声响彻其中，我仔细地查看那些门，它们都说得那么好听，一口应承，可现在门上的铭牌全都不见了。我慢慢地走，把魔剧院里好几百扇门都走遍了。难道我今天不是去参加了一个化装舞会吗？自那以后百年已逝，很快就不会再有岁月之分了。在那之前还有些事儿要做，赫尔敏还等着呢。这将会是一场特殊的婚礼。冥冥之中，似乎有一股潮水牵引着我，裹挟着我——我这个奴隶，我这头荒原狼——往前游去。真是活见鬼了！

我在最后一扇门前停了下来。是那冥冥之中的潮水带着我来的。啊，罗莎！啊，我逝去的青春！啊，歌德和莫扎特！

我打开门，门后的一幕美丽而纯朴。地板上铺着地毯，地毯上躺着两个赤身裸体的人，一个是美丽的赫尔敏，一个是英俊的帕博罗，他俩紧挨在一起，睡得正熟，一副缠绵欢爱后疲惫不堪的模样。这欢爱游戏似乎总让人欲求不满，但似乎又能快速地让人心满意足。多美的两个人啊，多美好的场景啊，多美妙的身体啊。在赫尔敏的左侧乳房下有一个新生的圆疤，颜色偏暗沉，那是帕博罗用他亮闪闪的漂亮牙齿咬出的爱痕。我拿出刀对准圆疤，一刀插了进去，只留刀柄在外面。鲜血顺着赫尔敏洁白细腻的肌肤流了出来。我本该用我的吻把这血痕抹去的，但事情不是这样的，它不是这么发展的，所以我并没有那么做。我只是眼睁睁地看着鲜血冒出来，看到她有那么一小会儿睁开了双眼，很痛苦，很吃惊。“她干什么这么吃惊？”我心想。接着我想到，我得把她的眼睛合起来，不过它们自行合上了。完事了。她的头微微歪向一边，从她的腋窝到胸脯，我看到一个淡淡的柔和阴影在闪动，似乎想要提醒我什么。哎，不记得了！而她就这么静静地躺着。

我久久地注视着她。不知过了多久，我人一哆嗦，好像醒了。我准备离去，却看到帕博罗舒展了身体，睁开眼睛，打开四肢，看到他俯身对着美丽的死去的赫尔敏微笑。这家伙永远严肃不起来，我想，什么都能引得他发笑。帕博罗小心地掀起地毯的一角，从下往上一直盖到赫尔敏的胸口，这样就看不到刀伤了。然后，他便悄无声息地离开了包厢。他去了哪里？只剩下我一个人了吗？我留在原地，独自一人，旁边是用地毯半裹着的死人，是我曾经爱过和仰慕过的女人。她的额头苍白，上面有几绺男孩般的卷发，脸上毫无血色，只有微张的双唇涂抹得鲜红，她的秀发散发着阵阵香气，将那小巧精致的耳朵半遮半掩。

现在她得偿所愿了。我杀死了我爱的人，在她还没有完全属于我之前。我做出了不可思议之事，我跪在地上，呆望着，不知道这么做的意义何在，甚至不知道它是好是坏，是对是错。那位聪明的棋手会对此说什么，帕博罗又会对此说什么呢？我不知道，我也想不出来。她的脸庞越来越了无生气，反令那涂着口红的嘴唇显得越发红艳。我的整个人生就是如此，我那一点点幸福和爱情正如这僵死的嘴——就那么一点红，还是画在死人的脸上。

从那毫无生气的脸、毫无生气的白皙双肩和双臂中缓缓释放出一股寒气，犹如严冬的萧索和孤寂，一点一点变得越来越冷，我的双手和双唇开始发僵。难道是我熄灭了太阳之火？还是我命中了世间万象的心脏？抑或宇宙的死亡严寒已然降临？

我浑身发抖，直勾勾地盯着那僵硬的额头、僵直的卷发和耳廓上泛着的冷光。它们都在向外冒寒气，这寒气是致命的，但也是美丽的；它响起来了，宛转悠扬，它就是音乐！

这种寒气袭身但同时又很幸福的感觉我难道不是在很早以前

就拥有过了吗？这音乐我难道不是也听到过？对，就在莫扎特那里，在不朽者那里。

我脑海中又出现了之前我不知在哪儿找到的诗句：

> 但我们不一样，
> 我们栖息在星光澄澈的以太冰层，
> 那里不识昼夜，不论时间，
> 那里没有性别，亦无长幼……
> 沉静不变，是我们永恒的存在，
> 沉静闪耀，是我们永恒的笑容。

这时，包厢门打开了，有人走了进来，我看了又看，才认出他是莫扎特，但他衣着新潮，既没梳辫子，也没穿齐膝马裤和带搭扣的鞋子。他紧挨着我坐下，我差点想摸摸他，拉住他，免得他碰到从赫尔敏胸口流到地上的血而弄脏了自己。他坐下，十分专注地摆弄放在他身边的小玩意和工具，好像这就该是他干的正经活儿。他不知在捣鼓什么，一会儿拧个螺丝上去，一会儿又把它挪个地方，我羡慕地看着他那敏捷灵巧的手指，遥想当初我多想亲眼看着它们在琴键上翻飞。我若有所思地看着他，兴许我压根没有在思考，而是在做梦，我完全被他那双漂亮而灵巧的双手迷住了，觉得能站在他身边，心里特别温暖，同时又有点害怕。他到底在干什么，他安装捣鼓的到底是个什么玩意，我其实并不在意。

搞了半天，他在组装收音机，还居然调试成功能收听节目了。他把音量调大，说道："慕尼黑广播电台，正在为您播放亨德尔的《F大调大协奏曲》。"

然而令我目瞪口呆的是，这可怕的铁皮喇叭竟然在往外吐支气管黏液，还混合着嚼碎的橡胶，可留声机的主人和收音机的听众竟一致称其为音乐——在浑浊不清的痰音和吱吱啦啦的声音背后，确实能听到神仙音乐的和谐结构，帝王般恢宏的布局，沉静深邃的气息，圆润宽厚的弦乐声，就像价值连城的古画藏在厚厚的污垢下一样。

"天哪！"我惊叫道，"您在做什么，莫扎特？您当真要让咱俩受这种气听这种糟心的玩意？您当真要用这机器来对付我们？看啊，它是我们这个时代的胜利，是我们这个时代用来消灭艺术的最后的制胜法宝。非得这样吗，莫扎特？"

啊，这个可怕的男人笑成了什么样！他笑得有多冷酷、多阴森！他的笑无声无息，却势不可当。他怡然自乐地看着我的痛苦模样，转动着该死的螺丝，挪动着铁皮喇叭。他笑着让那变了形、失了魂、中了毒的音乐一步步地渗入空间，他笑着回答我的问题。

“别这么激动，我的隔壁兄弟！正好问一句，您听出音乐节奏的渐慢了吗？来了哟，听出来了吧？好啦，您这没耐心的人，您得好好琢磨一下渐慢——您听到低音了吗？它们来了，像神一样，就让老亨德尔的节奏律动渗入您的身体，安慰您这颗不安的心吧！听听吧，您这个小男人，不要激动，不要嘲讽，这设备的确可笑之至，但在它愚蠢透顶的面罩之后，有来自遥远地方的神仙音乐款款而过的身影！请听好了，好好听就能学到东西。请注意了，这神经兮兮的发声装置把一首不知在哪儿演奏的音乐，不加选择、未经思考就生吞活剥了，甚至让它走了样变了形，然后把它扔进了一个陌生的、不属于它的空间，这事看似愚蠢至极、无用透顶、完全应该严厉禁止，然而它却无法破坏音乐的原始精神，最多只能证明它自己的技术不过关，那一番忙碌也是毫无头绪！您好生听着，小男人，您很需要这个！好了，竖起耳朵听好了！这就对了。您现在听到的不只是被收音机强暴了的亨德尔，即使外表如此丑陋不堪，他也仍然是超凡脱俗的；您听到和看到的，万分尊敬的先生，同时也是一个关于生命的出色的譬喻。只要仔细听，您就会听到和看到理念与表象、永恒与时间、神性与人性之间的古老斗争。亲爱的先生，收音机会毫无选择地把世上最美妙的音乐扔进它最不该去的地方，扔进庸人的沙龙和阁楼，扔进喋喋不休、狼吞虎咽、哈欠连天、呼呼大睡的听众中间，这长达十分钟的播放剥夺、破坏、刮伤和玷污了它的感性之美，但并不能完全杀死它的精神；而生活，即所谓的现实也是如此，它随心所欲地玩弄游戏，将世界的美好形象搞得七颠八倒：继亨德尔之后是一场关于中型工厂如何虚报账目的报告，令人着迷的管弦乐变成了令人反胃的声音糨糊，在理念和现实、管弦乐和耳朵之间充塞着技术、东奔西跑的忙碌、无度的生计需求和虚荣心。生活就是这样，小伙子，我们也只能听之任之，如果我们不是笨驴，我们就付之一笑吧。像您这种人根本无权批评收音机或是生活。您还是先学习如何倾听吧！您还得学习认真对待值得认真对待的事情，对其他的全都一笑置之！还是说您自己就能让这一切变得更好、更高贵、更聪明、更有品位？噢，不，哈里先生，您没这能力。您把您的生活变成了一部可憎的病史，把您的才华变成了不幸，正如我亲眼所见，您拿刀捅进了一个漂亮、迷人的年轻女孩的身体，把她给毁了，除此之外，您根本不知道还能怎么对她！您觉得这么做对吗？”

“我这么做对吗？噢，不！”我绝望地喊道，“天哪，一切都错得离谱，蠢得离谱，糟糕得离谱！我就是个畜生，莫扎特，是个笨蛋、坏家伙，我有病，是烂人一个，随您怎么说都可以。但至于这个女孩，这是她自愿的，我只是满足了她的愿望。”

莫扎特无声地笑了，不过，他慈悲心大发，把收音机关掉了。

我听见了自己的辩解——前一秒我还真心相信它言之凿凿，可现在就连我自己都觉得相当拙劣。我突然想起，有一次赫尔敏谈及时间和永恒，我自然而然地把她的想法看作是我自己想法的镜像。但现在这个死在我手里的想法，我却理所当然地认为是她自己的念头和愿望，我对它毫无影响。可为什么当时我不仅接受和相信了这个如此可怕且骇人的想法，甚至在她还没说出口就猜到了呢？也许是因为，它其实是我自己的想法？还有，为什么偏偏是在看到赫尔敏赤身裸体地躺在另一个男人的怀里的时候，我把她杀死了呢？莫扎特还在笑，那无声之笑听上去无所不知，充满讥嘲。

“哈里，”他说道，“您还真是个活宝。这个漂亮女孩除了要求受您一刀，真的对您别无所求了吗？您还是去糊弄别人吧！得，至少您结结实实地刺下去了，那可怜的孩子一命呜呼。现在，也许是时候让您搞清楚，您刚才的侠骨柔情到底酿成了什么后果。还是说，您想逃避这个后果？”

“不，”我喊道，“难道您一点都不明白吗？说什么我想逃避后果！我只求赎罪、赎罪，再赎罪，快把我的头放在大砍刀下，让我接受惩罚，让我毁灭吧。”

莫扎特看着我，那嘲讽的目光简直令人难以忍受。

“您总是那么容易激动！您还将学习幽默，哈里。人往往临上刑场前会顿悟幽默，若有必要，您还真得在绞刑架下学习。您准备好了吗？真好了？那好，现在去检察官那里吧，听凭由法院人员组成的毫无幽默感的法律机器的发落，然后有一天早上，一把冰凉的大刀架在了您的脖子上，您在监狱里被就地正法。这么说，您都准备好了？”

一行刻字突然闪现在我的面前：

处决哈里

我点点头以示同意。四面带有小小的铁栏窗的围墙之中，出现了一个光秃秃的院子，院子当中是一个收拾妥当的断头台，有十几位先生身穿法衣或双排扣及膝礼服，我站在他们中间，在清晨灰蒙蒙的空气中瑟瑟发抖，我战战兢兢，感到心一下子抽紧了，但是我准备好了，心甘情愿。我听令向前走去，又一声令下，我双膝跪地。

检察官摘下帽子，清了清嗓子，其他先生也都清了清嗓子。他手里举着一份展开的庄严的文书，开始宣读：

“先生们，站在你们面前的是哈里·哈勒，他被指控有意滥用我们的魔剧院，罪名成立。哈勒不仅将我们美丽的画廊与所谓的现实混为一谈，用一把刀子的镜像刺死了一个女孩的镜像，从而亵渎了高雅艺术，他还毫无幽默感地有意要把我们的剧院当作自杀的工具。鉴于此，我们判决如下：哈勒终生不得死，且十二个小时之内不得再次进入剧院。同时，判被告受人取笑一次，且不可撤销。先生们，请准备：一——二——三！”

数到三后，在场所有人都以无可指摘的表现投身于大笑之中——一场声音高亢的大笑，一场人类难以忍受的、来自彼岸的可怕大笑。

当我再次醒来时，莫扎特还像刚才那样坐在我身边，拍着我的肩膀说道：“您听到对您的判决了。所以您得继续听生活中的广播音乐，让自己习以为常。这对您有好处。您的才气少得出奇，亲爱的傻小子，但您还是会逐渐明白这些针对您的要求的。您应该学会笑，这就是对您的要求。您应该领悟生活的幽默，九死一生的幽默。当然啦，您做足了准备，赴汤蹈火在所不辞，唯独对您提出的这些要求，您一百个不乐意！您愿意刺死女孩，愿意气昂昂地赴刑场，您肯定也愿意禁欲修行，受百年的鞭笞之苦。难道不是这样吗？”“哦，是的，我打心眼里愿意，”我喊道，觉得自己实在是太可怜了。

“当然！每一个愚蠢的、毫无幽默感的活动您都愿意参加，您这慷慨的绅士，所有矫情无趣的事情您都愿意参加！我可没空搞那些，我可不会为了您的浪漫忏悔而赏您半毛钱。您想被处死，您想被砍头，您这个愣头青！为了这该死的理想，您还会再杀上十个人。您不想活了，您这个胆小鬼，您想死。见鬼，活下去恰恰是您该做的事！活该您要接受最严厉的惩罚。”

“是吗？那会是什么样的惩罚呢？”

“比如说，我们可以让那个女孩复活，然后让您娶她。”

“不，这我可不愿意。那会是一场不幸。”

“说得好像您干的那些事还不够糟似的！现在，别再犯浑了，也不能再杀人了。您终该变得理智了吧！您应该活着，应该学会笑。您要学会听生活中该死的广播音乐，学会尊重它背后的精神，学会嘲笑其中无甚价值的东西。说完了，对您没有更多的要求了。”

我咬紧牙关，轻声挤出一个问题：“如果我拒绝呢？莫扎特先生，如果我否认您有权处置荒原狼、干预它的命运呢？”

“那么，”莫扎特平静地说，“我建议你再抽一支我的好烟。”他一边说，一边从背心口袋里变出一支烟递给我；顷刻之间，他不再是莫扎特了，盯着我看的是那双具有异域风情且很暖人心的深色眼睛，他是我的朋友帕博罗，长得就像是那个教我用小人下棋的棋手的孪生兄弟。

“帕博罗！”我猛地一惊，喊道，“帕博罗，我们在哪里？”帕博罗递给我香烟和火柴。

“我们啊，”他笑着说道，“在我的魔剧院里。如果你想学跳探戈舞，或者想成为一名将军，或者想与亚历山大大帝谈话，这些就等下一次给你备好吧。但我必须说，哈里，你有点让我失望了。你完全忘乎所以，打破了我的小剧院的幽默，还做了蠢事，用刀捅了人，让我们漂亮的图像世界染上了现实的污点。你这干得可不漂亮。但愿你至少是因为看到我和赫尔敏躺在那里，你心生妒意才动了手。可惜你还没掌握和这个形象打交道的门道，而我本以为你已经学得够好了。好啦，以后再改吧。”

他拿起赫尔敏——她在他的手指间很快缩小成了一个棋子小人——放进了他之前取烟的口袋里。

缭绕的烟雾很芳香，很怡人，我觉得自己被掏空了，准备睡上整整一年。

啊，我全明白了，我理解了帕博罗，理解了莫扎特，听到了我身后某处传来了他哈哈的笑声。我知道成千累万的人生游戏的棋子就放在我的口袋里，我的心灵受到了震撼，我预见到了游戏的意义，非常乐意再玩一次游戏，再次品尝它磨人的烦恼，再次因它的荒诞无稽而战栗，再次甚或多次穿行于我内心的地狱。

总有一天，我将把这角色游戏玩得更好。总有一天，我将学会笑。帕博罗在等我。莫扎特在等我。

译后记

大概是 2021 年 11 月，收到人天兀鲁思编辑的邮件，邀请我参与黑塞作品的翻译项目。对于此类邮件，我以往的处理方式基本是忽略、跳过，因为工作繁忙，因为难辨真假。可这次，我却去网上浏览了他们公司的信息，也问了我的硕士研究生同学是否有兴趣一起参与，得到肯定的答复后，我们就有了后续进一步的交流与沟通。这或许就是人们常说的奇妙的缘分——和黑塞的缘分，和出版公司的缘分。

但是说完全没有顾虑也不尽然。黑塞的知名度，不论是在德语圈内还是圈外，都是显而易见的；参加德语专业面试的学生，若被问及德语国家的作家作品时，十之八九会说出黑塞的《在轮下》和《荒原狼》。打开搜索引擎，《荒原狼》的译本至少二三十种，去学校图书馆查阅，赫然在列的也至少有十几种。经典的重复翻译，曾经被人诟病，我们真的有勇气小试牛刀吗？译者千言，我们凭什么就认定自己的译本更好呢？

收到人天兀鲁思编辑发来的《荒原狼》试译片段，我请三位研究生同学先试译，我再修改，也就是这两页纸的翻译，让我对第一个问题有了明确的答案：虽然现有译本不少，但是我们或许仍然能够有所作为，以我们的语言能力和话语能力助推中德文化交流，使黑塞的中文译本更能顺应中国读者的语言、思维和文化习惯，读起来能更顺畅、更有美感。因此，虽然明知翻译的不可译性，也很清楚翻译是一件仁者见仁智者见智的事情，我们还是接受了再译《荒原狼》的任务。

非常感谢参与《荒原狼》翻译的三位同学，她们是张仁群、张洁璇和杨子琪，她们每人负责三分之一，最后由我通读修改和审定全文。得益于她们的前期工作，我有了更充裕的时间关注黑塞的用词和韵律，他的语言结构和色彩以及他的话语风格和逻辑。我们都知道黑塞钟情于中国传统文化，所以我有时也会自问："如果黑塞会中文，他会这么落笔吗？这是他想要的中文表达吗？我替他找到了合适的表达了吗？"当然，我的追问并未能有答案，我所能做的就是坐在电脑前，反复推敲，甚至于上床睡觉前，一遍又一遍地念叨某个句子，想象每一个人物的神态，勾勒每一幅画面的情景，琢磨每一场对话的气氛。

基于团队合作，我一边翻译一边随手记录了一些翻译问题和思考，日后应该是不错的教学或者科研案例。在翻译此书的过程中，我作为副主编之一正在编写“理解当代中国”多语种系列教材中的《汉德翻译教程》，又重温了一些翻译方法论上的“金科玉律”，更感觉到要将理论完全落在实处，还需要大量的有意识的实践。

我们翻译的底稿是苏尔坎普出版社（Suhrkamp）2011 年发行的电子书，也一并参考了苏尔坎普 1991 年出版的袖珍书，两本书的文字并无区别，但在分段上略有不同。有一些概念、书名、人名和词语解释，我们参考了雷克拉姆出版社（Reclam）2008 年出版的类似于学生阅读指南的书籍。我最初并不打算加注释，而是希望在译文中通过适当的增补提供必要的信息，但是在翻译了三四十页之后，就发现这一想法过于理想化，有时候，简短的注释仍是必要。那么，我们的译本是否能有所超越呢？三位同学耗时三个月认真打磨译文，而我再耗时三个月，重读原文，通读译文，虽然没有把所有的文字重码过一遍，但是所下的功夫并不亚于重译一本书，每日最多三四千字，遇到思辨性强的段落，每日千字有余，便觉很是欣慰；第二日开始工作前，往往也会把前一日审校翻译的段落再通读一遍；如此审校重译一遍之后，在交稿之前，又差不多把全书通读了一遍。

感谢人天兀鲁思编辑的快速回复，这至少说明我们的译文可读性强，阅读障碍不多，编辑也比较认可赞同我们对某些文字的处理。那么剩下的，我们就要交由读者来判断，也恳请读者指出我们的不足。如果我们的译本有机会重印，我们将一并订正修改。

陈虹嫣

2022 年 8 月 15 日于上海